SCHMITT 1965

LE LIVRE DU BOUDOIR,

PA

LADY MORGAN.

TRADUIT DE L'ANGLAIS

PAR A. J. B. DEFAUCONPRET,

TRADUCTEUR

DES ROMANS DE SIR WALTER SCOTT ET DE J. FENIMORE COOPER.

Je n'enseigne pas; je raconte.
MONTAIGNE.

TOME PREMIER.

PARIS,

Charles Gosselin, Libraire

DE SON ALTESSE ROYALE MONSEIGNEUR LE DUC DE BORDEAUX,

RUE SAINT-GERMAIN-DES-PRÉS, N° 9.

M DCCC XXIX.

IMPRIMERIE DE LACHEVARDIERE.

LE LIVRE

DU BOUDOIR.

IMPRIMERIE DE LACHEVARDIERE,

RUE DU COLOMBIER, Nº 3o.

LE
LIVRE DU BOUDOIR,

PAR

LADY MORGAN,

TRADUIT DE L'ANGLAIS

PAR A. J. B. DEFAUCONPRET,

TRADUCTEUR

DES ROMANS DE SIR WALTER SCOTT
ET DE J. FENIMORE COOPER.

———

Je n'enseigne pas , je raconte.
MONTAIGNE.

TOME PREMIER.

———

PARIS,

CHARLES GOSSELIN , LIBRAIRE

DE SON ALTESSE ROYALE MONSEIGNEUR LE DUC DE BORDEAUX ,
RUE SAINT-GERMAIN-DES-PRÉS , N° 9.

M DCCC XXIX.

Au Lecteur.

———

La première page de l'ouvrage suivant en annonce le but et l'objet. Il ne mérite pas le ton grave d'une préface, et il échappera probablement à la distinction d'une critique. Il est d'un genre qu'admet à peine la dignité de la littérature anglaise, et il appartient à cette classe légère d'écrits dans lesquels les Français seuls excellent. L'auteur y parle souvent d'elle-même, et son style est inévitablement négligé. Le temps et le travail auraient peut-être pu corriger ces deux défauts, et rendre ce livre meilleur; mais alors ce n'aurait plus été l'ouvrage qu'elle avait dessein d'en faire, — si, dans le fait, elle avait dessein d'en faire quelque chose.

Les volumes manuscrits dont les pages suivantes ont été extraites, se sont composés d'eux-mêmes, et j'y ai copié, non pas toujours ce qui s'y trouvait de meilleur, mais ce qu'on pouvait y prendre avec le plus de sûreté et le plus innocemment. Ayant vécu, comme j'ai eu l'occasion de le faire, parmi tout ce qu'il y a de plus remarquable, de plus émi-

nent et de plus distingué ; n'ayant
rien oublié de ce que j'ai vu et entendu, je me suis pourtant bornée à parler de ceux pour qui nous sommes
déjà la postérité, ou de ceux qui ont
été si souvent et si long-temps placés
sous les yeux du monde, qu'ils sont
devenus la propriété du public. Dans
tous, j'ai trouvé beaucoup de bien,
et j'en ai dit beaucoup de tous : car,
quoique les calomnies de l'esprit de
parti aient pu prétendre le contraire,
tout ce qu'on a pu trouver de sévère
dans mes écrits a été dirigé contre
les principes plutôt que contre les
personnes. Depuis ma jeunesse jusqu'à présent, j'ai écrit sous l'influence d'une grande cause, d'une
cause dont l'interét était tout-puissant, — l'Irlande et ses griefs. Pour
dire la vérité, cette inspiration n'é-

tait pas très gracieuse, et elle prêta
souvent des opinions inévitablement
teintes d'amertumes à un caractère
que ceux qui me connaissent dans
ma vie privée déclareront aussi facile et enjoué qu'un caractère peut
l'être graces à cet étrange mélange de
pathétique et de bonne humeur, — le
naturel irlandais.

Mais il approche à grands pas le
jour où tout ce qui est irlandais
prendra sa position naturelle, où
rien n'empêchera plus les avantages
et les talens nationaux de se montrer, et où l'auteur caustique des
O'Donnell et des O'Brien, ne trouvant rien à blâmer, sera réduite à
écrire « à l'eau rose » des livres pour
les boudoirs et des albums pour les
cabinets de toilette des dames. Parmi les nombreux effets de l'émanci-

pation des catholiques, je n'hésite
pas à prédire un changement dans
le caractère de la littérature irlandaise.

Je ne puis pourtant offrir ce petit
ouvrage au public sans dire un mot
relativement à son titre; car je ne
contribuerai jamais sciemment à entretenir une erreur, quelque innocente qu'elle puisse être. Tous ceux
qui ont la félicité suprême de fréquenter les maisons des grands, savent que ce genre de livres qu'on
jette sur une table ronde ou sur une
console entre deux croisées, pour
amuser un moment les oisifs, et qui
ne sont pas sur le catalogue de la bibliothèque, portent fréquemment,
en lettres d'or, sur leur couverture,
le nom de l'appartement auquel ils
sont destinés, comme : — « Élégans

extraits, premier salon. » — « Esprit des journaux, second salon, » etc., etc. Comme mon Livre du Boudoir était placé dans la petite chambre qui porte ce titre, et n'était jamais admis dans mon cabinet officiel d'auteur, il prit le nom du lieu où il se trouvait, et il le conserve, d'après l'avis de M. Colburn (1). Je dois pourtant déclarer

---

(1) Ayant dit comment il se fait que ce léger ouvrage ait été écrit, je puis aussi dire un mot pour expliquer comment il se fait qu'il ait été publié. Tandis qu'on imprimait le quatrième volume des *O'Brien*, M. Colburn, dès la première édition, fut assez content de la *souscription**, comme on l'appelle dans le commerce de

* Lorsqu'un éditeur à Londres est sur le point de publier un ouvrage, il envoie chez tous les libraires de la ville pour s'informer combien ils en désirent d'exemplaires, et c'est la demande qu'on lui fait qu'on appelle souscription. M. Colburn est l'éditeur de Londres qui occupe le plus de presses en ce moment, et les ouvrages qu'il publie sont en général aussi remarquables par leur mérite que par leur nombre. C'est sans doute pour cela que lady Morgan l'appelle *l'éditeur européen*.

TRAD.

ici, par égard pour la vérité, et pour
l'utilité des dames qui habitent la
campagne, que le mot boudoir n'est
plus en vogue sous aucun rapport
possible; que c'est un terme absolument banni de la nomenclature de
la mode, et qu'il m'aurait été difficile de trouver pour mon ouvrage
un titre qui fût moins propre à le

librairie, pour demander à l'auteur un nouvel ouvrage.
Je partais alors pour l'Irlande; on attelait *littéralement*
les chevaux quand M. Colburn arriva pour me faire sa
proposition flatteuse. Je ne pus entrer dans aucun arrangement pour l'avenir, et M. Colburn, prenant un volume manuscrit un peu usé que le domestique allait
jeter dans une des poches de la voiture, me demanda
ce que c'était. Je lui répondis que c'était un volume
faisant suite à plusieurs autres, composés de morceaux
détachés, *de omnibus rebus*, et je lui lus le dernier
fragment, que j'y avais inscrit la nuit précédente, en
revenant de l'Opéra. « C'est précisément cela, » me dit
l'éditeur européen; et si le public est de la même opinion, je n'aurai pas à regretter de m'être présentée ainsi
devant son tribunal, quoique un peu en déshabillé.

NOTE DE LADY MORGAN.

rendre intéressant aux yeux des gens
éclairés du bon ton. C'est un fait important, et je ne l'ai découvert que
tout récemment. Sur un pareil sujet on peut sans doute dire bien
des choses; mais comme je pars pour
la France, je réserverai tout ce que
j'ai à en dire jusqu'à mon retour,
bien convaincue que « les lumières
du siècle », sur un point si important,
m'éclaireront en ce pays, et que
toutes les circonstances relatives « aux
progrès, à la décadence et à la chute
du boudoir », me seront communi-
quées sans réserve et sans restric-
tion. Jusqu'alors, et dans l'espoir
glorieux de retourner dans mon pauvre pays natal, protestante émanci-
pée, je prends congé de ce public
courtois, dont, soit en Angleterre,
soit en pays étranger, je n'ai jamais

eu lieu de me plaindre, et dont j'ai l'honneur de me dire la reconnaissante servante.

SYDNEY MORGAN.

Le 4 avril 1829, Kildare-Street, Dublin.

LE LIVRE
DU BOUDOIR.

Mon Livre.

Hier soir, comme nous étions assis autour du feu dans la petite chambre rouge
de Kildare-Street, à laquelle on donne
par courtoisie le nom de boudoir, jasant
de différentes choses, de tout et de rien,
quelques fragmens détachés qu'il m'arriva de réciter amusèrent des personnes
qui, pour dire la vérité, ne sont pas du
nombre de celles qu'il est le plus difficile

d'amuser. Quelqu'un me dit : « — Pourquoi
n'écrivez-vous pas tout cela ? » — Et l'on
plaça devant moi un livre en papier blanc
pour que je me misse en besogne ; mais
je crois qu'on ne peut parler sur le papier comme on parle « les pieds placés
sur les chenets. » Du moins en ce moment je sens qu'il y a toute la différence
possible entre être assis, le corps droit,
devant un volume couvert en papier mar-
bré, à tranches bleues, et ayant l'air d'un
registre de commerce de Threadneedle-
Street, pour y inscrire le compte courant
des idées qui passent dans l'imagination,
ou s'enfoncer dans le duvet d'une bergère,
et, de temps en temps, « sans empêche-
ment ni difficulté », comme le disaient
les anciens passe-ports irlandais, donner
l'existence, sans y penser et avec insou-
ciance, à cette multitude infinie de riens
qui restent cachés dans la mémoire de
ceux qui ont beaucoup vu et entendu,
et qui ont été « au-delà des montagnes
et encore bien plus loin. » Des pensées

qui respirent », ne peuvent pas toujours
s'écrire ; « des paroles qui brûlent » (1),
sont sujettes à se refroidir à mesure
qu'on les trace sur le papier; des vi-
sions qui « viennent comme des ombres »,
s'évanouiront aussi de même ; et les
plus brillantes émanations de l'esprit,
attirées par la confiance sociale, comme
par l'influence du soleil, se dissiperont,
de même que les vapeurs physiques, par
leur propre légèreté, et incapables de se
fixer ou de se condenser, « se résoudront
en air et s'évanouiront. »

Jamais, dans toute ma vie, je n'ai tenu
un registre de lieux communs pour y conserver de pareilles « Cynthies du mo-

---

(1) Citations de Lord Byron.

On s'apercevra aisément qu'un des caractères du
style de Lady Morgan est une continuelle citation de
vers anciens ou modernes, et plus souvent de mots
français. Nous en indiquerons quelquefois l'origine, ne
serait-ce que pour motiver quelques expressions qui sont
bizarres par elles-mêmes ou par le résultat de la traduction nécessairement littérale de ces passages-là. ÉD.

ment. » J'ai même de l'antipathie pour
tous *Albums*, *Vade-mecum*, et autres
dépôts de charité semblables, où se placent des pensées fugitives et des effusions
sans une seule pensée, des rêveries qui
n'ont jamais été « rêvées, » et des impromptus faits à loisir. Je crois à peine
pouvoir me déterminer à ouvrir une
caisse d'épargnes régulière pour y déposer le superflu de la monnaie courante de
l'esprit, le surplus des sommes placées à
intérêt légal sur les fonds publics de la
littérature avouée : «on renvoie tout cela
au pédantisme. »

Cependant, dans le temps du pur pédantisme, du temps des Scaliger, des Pasquier, des Balzac et des De Thou, le génie
et la simplicité, et même la haute philosophie, trouvaient souvent un abri dans
ces registres journaliers de ce qu'on pense
et de ce qu'on éprouve sans le chercher.
« Chaque jour de ma vie est une page
de mon livre, » dit le docte Ménage, qui
écrivait ses agréables *Ana*, tandis que

mesdames de Sévigné et Deshoulières,
assises au coin de sa cheminée, discu-
taient du mérite du café et de Racine, et
la mode d'un « hurlubrelu (1). » Ce fut
un livre semblable, ouvert d'une manière
tentante sur la vieille table de chêne de
la bibliothèque gothique du château de
Montaigne, qui engagea le charmant « Mi-
chel, gentilhomme périgourdin, » dans
les intervalles de ses ouvrages plus travaillés, à prendre note de ces choses si
naturelles et si amusantes, qui, comme il
l'exprime lui-même heureusement, viennent « à saut et à gambade. » Mais il est
vrai que je ne suis ni Ménage ni Montaigne.

Le danger d'un livre comme celui-ci
consiste dans l'attrait qu'il offre à l'égotisme. Il est là, toujours prêt à recevoir
les dangereuses confidences de l'amour-
propre et du contentement de soi-même,
comme l'humble demoiselle de compagnie

(1) Voyez le Dictionnaire des étiquettes, de Madame de Genlis.

d'une vieille dame, ou le confesseur d'une dévote babillarde. « La raison qui fait que les dévotes aiment leurs confesseurs », dit madame de Sévigné, qu'on aime toujours à citer, « c'est le plaisir qu'elles ont à parler d'elles, lors même qu'elles n'ont rien de bon à en dire. On aime tant à parler de soi! » — Oh, la terrible vérité!

Il y a quelque chose qui n'est pas moins dangereux dans la circonstance qu'on a toujours un pareil livre sous la main pour y consigner toutes les impressions passagères qu'on éprouve. Que de petites sensations, que le monde ne devrait jamais connaître, peuvent y trouver de la permanence! que d'opinions peuvent y être inscrites, qu'on ne pourrait énoncer sans être frappé de proscription! Combien de fois une honnête indignation peut-elle s'y exhaler contre la fausseté d'un ami prétendu ou contre la lâche indignité d'un ennemi qui a triomphé! — sentimens qu'il est inutile d'exprimer, comme il est au-dessous de nous de les exposer au public.

Combien de fois une simple ébullition
de tempérament peut-elle y prendre la
forme d'un sentiment habituel, quoique,
même en la consignant par écrit, elle se
dissipe aussi promptement qu'un rayon
de soleil perce entre deux nuages, et
qu'elle perde son aigreur aussi vite qu'on
voit changer un vent du nord-est!

Ne ferais-je pas mieux de jeter loin de
moi ce volume, « encore blanc et intact, »
avant qu'il rende témoignage contre
moi, et « d'en laisser les pages à remplir
à quelque main plus calme et plus sage, »
qui peut-être en ferait le noyau d'un
de ces ouvrages annuels qui ne sont jamais destinés à devenir immortels, ou le
répertoire de quelque *souvenir* (1) qui
doit être bientôt oublié? Un tel livre peut
avoir son mérite. On peut y conserver
une sorte d'*épreuve* (2) de soi-même,

(1) Lady Morgan fait allusion ici à ces jolis Alma-
nachs, ou plutôt Albums, qui se multiplient chaque
année en Angleterre.   NOTE DU TRAD.

(2) Terme d'imprimerie.

avant la lettre, tirée à différentes époques
et sous divers aspects; et ajouter ainsi un
portrait de plus à la galerie des originaux
humains, pour expliquer le grand mystère
de l'identité (1). — Ce sujet fugitif, qui
change tandis que nous l'analysons, car la
main qui a tracé la première ligne de ces
mélanges n'est pas le même agent de la
même volonté que celle qui en écrira la dernière, quoique, en termes techniques, l'être
dont elle fait partie doive encore être le
même. Un tel ouvrage autographe, qu'on
laisse après soi, peut aider l'anatomiste moral dans ses démonstrations, comme ce qu'on
appelle « nos restes mortels », légués au scalpel de l'autopsie, favorisent la science du
physiologiste; dans l'un et l'autre cas, que
de sujets de pitié, que de sujets d'admiration! Mais ce qu'il y a de plus merveilleux
dans tous deux, c'est l'impénétrable mystère qui met en mouvement le mécanisme
compliqué, indépendamment du sujet dans

(1) Cette affectation de termes métaphysiques se retrouve dans l'original.   Éd.

lequel il est en œuvre, construit, achevé,
marchant, s'arrêtant ! — Le pouvoir, inconnu ; la fin, une énigme ! A ce point, ni
les livres, ni les corps ne peuvent plus
être d'aucune utilité. L'anatomiste laisse
tomber son scalpel, et le moraliste sa
plume. A ce point aussi il faut que je
quitte la mienne ; non que je sois « lasse
de conjectures », car j'aime une excursion
animée et aventureuse, même quand elle
ne conduit à rien ; — mais il faut que je
m'habille pour un bal.

Quel refuge offre la folie contre la philosophie ! Quel bouclier est le plaisir contre la persécution ! Combien de gens ont
été brûlés vifs, qui n'auraient jamais
souffert cette mort terrible s'ils avaient
appris à valser ! Combien de gens ont subi
le supplice de la roue, qui en auraient
évité les tortures s'ils avaient été arrêtés
tout-à-coup dans leur impardonnable recherche de la vérité par la nécessité de
s'habiller pour un bal !

2.

Égoïsme et Égotisme.

Égoïsme et égotisme : — quelle différence! l'un est un vice, l'autre une faiblesse
tenant au caractère. L'un inspire l'aver-
sion, car il est toujours insocial; l'autre
éveille le ridicule en tombant souvent
dans l'absurdité. L'égoïsme tient en grande
partie aux mœurs modernes, c'est un des
désavantages de la civilisation; l'égotisme
est de tous les siècles, et c'est une matière
de forme plutôt que de convention. L'é-
gotiste doit être un homme plein de va-

nité; mais il peut avoir des talens, et en
général il est aimable. S'il avait beaucoup
de défauts sérieux à cacher, il ne se présenterait pas si franchement aux regards
du public. La peine qu'il se donne pour
gagner les suffrages est une preuve qu'il
fait cas de l'opinion publique; mais le plus
fâcheux, c'est que l'égotiste empiète sur
l'importance que les autres s'attribuent à
eux-mêmes, — péché irrémissible dans la
société, où chacun est son propre héros,
quoi qu'il puisse être pour son valet de
chambre.

L'égotisme, quand il est accompagné
de talent, a des ressources infinies. Il met
en action ce qu'il ne peut raconter; mais
il faut toujours qu'il soit sur l'avant-scène,
et qu'il occupe l'auditoire. On le trouve
rarement parmi ces fils du ciel, ces membres de la haute société, parceque l'é-
goïsme, et non l'égotisme, est le vice inhé-
rent et presque organique de cette classe.
L'égoïste est un être qui, sans que ses
besoins l'obligent à des efforts, conduit

par l'habitude à tout rapporter à lui-
même, n'ayant ni efforts à faire, ni suffrages à capter, ne sent pas la valeur de
l'opinion publique; ou s'il la sent, se croit
au-dessus d'elle. Dépouillé de toutes affections douces, étranger à tout mouvement
de sympathie, il consulte le goût en toutes
choses, parceque nulle impulsion domi-
nante ne le porte à s'en écarter. Il ne viole
les convenances dans aucune de leurs formes, et il ne heurte aucun préjugé que le
temps a consacré aux yeux de l'ignorance.
Entièrement occupé de sa propre satisfaction, il ne court jamais, pour se la procurer, de plus grands risques que ne le com-
portent son amour habituel pour ses aises
et sa situation dans le monde. Sa galanterie, même quand il est libertin, est calculée et sans passion; c'est un air, non
une jouissance, — un *item* dans son ostentation extérieure ajouté au total du superflu de son luxe.

L'école des égoïstes est de date récente.
Comme prenant sa source dans le carac-

tère, ce vice a dû se montrer individuelle-
ment dans tous les siècles, quand il l'a
osé; mais comme ton, comme mode, le
fondateur de cette secte fut le Duc de Richelieu (1). On peut trouver ses principaux disciples parmi l'aristocratie anglaise
et ses humbles partisans. En France la révolution coupa le serpent en pièces, si
elle ne le tua pas tout-à-fait. Dans la dernière génération de ce pays le désir d'acquérir de la gloire et de la distinction
est un motif d'action trop bien démontré pour cacher la morgue repoussante
d'un égoïsme concentré. Les braves Ma-
réchaux de Napoléon étaient tous des
héros; ils ont pu être égotistes, mais l'é-
goïsme n'appartenait pas en propre à
leur sang nouveau ni à leurs hautes habitudes (2).

(1) Le Duc de Richelieu restera en effet le type de ce
genre d'égoïstes appelés *hommes à bonnes fortunes*. Les
piquans *Mémoires* qui viennent de paraître sous son
nom le peignent à merveille sous ce rapport: ÉD.

(2) Quiconque a lu l'Histoire de la campagne de Rus-

Quoique les causes physiologiques de
l'égoïsme doivent exister dans tous les
rangs et dans toutes les classes, — car ce
vice est distribué assez généralement partout, — cependant l'égoïste par excellence
doit se chercher principalement parmi les
oisifs à la mode, qui, s'ils ne s'occupent
d'eux-mêmes, n'ont à s'occuper de rien.
Les égotistes se rencontrent plutôt parmi
les hommes qui ont mené une vie active,
et qui ont été forcés à se montrer au
monde. Les héros font d'excellens égotistes ; ils portent leur excuse avec eux, et
rendent leur vanité respectable par les
causes qui l'ont fait naître. Ce fut l'égotisme du « grand capitaine maure » qui,
en dépit de sa peau noire, gagna le cœur
de Desdemona, et je me souviens d'avoir
reçu moi-même autrefois une petite égra-
tignure par suite d'une « *enfilade de batterie* » dirigée contre mon amour pour le
merveilleux par un des grands capitai-

sie, par le général comte de Ségur, doit sentir la force
de cette observation.   NOTE DE LADY MORGAN.

nes du siècle actuel. *Dio buono!* comme
j'avais coutume d'ouvrir les yeux et les
oreilles tandis que, comme un ancien chevalier, ou comme « Énée après souper, » il racontait l'histoire de ses propres prouesses! Avec quel plaisir, de
soirée en soirée, j'écoutais ces récits de
querelles et de batailles, un peu à l'écart
du cercle d'égoïstes parmi lesquels les
vicissitudes de la notoriété nous avaient
jetés, composé de « la moitié des favoris
à cheveux bouclés de la nation, » et pour
qui le sujet de mon héros et de ses vic-
toires était aussi usé que tout autre; de
sorte qu'on me laissait ordinairement
seule à l'écouter, « tandis qu'il racontait,
année par année, les combats, les siéges
et les évènemens qu'il avait vus. »

Je me rappelle qu'un soir, tandis que
j'étais ainsi occupée, je remarquai un
groupe de merveilleux des deux sexes qui
nous regardaient avec un air malin et qui
riaient sous cape. Quoique je fusse alors
dans mon noviciat de la mode, je connais-

sais assez le grand monde pour savoir
qu'un ridicule était pire qu'un crime; et,
comme tous les parvenus, craignant d'en-
courir le ban de l'Empire dans lequel
j'avais été admise, je plantai là mon héros
à l'instant où il arborait son étendard vic-
torieux « sur les murailles des Musul-
mans. » Courant à ce grand législateur
du bon ton, dont la parole était alors une
charte pour les autres comme pour moi,
en pareilles matières, je lui demandai :

— Qu'y a-t-il donc? Qu'ai-je fait,
Lord A—?

— Rien, mon enfant. Seulement vous
êtes un béjaune; voilà tout.

— Un béjaune! Qu'est-ce qu'un béjaune?

— Un jeune oiseau qui se laisse aisément attraper — à la table de jeu par un
aigrefin, — dans la société par un assom-
moir.

— Mais qui appelez-vous un assom-
moir?

— Oh, par Jupiter! si vous n'avez pas

encore découvert cela, il faut vous abandonner à votre destin.

—Mais pourquoi M.— est-il un assom-
moir?

— Parceque tous les égotistes sont as-
sommans. Il est réellement amusant de
vous voir, comme un petit *gobe-mouche*,
avaler avec avidité ce qui nous a donné
à tous une indigestion il y a long-temps.
Quel *don du Ciel* vous devez être pour
lui! Il n'y a rien de tel qu'une nouvelle
importation d'Irlande.

Je me rengorgeai comme une des belles
des romans de Richardson, et je lui ré-
pliquai vertement :

—Dans tous les cas, je préfère un égotiste ayant du génie à un égotiste qui en
manque.

— C'est votre affaire, ma chère; mais à
présent, du moins, vous achetez étant
bien avertie.

—Quoi qu'il en soit, je n'ai pas encore
été avertie de déguerpir; — ainsi je vais
rejoindre mon égotiste, et je vous laisse

avec vos égoïstes. Lequel est le mieux par-
tagé?

— C'est ce que nous verrons, répondit
Lord A— d'un ton sec.

Il avait raison : je fus obligée de céder
après un terrible combat et un long siége,
et je baissai pavillon long-temps avant que
l'ennemi montrât aucun symptôme d'en
vouloir faire autant.

L'égotisme de Lord Nelson allait beaucoup plus loin que celui de qui que ce fût
de ses grands compétiteurs. Ce n'est pas
qu'il parlât beaucoup de ses exploits, car
« il aurait donné peu de grâce à son récit en parlant de lui-même, » mais il
écoutait avec la plus franche approbation
les vers ou les chansons qui les célébraient,
et il assistait à son apothéose avec autant
de dévotion qu'aucun des adorateurs qui
brûlaient de l'encens devant son autel. Il
n'y avait rien de si caractéristique ou de
si amusant que les scènes qu'il jouait avec
Lady Hamilton, qu'il adorait et dont il
était adoré, pendant le court espace de

temps qu'ils furent à la mode, soit par politique, soit par caprice, en dépit de la
fragilité et du ton commun de l'une, et de
la médiocrité intellectuelle de l'autre, qui
frappait tous les yeux. Leur théâtre était
ordinairement quelque salon du suprême
bon ton; l'auditoire, les membres des
cercles exclusifs, et la prima donna, Lady
Hamilton, dont l'ample personne semblait
s'épanouir devant le piano, tandis que ses
grands et beaux yeux se tournaient lan-
guissamment vers le héros qui l'inspirait
et qui lui fournissait le sujet de ses chants,
et qu'elle chantait du ton le plus haut de
sa voix de Poll de Plymouth l'ode qui le
flattait ou la cavatine qui le déifiait. Pendant ce temps, le héros amoureux, penché
sur elle, soutenait le chœur, battait la mesure, et répétait chaque *pœan* composé en
son honneur par les poètes lyriques de
Londres et les lauréats de Naples.

On a dit de Napoléon : « C'est la moitié d'un grand homme. » C'est plus qu'on
n'en pourrait dire de tous les héros, car il

en est quelques uns qui n'en sont pas plus
du tiers.

Il y a des anecdotes de ce roi-héros,
« roi le plus roi qui onc fut jamais »,
Louis XIV, qui fournissent un exemple,
sinon une excuse, de la vanité également
ridicule et de l'égotisme de l'immortel
Lord Nelson. « Le soir on chanta chez
madame de Maintenon, dit Dangeau, une
ode de l'Abbé Genest à la louange du
Roi; la musique est de La Lande; et le
Roi la trouva si bonne que, quand elle
fut finie, il la fit recommencer. »

Lord Erskine était si connu pour parler
de lui-même, qu'il reçut le sobriquet d'a-
vocat *Ego :* il aurait eu peine à choisir un
sujet plus intéressant. Les acteurs et les
actrices sont portés à l'égotisme, ils sont
si fréquemment devant le public, qu'ils
supposent que tout le monde est toujours
occupé d'eux; et cependant ils vivent si
peu dans le monde, que leur sphère d'observation se borne à eux-mêmes, à leur
profession, à leurs succès, et aux injusti-

ces qu'ils croient éprouver devant et derrière la scène, et voilà tout.

Le degré le plus haut d'égotisme, et sans contredit le plus utile et le plus amusant pour la société, est l'autobiographie. Quand la vie de l'écrivain n'est que la relation des aventures personnelles et insignifiantes d'une médiocrité présomptueuse, c'est une tentative impertinente pour tromper le public, et elle trouve sa juste récompense dans le mépris et dans l'oubli. Mais l'égotisme du génie, quand il se rattache à de grands évènemens publics et qu'il fait ressortir des époques particulières de la société, est une dette à la postérité; elle doit lui être payée, et ce paiement ne peut manquer d'être reçu avec plaisir et reconnaissance. C'est ainsi qu'ont été accueillis les mémoires de tous les grands hommes qui ont écrit, et de toutes les femmes agréables qui ont laissé après elles ces charmans tableaux de la société, aussi bien que d'elles-mêmes, que les femmes seules savent esquisser. Elles

sont au nombre des grands bienfaiteurs
de l'humanité, et les sensations agréables
qu'elles procurent font de leurs ouvrages
un cours de morale beaucoup meilleur
que ceux que prescrit la discipline du collége, ou qui se trouvent dans les pages
indigestes d'essais didactiques. Tant que
nous nous occupons et que nous amusons,
nous sommes rarement vicieux; et (pour
offrir le revers d'un citation usée) « les
anges valent mieux que les hommes parcequ'ils sont plus heureux. » Ainsi, à
bas les docteurs de la Sorbonne, et une
acclamation de plus pour les docteurs de
Motteville, La Fayette, de Nemours, de
Staal et de Montpensier.

Je regrette de ne pouvoir ajouter quelques belles Anglaises à cette liste d'auteurs
de Mémoires étincelans d'esprit : mais le
caractère des femmes auteurs de nos trois
royaumes est trop sérieux, et peut-être
trop passionné pour cette tâche. Les Anglaises ne savent écrire que sur l'amour
et la religion; et par conséquent elles n'é-

crivent guère que des romans sérieux ou
frivoles, sacrés ou profanes. L'esprit et la
philosophie leur sont donnés avec très
peu de libéralité.

Le peu de femmes autobiographes qui
ont fait honneur à la littérature de l'Angleterre vivaient dans les temps agités
de la république, quand la force des circonstances, en agissant sur les sentimens
les plus forts et les plus beaux de la femme,
développait son intelligence et la contrai-
gnait à mener une vie active et même pé-
rilleuse. Les deux plus brillans exemples de
ce genre charmant d'égotisme se trouvent
dans les Mémoires de la fantasque Duchesse
de Newcastle et dans ceux de l'héroïque
Mistress Hutchinson. — Deux admirables
échantillons de leurs classes respectives à
l'époque où elles florissaient ; l'une de l'a-
ristocratie pure et sans mélange d'Angleterre, l'autre du premier rang de la classe
mitoyenne.

Dans la longue liste d'égotisme biogra-
phique, je ne connais que deux individus

qui se soient parfaitement tirés d'affaire,
— César, aussi bon tacticien en fait de goût
qu'en fait d'armes, en parlant à la troisième personne, — et Bonaparte, qui parle
de ses vues splendides et de ses combinaisons étonnantes d'une manière qui fait
disparaître l'homme, et qu'on ne voit plus
que sa puissante intelligence personnifiée.
Je fais allusion ici aux fragmens et aux
esquisses qu'il dicta à Las Casas, etc., à
Sainte-Hélène. Sa vie fut un poème épique
parfait, une grande action dramatique.
Quel sujet il aurait été pour Shakspeare!
Il n'y a pas une scène dans Richard III
ou dans Jules-César qui produise un plus
bel effet que les situations pittoresques si
négligemment tracées par la plume militaire de Rovigo. Par exemple : — Bonaparte
traversant la mer Rouge à la tête de ses
légions, précisément à l'endroit où Moïse
conduisit ses Israélites ; le péril dans lequel
son audace intrépide plaça les braves qui
le suivaient et qui lui étaient dévoués ; et
la manière dont il les sauva par un trait

de cette rapide décision d'esprit qui caractérise les ressources et la fermeté du
génie. Dans toutes les grandes occasions,
l'homme (aussi bien que la femme) qui
délibère est perdu.

Une autre scène encore plus pittoresque eut lieu la nuit qui précéda la bataille d'Austerlitz : — la lune dans son
plein brillant sur son camp, jonché de
légions de braves, qui tous, à l'exception
des sentinelles, dormaient : — combien
d'entre eux pour dormir pour toujours !
— L'empereur, au milieu de son armée,
étendu sur la paille, sous un appentis
grossier élevé sur sa tête par l'affection
de ses soldats, et si profondément en-
dormi que son aide-de-camp fut obligé de
le secouer rudement quand il fut nécessaire de l'éveiller pour lui apprendre quelque mouvement de l'ennemi. — La préci-
pitation avec laquelle il sauta à l'instant
sur son cheval bridé, — son galop aux
avant-postes, et sa reconnaissance dangereuse des manœuvres des Russes, — son

3.

retour à son bivouac,—la manière dont
il fut reconnu par ses soldats à demi en-
dormis, quand le bruit de la course de son
cheval interrompit leur repos, — leurs
cris de vive l'Empereur!—les torches de
paille qu'ils allumèrent, honneur qu'ils
rendirent spontanément à leur Chef, au
point que tout le camp devint une illumi-
nation, — sa rentrée sous son appentis,
—et ce profond sommeil auquel il se livra
de nouveau, et dont il devait s'éveiller
pour remporter cette victoire signalée qui
mit à ses pieds le trône des Césars de l'Oc-
cident, et qui plaça entre ses mains la
destinée des Empereurs de l'Orient!

Encore un tableau, et j'ai fini. L'époque est la soirée avant la bataille d'Iéna,
quand Napoléon trouva l'artillerie qui
devait commencer l'action, bloquée dans
un ravin rocailleux d'où elle ne pouvait
sortir, où elle ne pouvait avancer. Sa rage
concentrée, son silence terrible, qu'il ne
rompit pas pour adresser un seul reproche
che au commandant malavisé; — sa

prompte décision, son activité, et le remède qu'il trouva à ce mal. Reprenant son ancienne vocation d'officier du génie, il assemble à la hâte les canonniers autour de lui; donne à l'un une torche, à l'autre une pioche. Se plaçant alors à leur tête, il coupe les ronces, fend les rochers et ouvre un passage pour les canons; et quand le premier affût a passé, il retourne goûter ce sommeil obéissant qui, comme toute autre chose, attendait alors sa puissante volonté. « J'ai toujours devant les yeux, » dit Rovigo, « ce qui se passait sur les figures de ces canonniers en voyant l'Empereur éclairer lui-même, un falot à la main, les coups redoublés dont ils frappaient les rochers. »

Que la vie d'un tel homme ait été écrite par le rebut des entresols des Tuileries et par le commérage des salons de Londres! un soldat seul devrait écrire la vie d'un soldat, s'il n'a pas l'égotisme de l'écrire lui-même. Je suis sûre que le Duc de Wellington est de mon opinion, et j'es-

père qu'il fournira des documens à quelqu'un de ses vaillans aides-de-camp et
compagnons, pour écrire ses Mémoires
militaires , et ôter aux préjugés nationaux, et à un intérêt personnel sordide,
l'occasion de défigurer et falsifier ses exploits et ses intentions. Qu'il ne se fie
pas aux promesses de l'adulation pendant sa vie. Que le destin de son antago-
niste impérial lui serve de phare et de
guide. Quant à ses Mémoires législatifs ,
ils sont écrits en trois mots : — l'Émancipation des Catholiques.

L'Amour oisif.

——

Le nain géant de ce signor Junio,
Dan Cupidon, le Seigneur aux bras
croisés.

Combien peu de romans d'amour on
écrit aujourd'hui ! l'heure de leur vogue
est passée, et cette denrée est devenue su-
rannée. Un Écossais qui vint nous voir il y
a quelque temps, s'amusa, pendant qu'un
groupe d'individus qui faisaient des visi-

tes du matin étaient à causer, à jeter un
coup d'œil sur les livres de la bibliothèque de mon mari. Il était tombé sur un
rayon consacré à l'histoire naturelle, et
son attention se fixa sur le volumineux
ouvrage de Lacépède sur les poissons. Tandis que ses yeux passaient successivement
de volume en volume, sa voix s'élevait en
proportion que sa surprise augmentait.
« Poissons, poissons, poissons! » s'écria-
t-il avec l'accent de son pays; « hé, Messieurs, quoi! six volumes rien que sur les
poissons! » Combien de centaines de milliers de volumes ont été écrits rien que
sur l'amour, depuis les amours de Pétrarque en mille et un sonnets jusqu'aux
« Amours des Anges » de M. Moore, en
un élégant volume! De combien de manières ce sujet a-t-il été traité depuis
Cassandre et le grand Cyrus in-folio jusqu'à la Nouvelle Héloïse en quatre volumes de passable grosseur, et ainsi jusqu'à
Werther, de même taille qu'un livre d'Heures, et qui, relié en velours noir, était sus-

pendu par une chaîne d'or au col de ses
belles lectrices, avant que le siècle du
sentiment fût passé. Mais plutôt que d'é-
crire sur l'amour, un romancier moderne
a recours aux registres de Newgate et aux
articles du Morning-Herald, sur ce qui se
passe aux tribunaux de police (1).

Le fait est qu'il y a aujourd'hui moins
d'amour qu'il n'y en avait autrefois, et que
c'est une marchandise dont l'approvision-
nement diminue tous les jours. La raison
en est claire. Il y a moins d'oisiveté, et par
conséquent moins de cette concentration
qui contribue à produire la passion. D'une
autre part, ce terrible maître d'école, qui
de manière ou d'autre s'est introduit dans
le monde (2), chasse à coups de verge le

(1) Les romans d'amour sont moins nombreux en
Angleterre depuis que sir Walter Scott a fondé, par ses
chefs-d'œuvre, une nouvelle école de roman. Lady
Morgan a composé aussi des romans historiques que
ceux de sir Walter Scott n'ont pas fait entièrement oublier.   Éᴅ.

(2) Métaphore employée par M. Brougham dans un

pauvre petit amour partout où il le trouve, « pédant tyrannisant un enfant. » Ensuite les utilitaires (1) ne veulent pas entendre parler de ce morveux, avec ses doctrines Anti-Malthusiennes; ils le chassent du boudoir, et l'envoient aux moulins à pied (2) pour y faire pénitence et se repentir avec d'autres jeunes délinquans. L'agriculture, les affaires et l'éducation sont des officiers de police contre les soupirs amoureux.

Les nations les plus oisives sont toujours les plus galantes, et la Cour de *Doc-*

de ses discours à la chambre des Communes, pour désigner les progrès de l'instruction.   Note du Trad.

(1) L'auteur ayant ici fabriqué un mot anglais, le Traducteur s'est cru obligé d'imiter son exemple en français.   Note du Trad.

(2) Les moulins à pied sont un moyen inventé il y a huit à neuf ans pour donner de l'occupation aux prisonniers condamnés aux travaux forcés. Ils se meuvent par le moyen d'un grand cylindre construit à peu près sur les mêmes principes que la roue d'une cage d'écureuil. La circonférence en est disposée en marches d'escalier, et la machine tourne à mesure que les prisonniers montent sur cette échelle sans fin.   Note du Trad.

tors' Commons (1) aurait peu de besogne si les désœuvrés du grand monde étaient réduits à imiter l'activité morale et physique du tiers-état. Les grands à demi civilisés sont oisifs et intempérans : oisifs par suite de leurs institutions, qui, étant celles du despotisme, empêchent la grande masse de prendre part aux affaires publiques; et intempérans parceque la richesse et l'oisiveté réunies donnent le désir et fournissent les moyens de se livrer à des excès. Quelles scènes d'orgies bruyantes n'eurent pas lieu parmi les courtisans de Henri VIII et de François Ier, et parmi ceux de Charles II et de Louis XIV au commencement de son règne! Dans le plus haut degré de la vie sauvage, les hommes sont gouvernés par l'appétit; au plus haut point de la civilisation, ils sont guidés par les convenances. Les Esquimaux, toujours en campagne, et les An-

(1) Chargée de prononcer sur les demandes en divorce.   Note du Trad.

glais, toujours en présence du public et
occupés du commerce et de la politique,
des sciences et des arts, n'ont ni les uns
ni les autres le loisir d'aimer à la manière
des Pétrarque et des Rousseau.

Cependant, même à présent, on peut
avoir ce que les Français de nos jours
appellent « *un sentiment* ; » ce qui est
une chose assez amusante qui ne laisse
après elle aucune cicatrice : — cœur, conscience, réputation, tout restant intact,
« *pourvu qu'on soit sage*, » comme une
Française me le disait l'autre jour. C'est,
soit dit en passant, un *item* dans le code
de conduite, auquel on ne songeait jamais
dans les anciens temps de la galanterie
française.

Raconteurs (1).

———

Je ne connais aucune expression dans
la langue anglaise qui réponde précisément au mot français « raconteur, » et
c'est pourquoi je soupçonne que le talent
naturel qu'il indique n'est pas compris
dans le catalogue des talens anglais.

Les Anglais déclament mieux qu'ils ne
causent, et raisonnent mieux qu'ils ne

(1) Ce mot n'est pas précisément le terme propre : un
Français dirait *conteur*, l'autre mot étant peu usité.

ÉD.

déclament. Des institutions libres les ont
mis à portée de cultiver avec succès l'art
oratoire; l'habitude des affaires publiques
les a rendus bons logiciens, mais je doute
qu'aucune combinaison morale ou politique en eût fait de bons raconteurs. Ce talent tient trop au tempérament, que les
institutions et l'éducation peuvent diriger,
mais sans pouvoir le changer. C'est ce qui
constitue le caractère national, c'est ce qui
rend le Français moderne à tant d'égards
ce que César trouva les Gaulois, et ce qui
conserve encore aux propriétaires ruraux
anglais du dix-neuvième siècle une bonne
partie de la physionomie morale des rustres
vainqueurs d'Azincourt et des grossiers
compagnons de Wat-Tyler (1). On ne peut
concevoir que l'éducation fasse d'un
Groenlandais un Horace, ou qu'elle change
un nègre en un Newton : il serait aussi

(1) On peut voir de curieux détails sur ce chef de
rebelles, dans le roman historique de M. Defauconpret
intitulé *Wat-Tyler*. Paris, *Charles Gosselin*, 3 vol.
in-12.   ÉD.

raisonnable de vouloir métamorphoser par la culture une pomme de terre en ananas, ou d'espérer obtenir par la greffe, des mûres ayant la taille et la saveur d'un melon.

L'Anglais a reçu de la nature un tempérament trop bilieux ; il est trop réfléchi et trop abstrait pour se plier à l'art d'une narration légère et agréable; ses affections sont trop profondément enracinées, sa gaieté est trop intermittente, son humeur trop fâcheuse. Mais chez le Français, c'est un don naturel, et chaque époque de l'histoire littéraire de la France peut fournir son contingent de bons raconteurs. Dans les siècles anciens on faisait un métier de ce talent, et ses professeurs, sous le nom de conteurs, allaient de province en province et de château en château, sûrs d'une brillante réception et d'une récompense libérale en retour de l'histoire qu'ils inventaient avec esprit, ou de l'anecdote qu'ils débitaient agréablement.

Fabliaux sont or moult en course;
Mainte deniers en ont en bourse
Cil qui les content.

FABL., *Mss. de la Bibl. du Roi.*

Dans la France moderne, ce talent, qui
a toujours obtenu la vogue, a quelquefois
conduit à la fortune. Chaque salon était
ouvert au raconteur; et la réputation com-
mencée aux « *petits soupers* » et dans les
boudoirs de personnes d'une condition
privée, recevait son dernier relief par
l'admiration de la Cour et par la faveur
du Monarque. Le goût pour les anecdotes
est un penchant, peut-être un faible, in-
hérent à la royauté : un Bonaparte et un
Bourbon furent également redevables de
quelques uns de leurs plus agréables momens au plus charmant raconteur que la
France même ait peut-être jamais produit.
Tous deux, avec une impatience royale,
coupaient court à un bavard ennuyeux
au milieu de son récit; et la même habitude de commander leur dictait précisément la même phrase, et l'un et l'autre

s'écriaient : — Allons, Denon, contez-
nous cela. —

Ce talent, qui rend la société en France
si agréable par sa vivacité, se trouve dans
la littérature française. Le— « j'ai ouï-di-
re» — de Brantôme est toujours le prélude
de quelques détails curieux et intéressans;
et le délicieux Montaigne doit sa réputation immortelle, moins à l'érudition dont
il était si fier, qu'à l'art qu'il méprisait lui-
même comme bavardage. Il est inutile de
parler des narrations exquises de madame de Sévigné; tous ses détails sont
des tableaux, et ses incidens les plus communs tirent le plus puissant intérêt de
l'heureuse manière dont elle les rapporte.
Quelle différence entre les aventures
amoureuses de madame de Montpensier
et du duc de Lauzun! comme elles sont
racontées dans la lourde autobiographie
de la Princesse boudeuse et aigre, et
les esquisses que trace madame de Sévigné dans ses pages! L'écrivain moderne
qui a placé sur le théâtre français l'his-

toire de Pomenars n'a rien ajouté à l'effet dramatique de sa narration délicieuse.

Ninon de l'Enclos possédait l'heureux talent de bien raconter à une telle perfection, que lorsque Molière lui eut lu le premier brouillon de son Tartufe, et qu'elle lui eut raconté une aventure dont elle avait elle-même été l'Elmire, il déclara que si sa pièce n'eût été déjà écrite, il ne l'aurait pas entreprise, tant le Tartufe de Ninon était supérieur au sien. (— *Tant il se serait cru incapable de rien mettre sur le théâtre d'aussi parfait que le Tartufe de mademoiselle de l'Enclos.*)

Celle qui succéda immédiatement à ces dames douées de ce talent, fut mademoiselle de Launay (madame de Staal). La relation de sa première entrevue avec sa protectrice, la Duchesse de La Ferté, est un brillant exemple du mérite particulier de cet art; et le propos bien connu : — *Allons, Mademoiselle, parlez un peu religion, vous direz ensuite autre chose —*, a passé en proverbe. Ce talent enchanteur

est toujours remarquable par la naïve simplicité de manière qui l'accompagne ;
— par ce ton de vivacité franche que
l'affectation (attribut de ce qui est faux
et faible), ne peut imiter, en dépit de
toute sa présomption. Ce don est rare, et
il est en quelque sorte capricieusement
distribué dans la société. Il est quelquefois possédé par des personnes qui n'ont
pas d'autre distinction; et le génie, même
de l'ordre le plus élevé, en est souvent
entièrement dépourvu. Je puis me tromper, mais je doute qu'aucunes circonstances eussent jamais pu le donner à la
célèbre madame de Stael. Le caractère et
la tournure de son esprit semblaient se diriger entièrement d'un autre côté. Son
tempérament était trop allemand, la
construction de son intelligence trop
alambiquée; d'ailleurs l'école de Thomas
et de madame Necker, dans laquelle elle
avait été élevée, avait trop de *précieux*
pour n'avoir pas étouffé les dispositions
qu'elle aurait pu avoir aux grâces natu-

relles qui sont indispensables à un narrateur fidèle.

Montée sur le piédestal de sa réputation, et entrelaçant entre l'index et le
pouce la branche de laurier qu'elle tenait
toujours en main (par tie ou comme un
emblème), madame de Stael, comme sa
Corinne, était au centre de son cercle, qui
semblait attendre en même temps ses auditeurs et ses inspirations : et quand elle
croyait le moment venu, elle prononçait
ses oracles métaphysiques et politiques
en phrases mesurées, avec une éloquence
qui, soit qu'elle expliquât les doctrines de
Kant, soit qu'elle développât les vues de
Necker, était plus calculée pour commander l'admiration que pour exciter le plaisir. Tout cela était fort bien et plein d'intelligence, mais ce n'était pas ce qu'on
désire trouver dans un bon raconteur. Il
est impossible de se figurer une telle Py-
thonisse descendant de son trépied, s'en-
veloppant de son châle, s'enfonçant dans
sa bergère, appuyant les pieds sur le

garde-cendre, et se mettant à — *raison-
ner pantoufle* — avec une gaieté sans prétention, et à fixer et charmer l'attention par ce débit aimable et facile qui
ne s'arrête pas à choisir un sujet, et
qui n'offre rien d'étudié dans l'art par
lequel il enchante sans le savoir ses
auditeurs (1).

Ce fut peut-être parcequ'il lui manquait
cette heureuse simplicité, que madame de
Stael perdit le suffrage de l'homme dont
la conquête était l'objet de toute son ambition. Bonaparte voulait être gagné et
non harangué ; et fuyant les préceptes éloquens de la fille comme il avait coupé
court aux dissertations ennuyeuses du
père, il nomma l'une — une *phraseuse*—,

(1) Les amis de madame de Stael trouverout ce jugement très sévère. A l'époque où lady Morgan a pu
connaître notre Corinne, elle ne savait peut-être pas
encore assez le français pour l'apprécier. Quant à Napoléon, il avait ses raisons pour ne pas aimer madame de Stael.   ÉD.

et prononça que l'autre était — *au-dessous de sa célébrité* — (1).

Ce fut, je crois, à peu près à l'époque où il prit la fuite devant le financier dissertateur dont les longs discours et la politique n'étaient guère d'accord avec le rapide — *en avant* — des modernes manœuvres militaires et législatives, que Bonaparte écouta avec plaisir un agréable raconteur que le hasard jeta sur son chemin, en la personne d'un humble ministre de l'Église de Genève. Napoléon, avec son tact infaillible, découvrit bientôt le talent qui était caché sous la simplicité sans prétention de son compagnon. La conversation tomba sur Kant et sa philosophie : — Y pouvez-vous comprendre quelque chose? — lui demanda l'Empereur avec sa manière brusque. — Pas un mot, sire, répondit le ministre —. Ni moi non plus, reprit Napoléon; cependant madame de

(1) Ceci arriva dans son entrevue avec M. Necker, à Genève. Note de Lady Morgan.

Stael entend tout cela. » Et il se mit
à rire en montrant ses belles dents, charmé
de trouver au moins un homme de bon
sens aussi borné que lui sur cette doctrine vague et peu satisfaisante.

Pour bien raconter, il faut avoir une
connaissance claire et circonstanciée de
tous les détails. Quand ils sont bien clas-
sés dans l'esprit, on les rendra avec la
vérité, la force et l'effet de lumière nécessaires pour faire impression sur les
auditeurs. Les faits paraissent souvent
chargés d'un coloris trop fort, quand
on ne fait pourtant que les représenter
sous les mêmes couleurs qu'on les a vus.
Il est quelques esprits sur qui un paysage,
un caractère, un incident, ne font pas plus
d'impression que la pointe d'une flèche
n'en fait sur un bouclier de fer, qui en
conserve à peine une légère marque; tandis que d'autres, dont l'étoffe est moins
imperméable, reçoivent l'empreinte des
objets qui les frappent, avec une profondeur et une exactitude proportionnées à

la force qui l'imprime. Il y a peu de rapport entre ces deux espèces d'imaginations ; et celui qui a reçu en partage la
première, regardera comme une exagération de nature et de vérité, le même récit
qui réfléchit les idées du second avec toute
la vigueur de la conception primitive.

Denon m'a souvent dit que le meilleur
raconteur qu'il eût jamais connu, à l'exception de Voltaire, était le disciple de
Voltaire, le marquis de Villette, le mari
de « *Belle et Bonne.* » Ferney était une
bonne école. Chacun connaît l'anecdote
de d'Alembert, Huber et autres, racon-
tant, à qui mieux mieux, des histoires de
voleurs ; et quand vint le tour de Voltaire,
prenant le ton d'une vieille commère ba-
varde, il dit : « *Messieurs, il y avait une
fois un fermier général. — Ma foi, j'ai
oublié le reste.* » Denon m'a dit que sa dernière visite à Voltaire avait eu lieu en 1776 ;
il avait été retenu fort tard à Genève, et
il était près de minuit quand il arriva à
Ferney. Il trouva le vénérable patriarche

qui l'attendait pour le recevoir dans ce salon maintenant si bien connu de tous les
voyageurs anglais. Il était en parfaite santé
et en grande gaieté, et après le souper,
les deux délicieux raconteurs se mirent à
raconter, excités l'un par l'autre, et char-
més l'un de l'autre. Ce fut en vain que
madame Denis descendit plusieurs fois de
sa chambre à coucher, en coiffe de nuit
et en pantoufles, pour tâcher d'engager
son oncle à se retirer dans la sienne. Voltaire, avec le ton plaintif d'un enfant gâté
qui résiste à sa bonne, la repoussait en
lui disant: « *Mais allez donc, — qu'est-ce
que ça fait, si je m'amuse?* »

L'influence que Denon lui-même obtenait sur le temps et quelquefois même
sur la nature, car il pouvait «tuer le
sommeil» (1), nous fut souvent prouvée
à nous-mêmes pendant le séjour que nous
fîmes à Paris à différentes époques. Denon
se couchait *intolérablement* tard, — nous

(1) Shakspeare, *Macbeth.*   Éᴅ.

nous couchions *intolérablement* de bonne
heure. Après un mois de bals parés, de
soirées, de réunions et d'opéras, nous
fûmes obligés de prendre du repos, et de
passer une soirée chez nous. Nous don-
nâmes des ordres en conséquence, et nous
envoyâmes les domestiques se coucher.
Mais tout-à-coup, lorsque la dernière
lampe était éteinte, que les derniers tisons
se consumaient, et que pour gagner notre
chambre à coucher nous traversions en
bâillant l'antichambre sombre de notre
vieil hôtel du faubourg Saint-Germain, nous
entendîmes sonner en carillon à la porte.
Elle s'ouvrit invisiblement, en criant sur
ses gonds, et les roues d'un cabriolet re-
tentirent sur les pavés de la cour. Nous
rentrâmes à la hâte, de peur que la lumière
ne brillât à travers les fenêtres de notre
chambre, et ne servît de phare à l'intrus
qui venait nous visiter à cette heure indue. Pierre, le frotteur, avançant sa tête
de mélodrame, nous demanda avec un ton
interrogatif : « *Madame n'y est pas, —*

n'est-ce pas? » et il s'en alla pour défendre la porte à ce coureur de nuit. Mais
ce fut inutilement : il était déjà dans l'antichambre, et nous reconnûmes la voix
de Denon, qui lui disait: «Va te coucher,
mon brave homme. — C'est bon, c'est bon. »
Il arriva, la tête montée, en fredonnant:
« *Et l'on revient toujours à ses premiers*
amours, » avec une emphase applicable
à la circonstance. Il était tout couvert de
croix, de rubans, et de tous les emblèmes
de la Légion-d'Honneur, en un mot, en
costume complet de corps et d'esprit. Il
avait dîné avec un des ministres, et il était
encore animé du feu que lui avait inspiré
une compagnie agréable où il avait justifié
la partialité qu'avait pour lui Bonaparte,
en charmant les ultras eux-mêmes.

Il venait nous gratifier de tout son brillant, comme il avait coutume de le faire
en semblables occasions; et nous étions
aussi contrariés de cette visite délicieuse,
que si elle nous eût menacés de tout l'ennui que causent ceux qui savent si bien

se rendre ennuyeux. Nous étions debout, moitié bâillant, moitié souriant, avec une sorte de contorsion galvanique, comme pour montrer en même temps notre envie de dormir et notre savoir-vivre, tenant chacun un bougeoir à la main, et lui disant : « Mais nous allions nous coucher, mon cher Denon. » — « Je le vois, » répondit-il. Et me prenant poliment mon bougeoir, il ralluma les bougies qui étaient sur la table, — m'approcha une chaise de la cheminée, — jeta une bûche sur le feu, et avec un air de sollicitation, nous demanda encore un petit moment. — « Notre mari et nous, » nous nous regardâmes d'un air contrarié, et nous bâillâmes avec ostentation en donnant un consentement forcé à sa proposition, quoique étonnés que le misérable physique eût tant d'influence sur nous, et qu'un état d'épuisement quelconque eût pu nous réduire assez bas pour nous empêcher de goûter la société d'un homme pour qui nous avions autant d'amitié que d'admiration.

Denon m'avait fait présent ce jour-là de son magnifique ouvrage sur l'Égypte (la grande édition), et cet énorme volume était placé sur la lourde table de marbre qui était au centre de l'appartement, et qui semblait, par sa solidité, avoir été faite pour le recevoir. Nous en examinions les gravures, et Denon, prenant son crayon, écrivit sous leurs portraits les noms de quelques unes des personnes distinguées qui y sont représentées. Se rapprochant ensuite du feu, et prenant sa figure de raconteur, il nous donna des détails si curieux et si intéressans sur son séjour en Égypte avec Bonaparte, — sur son intimité avec Desaix et avec d'autres personnages notables qui avaient fait partie de cette expédition, et sur une multitude de scènes et d'évènemens dont il avait été témoin, qu'insensiblement nos questions devinrent aussi animées que l'était sa narration.

De l'Égypte nous passâmes aux funérailles de Desaix sur le mont Saint-Ber-

nard, tableau digne du Poussin, et de là
aux campagnes d'Allemagne. Il nous dé-
crivit avec un naturel exquis l'entrée dans
Postdam, comme si c'eût été une épreuve
avant la lettre d'une de ses propres gravures d'après Rembrandt ou Paul Potter.
Pas un effet d'ombre ou de lumière n'y
manquait, et le ton et les gestes du vain-
queur nous étaient rendus comme s'il eût
été là et qu'il eût marché devant nous. La
visite à Sans-Souci, et l'intérêt flatteur
avec lequel Bonaparte en examina les appartemens, où rien n'avait été changé depuis qu'ils avaient été occupés par Fré-
déric-le-Grand, ne furent pas l'objet d'une
simple narration, mais devinrent une
sorte de représentation théâtrale, et le
pillage des armoires et des secrétaires fut
joué comme une excellente scène de bri-
gands. L'Empereur eut pour sa part des
dépouilles l'épée de Frédéric; le butin
de Denon ne fut pas moins caractéristique : — un manuscrit autographe de poésies du roi, avec des corrections par Vol-

taire. Sur quelques unes des stances il
avait écrit : « *Digne des meilleurs poètes
français.* » Sous d'autres se trouvait la
simple note critique : « *Fi donc!* » C'était
ce que Voltaire appelait « blanchir le linge
sale du roi. »

On a souvent parlé de l'intérêt que té-
moignait Napoléon pour ses soldats blessés,
et des soins paternels qu'il en prenait. —
Il allait visiter le champ de bataille avec
empressement quand la journée était décidée; — il tâtait le pouls des blessés, — il
essuyait leurs blessures, — il leur admi-
nistrait des cordiaux de ses propres mains.
Ces faits sont bien connus, et ils lui valu-
rent l'amour de son armée tout autant
que ses prouesses. Denon l'avait accompagné dans une de ces pieuses visites, et
ce spectacle terrible l'affecta tellement,
qu'il devint le cauchemar de ses rêves. Il
se leva au point du jour et retourna sur
le champ de bataille, dans l'espoir de
trouver quelques êtres vivant encore
parmi les amas de cadavres qui le cou-

vraient. Dans les traits d'un officier il crut
reconnaître ceux d'un ami, et en l'examinant avec plus d'attention, il remarqua en
lui quelques signes de vie. Il s'efforça de
le dégager du cheval-mort sous lequel il
était, mais les forces lui manquèrent. Il
n'y avait pas un moment à perdre. Regardant autour de lui pour chercher du secours, il aperçut deux hommes appuyés
contre une pièce d'artillerie renversée,
regardant avec un air de sang-froid la
scène qu'ils avaient sous les yeux, et écrivant quelque chose sur leurs tablettes. Il
les reconnut aisément pour les commis-
saires allemands chargés d'enterrer les
morts. Il courut à eux pour les prier de
l'aider, mais ils lui répondirent à l'unis-
son : « *Monsir, nous sommes ici pour enterrer les morts.* » — « Bon, dit Denon,
mais vous m'aiderez sûrement à sauver
un vivant. » Tout en continuant leur tâche
lugubre, ils répétèrent : « *Nous sommes
ici uniquement pour enterrer les morts.* »
Denon eut inutilement recours aux priè-

res, aux promesses, aux menaces, rien ne put émouvoir le flegme des deux Allemands. Ils l'écoutèrent avec patience, et lui répliquèrent pour la troisième fois : « *Fous êtes un pon monsir, mais nous sommes ici pour enterrer les morts.* » Écrite, cette anecdote est peu de chose, mais racontée dramatiquement, avec l'impassibilité de la physionomie allemande et avec l'accent guttural germanique, elle était irrésistible; et c'était ainsi que notre délicieux raconteur savait « passer du grave au gai » avec autant de pathétique que d'enjouement, nous faisant tour à tour rire et pleurer à son gré, et exaltant notre imagination comme il lui plaisait.

Au milieu d'une aventure très intéressante dont la scène était Venise ; — le temps, un soir éclairé par la lune ; — le lieu, un balcon du palais Benzoni ; — et l'héroïne, la belle et bien connue Biondina in Gondoletta, — Denon s'arrêta tout-à-coup en comptant par un mouvement de l'index les coups frappés par l'horloge des

1.

Tuileries, qui sonnait trois heures. Il se
leva avec un air de confusion, et nous fit
des excuses de nous avoir fait veiller jusqu'à une heure si indue. Il s'en allait,
quand je l'arrêtai en lui disant : «Mais fi-
nissez votre histoire. » — « *Trois heures
bien sonnées!* » répliqua Denon, qui était
déjà à la porte, tandis que je lui répétais
les paroles de Voltaire : « *Mais qu'est-ce
que ça fait, si je m'amuse?* » — « A la
bonne heure, » dit Denon d'un air de
triomphe. « J'ai vu en entrant que j'étais
un fâcheux, et que vous aviez pris votre
détermination; j'ai pris la mienne. Ainsi,
bonjour; je vous finirai mon histoire une
autre fois. » Et avec cette malice de la con-
teuse des *Mille et une nuits,* il partit aussi
leste à soixante-dix ans que s'il n'en
avait eu que dix-sept, sauta dans son cabriolet, et sortit à grand bruit, comme
il était arrivé, son cheval et son cocher
étant aussi alertes que lui-même. Tout
dans cette scène était français, exclusivement français , — le raconteur, le che-

val, le cocher et le cabriolet y compris.

Les Italiens n'ont jamais été célèbres comme raconteurs; l'organisation qui leur donne leurs *improvisatori* est peut-être précisément en opposition avec les qualités nécessaires à un raconteur. Les touches sûres, rapides, profondes, mais négligées, qui, dans l'entretien, donnent à la narration son charme et sa force; le génie de l'imitation, le burlesque inévitable, la convenance des gestes, le changement d'accent, la vive conception de la scène ou du fait racontés, exigent un tout autre genre de physique que celui qui forme le déclamateur lent et solennel, et l'*improvisatore* débitant ses oracles, — qui voit tout dans les nuages, — qui échauffe son imagination d'un feu qui n'a rien de terrestre, et qui arrange ses phrases faites d'avance et ses rimes de convention, les yeux levés vers le ciel, et avec un air d'abstraction fantasque — à part et au-delà de toutes les réalités positives de la vie. Même dans la conversation, les Ita-

5.

liens produisent plus d'impression qu'ils ne sont agréables; — ils ont plus de passion que d'esprit; — ils parlent en phrases à perte d'haleine, et ils oublient que le monde a été créé en six jours, — la première et la plus grande leçon qui ait été donnée par la Providence sur la valeur du temps, même en vue de l'éternité.

Les Italiens se plaignent du nombre disproportionné de *seccatori*, c'est-à-dire d'ennuyeux, qui se glissent dans leurs cercles, sans rendre raison de cette circonstance. Mais des hommes à qui leur religion et leurs institutions défendent de penser librement, ou de discuter ces grandes questions qui concernent les principaux objets de la vie, sont nécessairement enchaînés à des sujets de moindre importance. Ils sont forcés de substituer des paroles aux actions, et ils deviennent faibles dans leurs relations intellectuelles, parcequ'ils se trouvent politiquement dans une fausse position. Cependant il faut en

accuser leur étoile plutôt qu'eux - mêmes.
Bocace n'était pas un mauvais raconteur ;
Arioste savait raconter ; et c'est des *no-
vellisti* des États libres de l'Italie dans son
glorieux moyen âge, que Chaucer et Shakspeare ont emprunté leurs détails les
plus heureux. Des combinaisons fortes et
attachantes produiront toujours des tableaux frappans et fidèles.

Mais de tous les raconteurs du monde,
les Français exceptés, les pauvres Irlandais, dont l'histoire est si lamentable à
raconter et si pénible à entendre, sont les
plus plaisans et les plus amusans. Tant de
causes physiques et politiques ont contri-
bué à former les Irlandais à ce talent, et à
les y rendre accomplis, qu'il ne convien-
drait pas à la légèreté du sujet que je traite
d'entrer dans cette discussion. C'est un fait
curieux que l'Irlande, comme la France,
ait eu ses conteurs dès les temps les plus
reculés. Sous le nom expressif de *Dresbeartagh*, c'est-à-dire conteurs d'his-

toires (1); ils firent partie de la maison
des grandes familles jusqu'à la fin du sei-
zième siècle. « Parmi les places de leur
maison, qui restaient toujours dans la
même famille, » dit sir William Temple en
parlant des Irlandais, les grands personnages de leurs Septs (2) avaient non seulement un médecin et un poète, mais un
conteur d'histoires. Un fort galant homme
du Nord m'a dit, d'après sa propre expérience, que, quand il était à la chasse des
loups, passant souvent trois ou quatre
jours dans les montagnes, et qu'il était
fort mal couché pendant la nuit, on lui
amenait, quand il allait se reposer, un de
ces conteurs d'histoires, qui commençait
un conte d'un roi, ou d'un géant, ou d'un
nain et d'une damoiselle, ou quelque fadaise semblable, et qui continuait toute la
nuit à le débiter d'un ton si uniforme, qu'on

(1) Littéralement, *dres* signifie «*nouvelles.*»
                    NOTE DE LADY MORGAN.
(2) Un *Sept* est en Irlande la même chose qu'un *Clan*
en Écosse, c'est-à-dire une tribu.   NOTE DU TRAD.

l'entendait chaque fois qu'on s'éveillait.

Cet effet n'est pas précisément celui qu'un raconteur moderne aimerait à produire. Mais le talent s'y trouvait; et toute la scène, — la chasse au loup, le chasseur, les montagnes, le conteur d'histoires, — est curieuse et pittoresque, et fait assez bien connaître l'état sauvage et primitif de l'Irlande, même du temps de sir William Temple, protecteur et maître de Swift.

Un des derniers conteurs de profession en Irlande vivait encore, il y a environ trente ans, dans le comté de Galway; et la renommée de Cormac Common, le *Dresbeartagh*, ou *Fin-sgealaighthe*, c'est-à-dire « l'homme aux paroles, » n'est pas encore oubliée dans cette province, qui même aujourd'hui est le répertoire de tout ce qu'il y a de plus national en Irlande. Aveugle, pauvre, mais doué de talent; Cormac embrassa de bonne heure une profession qui convenait à sa position et à ses moyens. Les histoires qu'il racontait, les anecdotes généalogiques qu'il

recueillait chemin faisant, et qu'il embel-
lissait par son éloquence , étaient son
passe-port pour entrer dans la maison
des grands comme dans la cabane isolée,
— sa lettre de crédit pour être admis au
festin de la veillée des morts, — son billet
de logement pour recevoir l'hospitalité à
une foire. Il était poète aussi bien que
conteur d'histoires, et nous lui devons la
jolie romance d'Ellen-na-Roon, dont il fit
les vers, auxquels il adapta un air de sa
composition. Plus d'une sirène italienne
a dû les transports d'enthousiasme qu'elle
a excités dans un auditoire irlandais, aux
notes du pauvre Cormac.

Je me souviens d'avoir dit à madame Catalani, un jour qu'elle me faisait une visite du
matin à Dublin, que je n'aimais pas la manière dont elle avait, le soir précédent, jeté
les dernières notes de « Johnny Adair, » (1)
et que cet air était irlandais et non écos-

_____

(1) Probablement l'air transporté par Boyeldieu dans
le troisième acte de la *Dame Blanche*.   ÉD.

sais; ce qui était prouvé par sa mélodie
douce et facile en progression régulière ;
caractère si particulier à la musique irlandaise. Nous nous approchâmes du piano,
et je lui fis entendre notre manière irlandaise de chanter ce passage. Madame Catalani l'essaya, — en fut satisfaite, mais
douta que l'air fût irlandais. Pour faire
cesser ses doutes, je lui en contai l'histoire,
avec tous les détails de la naissance, de
la famille et de l'éducation de Cormac,
qui avait composé cet air ; et j'y joignis,
par-dessus le marché, une esquisse de l'histoire de celle qui en avait été le sujet, la
jolie Ellen Kavanagh. Sa charmante naïveté fut aussitôt sous les armes. Elle voulut entendre l'histoire en français ; et quand
je l'eus terminée, je fus toute surprise de
voir combien il était facile de traduire
dans les phrases précises de « *Messieurs
les quarante,* » (1) les amours et les cha-

(1) Plus d'un académicien pourra s'étonner qu'une
Lady irlandaise parle si correctement le français de l'A-
cadémie !   Éd.

grins de Caroll O' Daly et d'Ellen O' Ka-
venah, en dépit des idiomes et des dures
gutturales de l'irlandais. La véritable passion peut se traduire dans toutes les langues, c'est tout le contraire à l'égard des
sentimens de convention.

Cormac Common racontait ses histoires
en prose. Il récitait ses vers sur une espèce de récitatif doux et simple, dont on
dit que les modulations étaient variées par
des cadences d'une beauté particulière.

« En débitant des vers d'Oisin (Ossian) ou de quelque autre poète, » dit
un des auditeurs les plus accomplis qui
lui aient survécu, Sir William Ouseley,
« il les chante à peu près de la même manière qu'on chante le service divin dans
nos cathédrales. »

Ce talent national auquel on devait autrefois un rang, existe encore en Irlande
à un degré supérieur, quoiqu'il ne donne
plus, comme autrefois, un grade hérédi-
taire. Cependant il est presque exclusivement possédé par « les purs Irlandais, »

dont le tempérament se prête à recevoir des impressions avec force et à les rendre heureusement. Tandis que la race croisée des Colons de Cromwell et des aventuriers écossais conserve la teneur uniforme de ses voïes, reste « grave, stable et réservée, » et suit la route qui, en Irlande, conduit à la fortune, — les descendans des Aborigènes, plus heureusement doués de la faculté de sentir; — prompts à saisir toutes les formes extérieures; — donnant à chaque fait le coloris que lui prête le brillant milieu de leur esprit; — conduits par l'imagination plutôt que par l'intérêt; — et satisfaits de l'apothéose de société que leur procurent des talens de société; — vivent trop souvent pour l'amusement des autres plutôt que pour leur propre avancement. Qui peut se rappeler Edward Lysaght sans lui appliquer cette assertion, si bien applicable à son génie et son destin?

C'est certainement parmi les membres les plus Irlandais de la société irlandaise,

qu'on trouve encore les meilleurs raconteurs; et l'on doit compter parmi les privations nombreuses infligées aux Anglais
envoyés avec un rang officiel pour admi-
nistrer notre Gouvernement proconsu-
laire, celle d'être restreints au même cercle insipide de société officielle qui a fait
périr d'ennui leurs prédécesseurs; — société dans laquelle il est si rarement permis à l'esprit et à la gaieté des naturels
du pays de pénétrer. Que de bâillemens
auraient été épargnés à des vice-rois en-
nuyés et à des secrétaires distraits, s'ils
avaient pu ouvrir leurs salons à cette
gaieté et à cette vivacité de conversation
si long-temps proscrites par l'ascendant exclusif! Quelque puissante au barreau,
quelque éloquente dans le sénat que puisse
paraître l'intelligence irlandaise, ce n'est
que sous l'influence des sentimens sociaux que l'esprit irlandais brille de tout
son éclat. C'est le contact social qui en
fait jaillir les étincelles les plus vives.
Dans le sanctuaire des relations privées,

sa confiance ingénue et sa franche gaieté
ne soupçonnent aucune trahison et ne
connaissent aucune contrainte. Les lois
pénales sont même oubliées sous la protection sacrée de celles de l'hospitalité; et
ceux à qui leur religion interdit les fonctions officielles qu'on remplit par routine, prouvent les droits que la nature
leur a donnés au plus haut rang dans la
grande république de l'esprit.

Quiconque a lu ces délicieux articles
irlandais qui donnent tant d'éclat au plus
à la mode et au plus couru des ouvrages
périodiques anglais; — quiconque a ri ou
a pleuré en y lisant ces pages mêlées de
pathétique et de gaieté, les *Esquisses irlandaises;* — quiconque, dans le même
ouvrage, a causé avec Canova et Cammu-
cini sur les arts de Rome, trouverait ces
tableaux bien froids et bien faibles s'il
avait pu être témoin du ton supérieur et
animé avec lequel j'ai entendu raconter les
mêmes détails, *viva voce,* à notre table-
ronde de dix. Là les narrateurs ajoutaient

à la force de la gaieté irlandaise le vernis
parfait de la souplesse dramatique, et ce
ton, cet air, cet accent, qui font le mérite
d'une histoire bien contée, mais qui ne
supportent pas l'impression. Pour juger
de ce don naturel dans sa plus heureuse
étendue, il faudrait pouvoir entendre un
homme qu'on se fait un honneur de connaître (1); qui, soit qu'il raconte en irlandais une histoire pleine de gaieté à la table hospitalière de sa maison paternelle à
Kildare; soit que, dans son joli hôtel de la
Chaussée-d'Antin, il débite son anecdote
en français rivalisant le « *purisme* » de
madame de Genlis, à la satisfaction complète des académiciens qui l'écoutent, et
à la grande envie des beaux esprits de
profession, fournit un modèle heureux
de cette espèce de raconteur, dont celui
qui n'a laissé aucun sujet sans y toucher,
et qui était lui-même le meilleur des con-

(1) P. L—n. Esq. de M—, comté de Kildare.
                    NOTE DE LADY MORGAN.

teurs d'histoire, a légué à la postérité la description suivante :

« Je n'ai jamais passé une heure à cau-
» ser avec un homme plus jovial, quoiqu'il
» ne sortît jamais des bornes d'une gaieté
» décente. Ses yeux servent de pourvoyeur
» à son esprit; car les uns ne peuvent aper-
» cevoir aucun objet sans que l'autre ne
» s'en empare pour y puiser une plaisan-
» terie qui fait rire ; et sa langue, habile
» interprète de son esprit, la débite en
» termes si heureux et si gracieux, que les
» vieilles oreilles en perdent leur gravité,
» et que les plus jeunes sont plongées dans
» le ravissement, tant ses discours sont
» agréables et coulans (1).

(1) De l'aveu de tous les Anglais qui le connaissent, il n'existe pas, dans la Grande-Bretagne, un conteur plus amusant que Sir Walter Scott.   Éd.

L'Éternité.

Un recueil des opinions et des désirs des hommes sur l'éternité fournirait d'excellens alimens à la méditation. Le désir d'une existence au-delà du tombeau est une suite presque inévitable du désir organique de vivre en chair et en os. Cependant peu de gens aimeraient une éternité de vie semblable à celle qu'ils mènent à présent, ou consentiraient même à recommencer ce qui en est passé. Horne Tooke était de ce petit nombre; et il était

si satisfait de sa carrière mortelle, qu'il
aurait désiré qu'elle pût se répéter ainsi à
jamais. Il dit un jour en dînant : « Une
petite élection de Breatford, — un petit
procès pour haute trahison — (quoique
en une autre occasion il eût dit qu'il aimerait mieux se déclarer coupable, que
d'avoir à endurer un second discours du
Procureur-Général), — une petite contes-
tation avec Junius, — un peu de tout, et
même du lièvre qui est sur la table. »

Ce n'était pourtant que le propos d'un
homme animé par la bonne chère et excité par le bon vin; et la philosophie à
table est toujours suspecte. On doit en
appeler de Philippe ivre à Philippe à jeun
pour obtenir l'opinion véritable d'un
homme.

> L'esprit qui tient du corps
> En bien mangeant remonte ses ressorts.

Mais les tons d'un instrument monté trop
haut sont toujours faux, et le proverbe de

« La vérité dans le vin » n'est pas applicable au cas dont il s'agit. Pour juger avec
sang-froid de l'existence, il ne faut être ni
trop repu ni à jeun.

Horne Tooke.

Horne Tooke avait coutume de raconter
à mon mari, qui, lorsqu'il était jeune, partageait quelquefois les *Passe-temps de Purley* (1), une histoire de sa jeunesse qui fait
bien connaître le narrateur. Horne étant
au collége à Eton, son maître lui demanda
un jour pourquoi un certain verbe gou-

(1) Purley est le nom de l'endroit où demeurait Horne
Tooke; et les Passe-temps de Purley sont le titre d'un
ouvrage qu'il a composé sur la langue anglaise, et particulièrement sur ses étymologies.   NOTE DU TRAD.

vernait un cas particulier. « Je n'en sais rien, » lui répondit-il. « Cela est impossible, » reprit le maître; «je sais que vous n'êtes pas ignorant, mais vous êtes opiniâtre.» Horne persista, et le maître le fouetta. Après lui avoir infligé ce châtiment, le pédagogue lui cita la règle de la grammaire qui décidait la question. «Je la connais fort bien,» lui dit Horne, «mais vous ne m'avez pas demandé la règle, vous m'avez demandé la raison.» On reconnaît la perspicacité du dialecticien dans sa maturité, comme l'entêtement qui ne voulait pas céder un pouce à l'autorité, et qui pouvait acheter une victoire au prix de quelque souffrance que ce fût. Les opinions peuvent changer, mais l'homme, dans ses principaux traits caractéristiques, est à cinquante ans ce qu'il fut à quinze.

Richard Kirwan, esq.

Il existe à peine une famille distinguée
en Irlande, dont l'histoire, si on la racontait avec impartialité, ne pût être une
preuve du mauvais gouvernement qui a
détruit la prospérité de ce pays et qui en
a anéanti le génie. Depuis le commencement jusqu'à la fin du dernier siècle, être
né catholique était une tache qu'aucun
talent ne pouvait effacer, qu'aucun patriotisme n'était capable de faire disparaître. Il fut une époque où montrer du talent, c'était s'assurer la proscription ou

du moins la persécution ; et les pays
étrangers offrant aux Irlandais un champ
où ils pouvaient déployer leurs moyens
plus honorablement, avec plus de profit,
et sans courir les mêmes dangers, ceux
qui professaient la foi proscrite restaient
bien rarement dans leur pays natal quand
leurs talens étaient une marchandise de
qualité supérieure à celle qui était exigée
pour la consommation intérieure.

Tandis que toute l'Europe applaudis-
sait le génie de Richard Kirwan, l'un des
chimistes et des philosophes les plus distingués de son temps, et admirait ses recherches scientifiques, ses talens n'étaient
nullement appréciés dans son pays natal,
ils y étaient même presque inconnus ; et
sans un accident, il ne serait probablement jamais revenu dans la contrée d'où
sa religion l'avait banni, pour y apporter
les avantages de ses connaissances et la
gloire de son nom.

Richard Kirwan, de Cregg-Castle,
comté de Galway, descendait d'une des

familles les plus anciennes et les plus respectables du Connaught (1), province où
peu de familles daignaient dater d'une
époque plus moderne que le déluge. Il
naquit en 1734, époque désastreuse en
Irlande. Étant fils cadet, il fut, comme
tous les cadets de son rang et de sa
classe, envoyé dans un pays étranger,
pour qu'il pût y recevoir une éducation
libérale, et il passa son enfance et sa
première jeunesse au séminaire de Saint-
Omer, où, après avoir terminé ses études classiques, il se livra à celle des sciences naturelles et de la philosophie avec tant
d'enthousiasme et des succès si brillans,
qu'il était évidemment appelé à un rang
plus élevé dans les sciences qu'il ne lui
aurait été permis de l'atteindre dans son
propre pays. La mort de son frère aîné,
en le rendant héritier d'un beau domaine,

(1) Les Kirwans sont la seule des familles aborigènes
qui était admise dans les Treize tribus du Galway. —
Aussi fier qu'un Kirwan, est un proverbe du Galway.
NOTE DE LADY MORGAN.

lui fournit le moyen de suivre plus efficacement ses goûts, et il continua à cultiver
les sciences avec ce zèle persévérant et cet
amour pour la vérité qui sont toujours
la marque distinctive du génie du premier
ordre. Comme chimiste, il brilla seul pendant bien des années; et s'il fut ensuite
surpassé dans cette carrière par de plus
jeunes successeurs, il avait frayé le chemin à quelques unes de leurs plus importantes découvertes. Vivant beaucoup en
pays étranger, où il était connu et estimé,
il fut nommé membre des Académies de
Stockholm, de Berlin, d'Upsal, d'Iéna et
de Philadelphie, et il le fut ensuite des
Sociétés royales de Londres et d'Édimbourg. Ce n'est, je crois, que long-temps
après que tous ces honneurs étrangers lui
eurent été conférés, qu'il fut nommé président de l'Académie royale d'Irlande,
et docteur en droit dans l'Université irlandaise. Ses connaissances profondes en
minéralogie le signalèrent aussi au gouvernement comme l'homme le plus en état

de remplir la place d'inspecteur général des mines de Sa Majesté en Irlande.

Depuis ce temps il résida principalement dans son pays natal, — tantôt dans sa maison de Ruttland-Square, — tantôt, tant que sa santé le lui permit, dans son château patrimonial de Cregg. Victime d'une singulière affection du gosier qui ne lui permettait pas de manger en compagnie, M. Kirwan se retira de ce qu'on appelle «le monde;» et beaucoup plus célèbre que connu, il ne voyait que des littérateurs, des savans et des personnes douées d'un esprit libéral, — cercle très resserré et fort peu nombreux en Irlande; mais il entretenait une correspondance avec les hommes les plus distingués de toute l'Europe. Parmi ses nombreux ouvrages, les plus connus sont : — *Élémens de minéralogie, — Essais géologiques, — Analyse des eaux minérales, — Logique,* ou *Essai sur les élémens, les principes et les différens modes du raisonnement, — Essais métaphysiques, — Essai sur le phlogistique*, — et son ouvrage sur la température des différentes latitudes, qui fut, je crois, son dernier.

Je me souviens que, lorsque j'étais enfant (— « *du temps du bon roi Dagobert* » (1) —), j'entendis beaucoup parler de M. Kirwan et de chimie; non que mes parens — les bonnes gens! — fussent particulièrement adonnés à cette science ou à aucune autre, quoique nous eussions tous beaucoup de goût pour les arts; mais le plus éminent chimiste de cette époque était un Irlandais, — et qui plus est, un homme né dans la province de Connaught, —et qui plus est encore, dans le comté de Galway, — et outre tout cela nous étions liés par le sang à toutes les treize tribus du Galway, dont les Kirwans étaient une. « Oui, en vérité, en remontant jusqu'à Maoldal-hreock, » comme mon père avait coutume de me le dire,

---

(1) Par cette citation, Lady Morgan veut dire sans doute *il y a bien long-temps de cela.* Éd.

car j'avais été bercée de toute cette érudition irlandaise. Ce fut ainsi que, dès mon
enfance, le nom de Kirwan s'associa dans
mon esprit à ceux de Shakspeare, de Handel,
et du barde irlandais Carolan, les trois *Dii*
majorum gentium (1) de nos autels domestiques.

Mon père — aussi franc Irlandais que
le chien-loup d'Irlande, — découvrit en
moi une prédilection décidée pour tout
ce qui était Irlandais, — pour la musique
de ce pays, pour sa poésie, pour ses fables
d'une imagination fantasque, pour son
commérage local; et « le génie de ma patrie me trouva, » comme le dit l'immortel
Robert Burns, non pas à la vérité « à la
charrue, » mais sur les genoux de mon
père, écoutant, la bouche ouverte, et les
yeux levés sur lui, ces histoires décousues
appelées *Shanaos* dans la langue du pays
à qui je dus de si bonne heure mes inspi-

(1) Les trois dieux *aristocratiques*, *les trois dieux*
de la noblesse; car nous devons traduire le latin de
Lady Morgan pour les dames françaises.   Éd.

rations, et qui fut le sujet de toutes mes pensées.

C'était en faisant l'énumération de tout ce qu'offrait de glorieux sa province natale, et des personnages illustres qu'elle avait produits, c'était en me parlant de l'antiquité respectable de ses treize tribus, que mon père avait coutume d'insister particulièrement sur l'honneur qu'avaient fait à la famille des Kirwans quelques uns de ses membres existans. Après m'avoir esquissé la distinction généalogique entre les Forts, ou Fuentes, les Joyces, les Trenches, les Blakes, les Bodkins, ou les Buaidh Baudikin, comme il les appelait, il s'arrêtait toujours pour faire une longue digression sur la famille des Kirwans, ou, comme il le prononçait, des O'Quirivans; « car, » disait-il, « je regrette d'avoir à vous dire, ma chère, que les Kirwans, dans les temps de troubles, renoncèrent à *la voyelle,* comme beaucoup d'autres qui n'osaient afficher ni l'O ni le Mac. — Ce que nous avons fait nous-mê-

mes, Dieu nous aide! — et les Mac-Owen,
Anglicè Owensons, et les O'Quirivans, ou
O'Kirwans, restent dépouillés aujourd'hui
de ces portions patronimiques de leur
nom de famille. Mais ils n'en sont pas
moins ce qu'ils furent, et ce qu'ils seront
toujours, une grande famille (1). Ce fut
un des Kirwans de Castle-Hackets qui introduisit le premier dans le comté de
Galway les fenêtres vitrées, et j'ai entendu
dire que la première théière qu'on vit
dans la province se trouvait dans le buf-
fet des Kirwans de Blindacre. Mais ceux
de Castle-Hackets ont à se vanter d'avoir
produit ce prédicateur inspiré, le docteur
Kirwan, le plus grand orateur de la
chaire qui ait paru, comme le père O'Leary
me l'a assuré, depuis le temps de Bossuet.
Ensuite il y a les Kirwans de Cregg, dont

(1) En Irlande comme en Écosse le système des Clans
fait respecter les degrés de parenté très religieusement.
Les noms patronimiques sont par conséquent très nombreux; et le cordonnier, dans un mouvement de vanité,
peut se dire le petit-cousin de l'ancien chef féodal. ÉD.

le chef est aujourd'hui le plus grand chimiste et le plus grand philosophe de l'Europe. Je me souviens parfaitement, lorsque Richard Kirwan revint des pays étrangers à Cregg-Castle, je le vis un dimanche marcher sur les bords de la route pour aller à la messe, en bel habit brodé, et le chapeau sous le bras, marchant avec précaution dans la boue, ses pieds chaussés d'escarpins à boucles en pierres. C'était alors un grand jeune homme bien fait et élégant; et il parlait fort bon irlandais, quoiqu'il aimât trop à entrelarder ses discours de mots étrangers. Il était ce qu'on appelle en irlandais un *chi shin* (1), et nous ne pensions guère qu'il deviendrait le premier chimiste et le premier philosophe de son siècle. » C'était là un portrait, — véritable source d'impressions profondes et indélébiles, et je le conserve aussi frais que je le reçus alors; — c'est

(1) Une personne d'un extérieur remarquable.

NOTE DE LADY MORGAN.

une épreuve avant la lettre, dont pas un
trait ne s'est effacé.

Ce fut probablement cette esquisse gra-
phique, et les idées qu'elle fit naître en
moi du mérite de la philosophie et de
l'importance de la chimie, qui influèrent
sur mes goûts à une époque encore bien
peu avancée de ma vie. Avant d'avoir qua-
torze ans j'avais déjà lu Locke, — que
j'avais trouvé par hasard sur l'appui d'une
croisée—, avec un plaisir infini; et j'avais
contracté pour la chimie une passion ar-
dente, mais qui fut de courte durée, sé-
duite par tout ce que j'avais entendu dire
des charmes de Pauline Lavoisier, et par
la lecture de quelques unes de ses expé-
riences. Les miennes cependant furent
coupées court quand je me fus sérieusement brûlé les doigts avec du phosphore,
en voulant effrayer ma femme de chambre
en traçant des lettres de flamme sur les
murailles de sa chambre à coucher pendant une nuit obscure. Le danger que j'a-
vais couru d'être brûlée vive, et la frayeur

que mon expérience malencontreuse causa
à ma famille, m'arrêtèrent dans ma carrière ambitieuse ; et ainsi mon amour
pour les sciences fut victime de mon
amour pour les espiègleries. A compter de
ce moment je dis sans regret un long adieu
à la science.

La vivacité inquiète d'une jeunesse
douée d'intelligence, cherchant le chemin
de la vérité, et poussée par sa propre énergie à s'essayer dans tous les genres de
connaissances, se prend souvent mal à
propos pour une vocation décidée pour
quelque objet dont on n'a pas la volonté
de s'occuper, et qui exige une autre organisation. Mais la nature laissée à elle-
même trouve bientôt son niveau et décou-
vre son penchant. C'est une folie aux
parens de vouloir la forcer ou la réprimer ;
on peut l'aider, mais on ne peut la réor-
ganiser ; et quoiqu'il puisse être plus facile
d'inculquer la science que d'inspirer du
talent pour les arts, la médiocrité, d'un
côté comme de l'autre, doit être la consé-

quence de ces marches forcées de l'esprit, qui usent les forces de la victime sans la faire arriver au but.

Mais quoique j'eusse renoncé à la chimie, je n'avais pas oublié le chimiste ; et j'empruntai et je lus les ouvrages de Richard Kirwan, — du moins ceux que je pouvais comprendre, et peut-être d'autres encore, car je m'enfonçai dans les *Élémens de minéralogie;* je m'occupai très sérieusement de ses *Essais*, et j'acquis de bric et de broc une connaissance à peu près suffisante de sa doctrine favorite du phlogistique pour étonner le vulgaire et amuser les gens sages, — parmi lesquels je comptais ma gouvernante et mon maître d'écriture. Cependant, pour dire la vérité, mes idées du profond et célèbre philosophe s'associaient encore à la description que m'avait faite mon père du grand jeune homme bien fait et élégant, marchant avec précaution au milieu de la boue des routes du Connaught, son chapeau sous le bras, et avec des boucles de diamans à ses souliers.

Avec le temps, quand il ne fut plus question d'école, et que « Alley Croaker fit grand bruit, » — quand une *Jeune Irlandaise* (1) en eut fait connaître une autre, — ce devint la mode d'inviter cette autre et sa harpe irlandaise à toutes les réunions qui avaient lieu à Dublin. Ce n'était pas — (*par parenthèse*) — parcequ'elle écrivait des romans, parceque c'était une honnête petite personne laborieuse, ne désertant aucun devoir pour un métier frivole, mais tâchant de tirer parti « *du petit bout de talent* » que lui avait donné celui de qui dérivent tous les biens, pour alléger le fardeau dont l'infortune avait accablé sa famille; — c'était parcequ'elle était « *l'enfant gâté* » d'un certain cercle, et qu'elle voyait Lady

---

(1) A *Wild Irish Girl*. Lady Morgan se donne ici le titre d'un de ses romans; c'est comme si elle disait : « Quand mon roman m'eut fait connaître. »   ÉD.

Harrington, Lady Asgill, et toutes les grandes dames anglaises dont les familles occupaient des places officielles. Quant aux dames appartenant à l'Ascendant protestant irlandais, les épouses de tel baron de l'Échiquier, du président de telle Cour, du commissaire des voies et chaussées, et du secrétaire du bureau de pavement, elle aurait pu périr dans les rues dans le besoin ou l'infamie, avant qu'une d'elles lui eût tendu un doigt pour la sauver de l'un ou lui éviter l'autre. Mais « laissons cela, » comme disent les romans écossais.

Il arriva que peu de temps après avoir publié ma *Jeune Irlandaise*, comme j'étais à travailler à un de ces « tissus d'air filé » dont j'habillais alors mes héroïnes, et dont j'avais dessein de me parer pour un bal que donnait cette nuit aux casernes Lady Augusta Leith, — une voiture brune, sans armoiries et à la vieille mode, s'arrêta à la porte, et l'on m'apporta une carte sur laquelle je lus : « M. Kirwan,

pour présenter ses respects à la belle (1) auteur de la *Jeune Irlandaise*. » Juste ciel !
quel embarras ! M. Richard Kirwan ! le
grand philosophe ! le célèbre chimiste ! le
grand jeune homme bien fait et élégant !
— Et vite, je jetai de côté les garnitures
et les festons (nous n'en étions pas encore
venus aux « *ruches* » et aux « *falbalas* »);
je poussai mes boîtes à ouvrage sous le
sofa, et je cachai les « Malheurs de Werther » dans le panier à pain ; car l'ouvrage,
Werther et les tartines étaient en ce moment également en réquisition.

Je courus d'abord à la harpe, pour
prendre une attitude (comme le pauvre
Maturin (2)); je me remis ensuite devant la table, pour saisir une plume,
comme « Anna Matilda ; » et quand la
porte s'ouvrit, j'étais dans une position

(1) Il y a dans le texte *fair authoress*, et cette épi-
thète désigne en anglais le sexe autant que la beauté.
                                                            Éᴅ.

(2) Auteur des *Albigeois*, de *Melmoth*, etc., etc.
                                                            Éᴅ.

réfléchie avec l'air de méditation d'un docteur de la Sorbonne ou de Lydia Languish (1); mais l'apparition qui s'arrêta un moment à la porte et qui s'avança ensuite d'un pas solennel me fit littéralement tressaillir. Un grand homme maigre enveloppé, depuis le cou jusqu'aux talons, d'une roquelaure de couleur sombre, et ayant sur la tête un chapeau à larges bords enfoncé très bas sur son front, me présenta l'image véritable de Guy Faux; il n'y manquait que la lanterne sourde. Le jeune homme bien fait et élégant disparut de mon imagination, et je ne vis plus que le philosophe vénérable, mais ayant l'air très singulier.

M. Kirwan, avec toute la grâce de l'ancienne école, ôta son chapeau, mais il le remit sur-le-champ sur une grosse perruque à l'ancienne mode, en s'excusant sur la nécessité que lui imposait quelque in-

---

(1) Héroïne sentimentale de la comédie des *Rivaux*, de Shéridan.   ÉD.

disposition, de se tenir la tête couverte, même dans un appartement bien échauffé. Après quelques hem! et quelques ha! de ma part, et un regard fixe qu'il porta sur moi, de la sienne, nous commençâmes à discourir, et la conversation devint bientôt animée, et très intéressante pour moi. Elle eut pour texte un livre qui était sur la table, et qui avait remplacé mon Werther. Il le prit; et ce fut un incident malheureux, car il l'y rejeta avec indignation, et m'invita à me tenir en garde contre ce qu'il en appelait « l'égoïsme et les sophismes. » — « Jeune Dame, » ajouta-t-il, « vous avez trop d'imagination et de sensibilité pour consacrer un temps précieux à de pareils ouvrages. » Et il attaqua alors les doctrines d'Helvétius avec plus de sentiment que de logique. Sa philosophie étant fondée sur une sensibilité vive et exaltée, il ne voulait pas convenir que l'amour-propre fût le premier mobile de toutes les actions humaines. La sympathie était son dogme favori; et la prépondérance du bien., sa croyance.

Tandis que nous causions, j'aperçus,
de la fenêtre où nous étions assis, le misérable squelette d'un cheval à peine vivant qui avait été laissé, pour y mourir,
sur un terrain vague sur lequel on n'a-
vait pas encore bâti. Les os lui avaient
presque percé la peau. Pendant que nous
le regardions, il tomba, et mourut. « Voilà
un exemple de la prépondérance du bien, »
dis-je ; « que de souffrances doit avoir
éprouvées ce pauvre cheval depuis qu'il
a commencé à manquer de forces et à être
moins utile ! Combien de fois a-t-il été
exposé aux mauvais traitemens de la bru-
talité, de l'ignorance et de la cupidité
désappointée de son maître, qui a fini par
le laisser périr de faim ! Qu'avait fait ce
pauvre animal pour mériter un pareil
sort ? Il n'existe pas pour lui de compen-
sation future ; — un brillant avenir ne l'in-
demnisera pas, pendant toute l'éternité,
de ses souffrances sur la terre. Mais tel est
le sort de presque tous les animaux : ser-

vir et souffrir; — être incapable de crime, et en subir les plus cruels châtimens. »

La physionomie de M. Kirwan devint sombre et agitée; il s'éloigna de la fenêtre, s'assit près du feu, et après un long silence, il m'adressa la parole d'un ton solennel qui me fit une impression profonde. Il commença par dire que les souffrances apparentes de l'animal qui venait de mourir sous nos yeux lui avaient causé un instant la compassion la plus pénible; mais que l'idée de souffrances imposées sans que celui qui les subissait les eût méritées, et quand elles ne devaient être suivies ni d'indemnité ni de récompense, était trop cruelle pour qu'on pût s'y livrer; qu'elle dérogeait trop à la sagesse et à la bonté de l'Être Suprême pour être croyable; qu'il était donc convaincu que les signes de souffrances manifestés par les animaux n'étaient que des moyens pour entretenir et encourager un esprit de compassion dans l'homme, et réprimer son penchant naturel à la tyrannie, et à l'abus

du pouvoir qui pouvait lui être accordé ;
en un mot, qu'il était disciple sincère et
avocat zélé de la doctrine de Gomez Pereira (à laquelle Descartes donna de la
popularité), qui croyait que toutes les
apparences de sensibilité données par les
animaux étaient trompeuses, et que toutes les brutes n'étaient que des machines
dépourvues de tout sentiment.

Il y a quelque chose de si aimable dans
cette horreur de l'injustice, qu'il est impossible de ne pas excuser l'inconséquence
d'un tel raisonnement. En quoi l'idée généralement reçue d'une vengeance qui inflige
gratuitement des peines, lesquelles ne peuvent servir ni pour l'amendement du coupable ni pour l'exemple, est-elle plus com-
patible avec l'essence d'une bonté infinie,
que celle des souffrances momentanées
des animaux innocens ? Les difficultés qui
entourent l'existence admise du mal, uniquement dans ses rapports avec l'homme,
paraissent bien suffisantes, sans vouloir
faire entrer la race des brutes dans la

question. Il est à remarquer que l'argument employé pour prouver que les animaux ne sont que des machines et des
automates est précisément celui des matérialistes contre l'existence de l'âme. Tout
cela est fort bon en ce qui concerne l'a-
nimal; mais appliqué à l'homme, ce n'est
que vide et néant. — Excellent échantillon
de la franchise des théologiens, qui por-
terait presque à adopter la mythologie de
l'Indien de Pope, et ferait désirer d'em-
mener son chien avec soi dans le séjour
de l'immortalité.

Le père Bougeant, jésuite, et trop jésuite pour ne pas voir les difficultés des
deux systèmes, coupa le nœud gordien
en disant que les corps des brutes étaient
animés par les âmes des démons, et l'on
pourrait quelquefois être tenté de le croire,
quand un cheval regimbe, et « qu'un co-
chon ne veut pas aller au marché; » quand
un âne est aussi obstiné que celui de Ba-
laam, sans en avoir la même raison; et
qu'un crocodile « met la main dans le

gousset de ses culottes et verse de fausses larmes, » à la manière de l'exemple donné par Sir Boyle.

En parlant d'une objection faite contre cette opinion, et tirée du plaisir que l'homme trouve dans la société des animaux, le jésuite dit : « Si l'on me dit que ces pauvres démons sont condamnés à souffrir des tourmens éternels, j'admire les décrets de Dieu, mais je n'ai point de part à cette terrible sentence; j'en laisse l'exécution au souverain juge, et je vis avec mes petits démons comme avec une multitude de gens dont la religion m'apprend qu'un grand nombre doivent être réprouvés. » Bougeant n'est pas le seul qui ait conçu ce sentiment de bonhomie; bien des gens ont secrètement l'idée qu'ils échapperont eux-mêmes à la réprobation; et quant à leurs parens et à leurs amis , s'ils veulent courir la chance d'aller « de l'autre côté—de l'autre côté, » comme le dit délicatement M. Moore, hé bien , « *sauve qui peut.* »

J'ai souvent été tentée d'ajouter foi à la croyance charitable de M. Kirwan, — à la manière de saint Augustin, quand même cela serait impossible, — quand j'ai vu les souffrances cruelles infligées à des animaux domestiques; — et ils sont plus maltraités en Irlande qu'en aucune autre partie du monde, en dépit de notre cher Dick Martin (1). En pareilles occasions, Gomez Pereira et même le Père Bougeant sont souvent nécessaires pour aider à supporter ce spectacle.

De la métaphysique et de la physique, la conversation passa à la musique. M. Kirwan était un amateur prononcé de cet

(1) Dick est une abréviation familière de Richard. M. Richard Martin, ci-devant représentant du comté de Galway au Parlement d'Angleterre, fit adopter, il y a quelques années, un bill contenant des dispositions pénales contre ceux qui maltraiteraient sans raison des chevaux ou des bestiaux. Il prit ensuite sous sa protection d'autres animaux, et proposa différens bills pour défendre les combats de taureaux, d'ours, de blaireaux, et même, je crois, de coqs; mais ils furent tous rejetés.

NOTE DU TRAD.

art divin, qu'il avait étudié *con amore* en pays étranger. Il n'avait pourtant pas été un pas plus loin que « *le Coin de la reine,* » et il était aussi furieux contre Gluck, et aussi passionné pour Piccini et Sacchini, que lorsqu'il avait aidé à faire tomber le *Titon et l'Aurore* de Jean-Joseph de Mondonville, en dépit de la protection accordée par Madame de Pompadour aux sons discordans de la musique française. J'étais à cette époque, relativement à la musique italienne, ce que Saint-Preux était avant que Lord Bomston eût découvert la bosse musicale sur son sourcil et lui eût donné un nouveau sens. J'étais si enthousiaste dans ma passion pour la musique irlandaise, et j'avais obtenu un si joli petit succès en jouant sur ma harpe irlandaise les airs de Carolan, que j'avais fait un traité avec MM. Power et Golding, de Londres, pour recueillir et arranger douze mélodies irlandaises, avec des paroles traduites de l'irlandais, qu'ils publièrent peu de temps après; donnant ainsi à M. Moore l'idée d'un ouvrage semblable, quoique d'un mérite infiniment supérieur. Je crus donc pouvoir dire un petit mot en faveur de mes pauvres *Gramachrees, Emuncha-Knuics*, et d'autres airs de nos Bardes, qui, même dans mon enfance, m'avaient produit l'effet le plus extraordinaire sur ce qu'on appelle vulgairement les nerfs. Mais ce fut pire qu'Helvétius. M. Kirwan appela mon goût barbare, et mit la plus grande véhémence dans ses expressions d'horreur contre la musique irlandaise.

« Jeune Dame, » me dit-il, « j'ai quitté l'Irlande à votre âge, imbu, comme vous l'êtes aujourd'hui, de toutes les erreurs vulgaires d'un enthousiasme patriotique, et je croyais qu'il n'existait ni poésie comme la poésie irlandaise, ni musique comme la musique irlandaise. Quand j'y suis revenu, je ne pouvais plus endurer ni l'une ni l'autre. Cependant à Noel et aux autres grandes fêtes je faisais ouvrir à Cregg l'antichambre des domestiques à tous venans, mendians, bardes, conteurs d'histoire, suivant l'ancien usage du Connaught; le soir je me plaçais au milieu d'eux devant un bon feu, et chacun de mes hôtes rassemblés pour recevoir la charité, racontait un histoire, débitait un poème ou chantait une chanson en irlandais. Il était étonnant de voir combien peu d'entre eux n'étaient pas en état de débiter ou de chanter, et quelques uns s'acquittaient fort bien de l'un et de l'autre. Ce fut ainsi que j'entendis divers fragmens d'Ossian, que M. Mac Pherson a rhabillés et altérés à son gré, et qu'il a attribués au barde écossais; mais la musique n'était pas supportable, — du moins elle mettait mes nerfs à la torture. En un mot, c'en était trop pour moi; j'en éprouvais presque des convulsions. »

Tandis qu'il parlait, j'avais tiré ma harpe vers moi, et je lui demandai la permission de lui chanter en m'accompagnant l'ancien et beau cronan d'*Emunch-a-Knuics*, ou « Ned des montagnes », qui remonte au temps de Henri VIII. Une in-

clination de tête, faite d'un air taciturne,
annonça son consentement; mais avant
que j'eusse fini la première stance, les larmes coulèrent de ses yeux, et, me saisis-
sant les mains, il s'écria avec véhémence:
— « Je ne puis en entendre davantage;
— ces accens sont terribles, — ils vont à
l'âme, — ils font vibrer tous les nerfs
dans le corps! »

— « En ce cas, Monsieur, je n'en demande pas davantage; — l'effet que produit sur vous la musique irlandaise est la
meilleure preuve de son excellence. »

— « Vous pourriez aussi bien dire que
les hurlemens d'un chien mourant qui pro-
duiraient à peu près le même effet sont une
preuve de leur excellence. — Ma chère enfant, renoncez à votre harpe irlandaise et
à vos hurlemens irlandais, et étudiez la
musique italienne. Vous êtes digne de la
connaître, car vous avez véritablement une
organisation musicale, mais elle est per-
vertie. Il faut que vous veniez prendre le
thé avec moi jeudi prochain; c'est mon

jour de barbe. Je ne fais des visites et je
ne reçois les dames que deux fois par semaine, mes jours de barbe. J'ai un bon
piano, une bonne collection de musique
italienne ; vous essaierez l'un et l'autre.
— Je prends le thé à cinq heures et demie. »

Il arriva que le même soir pour lequel
M. Kirwan m'avait invitée à prendre le
thé chez lui dans Ruttland-Square à cinq
heures et demie, j'avais un autre engagement semblable pour sept heures et demie
chez une femme célèbre dont la santé était
chancelante, Mistress Henry Tighe (1), la
charmante Psyché de renommée poétique,
une de mes premières et de mes meilleures amies.

Les billets qui me rappelèrent ces deux
engagemens extrêmement intéressans sont
en ce moment sous mes yeux, et ils sont
très caractéristiques :

« M. Kirwan présente ses respects à Miss

---

(1) Auteur d'un poème intitulé *Psyché*.   Éd.

Owenson, et lui écrit pour lui rappeler son agréable promesse de venir prendre le thé avec lui démain soir à cinq heures et demie. Elle se trouvera avec M. Hamilton Rowan et le professeur Higgins. M. Kirwan prendra la liberté d'envoyer sa voiture à Miss Owenson à cinq heures un quart. »

« Ma chère Glorvina,

» De peur que quelque essor poétique ne vous fasse oublier votre promesse pour demain soir, je vous écris pour vous.prier d'arriver de bonne heure, armée de tous vos charmes et de toute votre gaieté. La belle lady Charlemont doit venir tout exprès pour vous voir. Lady Asgill nous amène sir Arthur Wellesley (1), et William Parnell nous joindra aussitôt qu'il le pourra. — Ainsi venez. Si vous désirez

(1) Depuis Duc de Wellington. Il était alors Secrétaire d'État pour l'Irlande. NOTE DE LADY MORGAN.

qu'Harry aille vous prendre, vous n'avez
qu'à parler. — A vous pour toujours. »

« M. TIGHE. »

La modeste voiture de M. Kirwan était
à ma porte à l'heure indiquée, et je partis
à l'instant. Mon exactitude lui plut, car sa
vie utile et laborieuse était entièrement
gouvernée par le sentiment de la valeur
du temps et du mérite de la ponctualité.
Je fus annoncée par son domestique, Pope,
qui semblait né et organisé pour être au
service d'un philosophe, — l'image parfaite
de Dumps, domestique du vieux Rueful
dans « l'Homme d'un bon naturel (1), »
pâle, sec, grave et solennel.

En entrant dans le salon, je trouvai la
chaleur si excessive que je craignis de ne
pouvoir supporter toute la séance. Quoique ce fût une belle et douce soirée de
printemps, un feu énorme brûlait dans la
cheminée, et un énorme paravent placé

(1) Pièce de Goldsmith.   ÉD.

8.

tout autour empêchait de sentir le moindre souffle d'air. Dans cette enceinte, sur
un grand et lourd sofa, était assis l'avocat
du phlogistique. Il portait la même roquelaure et le même chapeau à larges
bords qu'il avait lorsqu'il m'avait rendu
visite, mais il y avait ajouté alors un
châle qui lui entourait le coù. A ses côtés
étaient placés deux hommes qui, par leur
apparence, semblaient les deux derniers
anneaux de chaque extrémité de la chaîne
humaine. L'un était le bon et simple professeur Higgins, avec « *son air de prêtre,* »
le « *beau idéal* » d'un curé catholique,
arrivant de son district sauvage d'Erris;
l'autre semblait un tribun romain des plus
beaux jours de Rome, ayant déjà passé le
printemps de la vie, mais ayant la taille
d'un athlète, et un buste sorti d'un moule
antique : c'était Archibald Hamilton Rowan, qui n'était revenu que depuis peu
de son long exil en Amérique. L'impression que fit alors sur moi celui qui est
maintenant un de mes meilleurs et de mes

plus anciens amis, s'est montrée, après le
laps de bien des années, dans mon dernier ouvrage, « les O'Brien et les O'Fla-
herty (1); » et l'on peut trouver dans son
beau portrait peint par Hamilton quelque
ressemblance à ce qu'il était alors.

Au-dessus de la cheminée était un portrait de Catherine de Russie, « que j'appelle Catherine-la-Grande, » dit M. Kirwan,
« pour la distinguer de Frédéric-l'Infâme,
son rival, qui lui était grandement inférieur sous tous les rapports. »

Cependant on reprit une conversation
de la nature la plus scientifique, que mon
arrivée avait interrompue, et à laquelle
mon ignorance et la timidité que j'éprouvais dans la société savante où j'avais été
si étrangement introduite ne me permi-
rent pas de prendre part.

Dès que M. Kirwan eut fini de régler
la constitution des acides avec le professeur Higgins, il se tourna vers moi, et dit

(1) Ce roman a été traduit par J. Cohen; il forme
6 vol. in-12. — Paris, Charles Gosselin.

avec un air de grande galanterie : « Son-
geons maintenant à un sujet plus agréable. » Seigneur Dieu! comme je m'imagi-
nai être miss Hélène Maria Williams, près
de laquelle le Docteur Johnson faisait le
galant! Après quelques civilités, telles que
les jeunes personnes aiment à en entendre, même dans la bouche des vieillards,
— du moins je pensais ainsi, — il analysa
et compara l'admirable « *Château de Rack-
rent,* » de Miss Edgeworth, et ma *Jeune
Irlandaise,* d'une manière flatteuse pour
toutes deux. Pour prouver l'injustice du
reproche d'exagération fait à Miss Edgeworth relativement à cet ouvrage, il raconta l'anecdote suivante :

« Lorsque je revins pour la première
fois de pays étranger dans ma province
natale, j'acceptai une invitation chez un
gentilhomme campagnard. Après avoir
passé la journée à chasser, j'arrivai chez
lui assez tard, et j'appris que sa maison
avait été brûlée la nuit précédente. Je
n'étais pas le seul qui eût été invité; nous

soupâmes joyeusement dans une salle qui n'avait plus de plafond ; et l'on avait pratiqué pour les convives des chambres à coucher temporaires dans la grange et autres bâtimens de la basse-cour derrière la maison brûlée. Quand nous nous séparâmes pour nous coucher, on me conduisuit dans le pavillon qui m'était destiné, accompagné de mes deux chiens favoris, comme un des chasseurs d'Ossian. Extrêmement fatigué, et ayant peut-être la tête un peu échauffée, je me jetai sur le lit qui m'avait été préparé, et d'où je pouvais distinguer les étoiles par les crevasses du toit. Je ne tardai pourtant pas à m'endormir profondément, mais mon sommeil fut interrompu. Vers le milieu de la nuit, je fus éveillé par des sons extraordinaires, des cris étranges, une sorte de grognement, et à ce bruit singulier se joignaient les hurlemens d'un de mes chiens et les aboiemens courroucés de l'autre, comme s'ils eussent attaqué quelque intrus auquel ils faisaient un mauvais accueil. Tout ce que j'avais entendu dire des troubles qui régnaient alors en Irlande et des atrocités qui s'y commettaient, se représenta tout-à-coup à mon imagination. Je m'élançai hors de mon lit, mais je tombai sur un corps sanglant, que je me figurai celui d'un misérable qui, sous le poids de mon corps, sembla me faire entendre son dernier gémissement, et que mon chien fidèle tenait encore à la gorge. — Je criai au secours ; je me relevai, je gagnai la porte, je l'ouvris, et je reconnus que j'avais été véritablement attaqué, et par de la vraie canaille. Le fait était qu'on m'avait logé dans le têt à porcs. Les propriétaires légitimes, expulsés pour me faire place, étaient rentrés chez eux par un instinct naturel, et mes chiens courageux, après avoir cherché inutilement à repousser l'armée d'invasion, avaient renversé et blessé une mère truie qui ramenait toute sa jolie petite famille. Cette scène se passa près de Ballinoshe, et c'était littéralement « le lendemain de la foire. »

Pendant cette conversation, Pope préparait le thé derrière le paravent, et il nous le servit avec une gravité caractéristique. Cette scène était un tableau; et quoique j'aie ensuite pris le thé cinquante fois avec M. Kirwan, la première impression fut la plus forte et la plus durable. A huit heures précises la compagnie se sépara, et Pope me reconduisit à la voiture. Mais avant qu'elle fût partie, il était déjà occupé à ôter les vis du marteau de la porte (1), car, à compter de cette heure, la maison du philosophe était hermétiquement fermée à tous venans.

Les manières, les habitudes et l'accent de M. Kirwan portaient l'empreinte de toutes ces particularités distinctives qui appartenaient à sa croyance, à son éducation, à son pays et au temps où il vi-

(1) C'est à M. Kirwan qu'on attribue l'anecdote du marteau de porte électrisé. Excellent avis aux gens qui, étant très connus, sont exposés aux visites intéressées d'importuns qui n'ont aucun droit ni à leur temps ni à leur attention.   NOTE DE LADY MORGAN.

vait. Né à l'époque la plus atroce de l'histoire d'Irlande, sous ce régime de terreur qui vit promulguer les lois les plus cruelles contre les Catholiques; — ayant reçu les premières et les plus vives impressions dans une province, poétiquement et historiquement, la plus irlandaise de toute l'Irlande, il conserva, pendant une grande partie du dernier siècle jusqu'au commencement de celui-ci, la politesse grave et formelle, les manières galantes, le point d'honneur chevaleresque, l'accent guttural fortement prononcé, et la phraséologie d'idiome, que les braves officiers qui survécurent au siège de Limerick emportèrent en se condamnant à un exil volontaire, pour aller combattre et périr en pays étranger pour des intérêts étrangers.

Ses opinions étaient aussi singulières que ses manières et son extérieur. Détestant les atrocités de la fatale réaction qui retarda les avantages et qui souilla la cause de la Révolution Française, il flé-

trissait hautement et franchement de sa
réprobation cette guerre continentale qui
épuisa et démoralisa l'empire britannique
pour faire revivre des institutions perni-
cieuses, et rétablir ceux qu'il appelait de
nouveaux Stuarts. Il était curieux de l'entendre calculer les dépenses de cette guerre
et celles qui auraient été nécessaires pour
construire une chaussée ou une jetée qui
se serait étendue à travers le canal Saint-
George. « Les anciens, » disait-il, « ont
accompli des travaux d'une grandeur
presque égale, et la science leur offrait
moins de secours qu'elle n'en donne à
présent. Bonaparte, » ajoutait-il, « exécu-
terait des travaux aussi utiles et aussi sublimes, si les anciennes dynasties voulaient
le laisser faire. »

Partant de sa maxime favorite qu'avec
le travail et l'argent rien n'est impossible,
il rassemblait toutes les forces étonnantes
de ses connaissances géologiques pour
étayer ce projet qui lui plaisait. Il précipitait les montagnes de Wicklow dans le

canal de Saint-George, — jouait avec le
promontoire de Bray et le Pain-de-Sucre
comme avec des osselets, — finissait par
aller à pied sec de Howth à Holyhead,
et calculait son chemin, non par nœuds (1),
mais par pierres milliaires.

Son opinion sur l'antiquité des connaissances était aussi originale que la croyance
qui lui faisait regarder les animaux comme
des machines. Il assurait que nous avions
emprunté des peuples antédiluviens une
grande partie de nos lumières en astro-
nomie, et qu'Adam parlait grec avec une
pureté qui aurait obtenu les applaudissemens du Portique. Quelques paradoxes
se glissaient aussi dans ses opinions reli-
gieuses, et il hésita jusqu'à la mort, à l'é-
gard de quelques uns des principaux
dogmes, quoiqu'on ait dit de lui qu'il
était mort « *ferme Catholique*, » comme
il avait vécu « *preux Chevalier*. » Il aimait beaucoup la société des femmes, et

(1) Terme de marine. NOTE DU TRAD.

non seulement il invitait des dames de
tout âge à venir prendre le thé avec lui
à cinq heures et demie, mais il allait lui-
même le prendre chez elles ; toujours à condition qu'il lui serait permis d'apporter
son thé et de le préparer, et d'arriver et
de s'en aller aux heures qui lui conve-
naient.

La dernière fois que je le vis fut à un
thé donné expressément pour lui chez
ma sœur, Lady Clarke, quelques mois
avant sa mort. La compagnie qu'il attira
autour de lui en cette occasion formait
un curieux contraste avec le grave et savant philosophe qui en était le centre. Le
malheur de tous les grands personnages
qui viennent occuper des places officielles
en Irlande, c'est d'être entourés, en arrivant, par un certain cercle, semblable à
un héritage substitué ; il est de l'intérêt de
ces exclusifs d'écarter des Seigneurs de
l'Ascendant tout le talent véritable et
toute la noblesse indépendante de la seconde classe. Quiconque prendra la peine

de lire les circulaires de la cour des dignitaires d'Irlande verra que les personnes qui dînent avec son Excellence Lord B. sont précisément les mêmes que celles qui ont dîné avec son Excellence Lord A., et il pourra aller ainsi d'un bout à l'autre de l'alphabet des Vice-Rois. Les commandans en chef en font autant, et suivent exactement la même routine que leurs prédécesseurs militaires.

Dans un moment où le nom et les ouvrages de M. Kirwan étaient connus de toute l'Europe, et où il était membre de presque toutes les Sociétés savantes, les Anglais qui remplissaient des fonctions officielles en Irlande ignoraient complètement que Dublin fût distingué comme étant la résidence habituelle d'un homme qui faisait tant d'honneur aux annales littéraires et scientifiques de cette ville. Étant invitée à dîner chez sir Charles et Lady Asgill, je les priai de m'excuser si je n'arrivais que pour le second service, en même temps que le gibier, ayant d'abord à prendre le thé avec M. Kirwan. Ils furent très surpris d'apprendre qu'il résidât à Dublin, et montrèrent même le plus grand désir d'être de la partie.

Pour ne pas prendre le philosophe par surprise, Lady Clarke et moi nous lui en fîmes la proposition, et je me rappelle qu'il nous répondit qu'il avait toujours aimé à se trouver avec les gens du monde. «Même parmi les êtres les plus légers et les plus frivoles,» ajouta-t-il, «je n'ai jamais rencontré personne de qui on ne pût apprendre quelque chose propre à jeter du jour sur les folies et les vertus de la société. J'ai vécu moi-même autrefois dans le tourbillon de la mode, et j'étais aussi fou et aussi vain qu'aucun de ceux que j'y rencontrais. — Mais il est convenu que je ne changerai rien à mes heures habituelles, et que j'apporterai mon thé et ma théière. »

Cet arrangement étant conclu, la société s'assembla dans le salon de Lady Clarke, à l'heure où les gens du bon ton

font ordinairement leur visite du matin.
Sous prétexte d'amener son état-major, sir
Charles Asgill était accompagné de son
aimable neveu et de plusieurs jeunes officiers, et Lady Asgill introduisit en contre-
bande le général Leith et Lady Augusta.
En un mot, toute la compagnie qui devait dîner à huit heures dans Merrion-
Square était réunie pour prendre le thé
chez ma sœur avant six heures.

Le contraste des gais et galans militaires avec deux ou trois savans professeurs invités pour M. Kirwan ; le contraste des uniformes avec les habits noirs,
et par-dessus tout avec l'étrange costume
et la taille droite du philosophe lui-même,
formaient un tableau divertissant. Il était
évident que le beau monde était arrivé
avec quelques projets de mystification, et
que « *deux grandes dames de par le
monde* » avaient formé le plan d'un très actif persiflage dans lequel les jeunes gens
à la mode devaient jouer leur rôle, sans
sortir, dois-je ajouter, des bornes d'un

parfait savoir-vivre, dont jamais on n'oublie les règles dans la société de l'aimable et poli Sir Charles Asgill. Il arriva pourtant en cette occasion ce que j'ai vu arriver en cent autres, quand un talent véritable est placé en avant pour soutenir le choc de ce persiflage frivole qui fait les délices et le triomphe des cercles à la mode. Ceux qui étaient venus pour railler restèrent — pour admirer. Excité à parler, sans y songer, par les propos insidieux de ceux qui voulaient le mystifier, et pour qui son accent naturel, charmant dans sa bouche, était un régal, il devint peu à peu communicatif, prit le ton de la plaisanterie, ouvrit sa mine riche et féconde d'anecdotes ; il fut si intéressant et si original par ses discours, que ses auditeurs enchantés en oublièrent même leur appétit. Ce fut M. Kirwan, dont le thé était le souper, qui fut le premier à les avertir qu'il était temps qu'ils allassent dîner.

Comme tous les hommes doués d'un talent éminent, M. Kirwan était extrêmement « *naïf ;* » et quand un sentiment vif

lui donnait une impulsion, il s'inquiétait
peu des formes, et n'écoutait guère les
conseils du sang-froid et de la discrétion.
A cette époque déplorable qui précéda la
Rébellion, un homme d'un rang respectable, d'une ancienne famille, et jouissant
d'une fortune considérable, avait été jeté
en prison, mis en jugement et condamné,
pour avoir écrit un libelle contre l'abomi-
nable gouvernement de ce temps. La petitesse d'esprit du secrétaire d'État d'Irlande voulait raffiner sur la sévérité du
châtiment en y ajoutant une tache indé-
lébile d'infamie; — en un mot, un homme
de la plus haute réputation, membre
d'une famille noble, devait être mis au
pilori. Quand M. Kirwan apprit cette
nouvelle, il fut saisi, dit-on, de la plus
vive émotion. Il demanda sa voiture, se
fit conduire sur-le-champ au château, se
fit jour à travers les valets qui remplissaient l'antichambre du secrétaire d'État,
et s'avançant hardiment en présence de
celui qui décidait du destin d'une nation,
il lui demanda si ce qu'il avait entendu

dire était vrai. Un sourire tranquille qui semblait affirmatif fut la réponse équivoque et presque méprisante qu'il reçut. Après un moment de silence causé par l'indignation, M. Kirwan se redressant de toute sa hauteur, lui dit du ton le plus expressif, et avec son accent prononcé : « Monsieur, si ce malheureux gentilhomme est coupable de haute trahison, faites-le conduire à l'échafaud ; s'il a composé un libelle contre votre gouvernement, mettez-le à l'amende et condamnez-le à la prison ; mais si vous l'envoyez au pilori, vous soulèverez contre vous tout l'ordre des gentilshommes de l'Europe. » — « L'ordre des gentilshommes » était, dans l'esprit de M. Kirwan, le premier ordre du monde, et personne ne justifiait mieux que lui l'idée qu'il en avait conçue.

Les longues bontés, bontés vraiment paternelles, qu'eut pour moi M. Kirwan depuis le premier moment de notre connaissance jusqu'à sa mort, sont une des circonstances de ma vie dont je suis le

plus fière. Quand je fus attaquée pour la
première fois dans le premier numéro du
Quarterly Review, il fut presque aussi
indigné que lorsque M——avait été menacé
du pilori, moins par sa partialité pour
moi, qu'à cause du déshonneur que pouvait occasioner à « l'ordre des gentilshommes.» une attaque si acharnée contre une
jeune femme sans défense, si l'on venait à
supposer qu'un gentilhomme eût pu en
être capable (1).

Il désirait beaucoup à cette époque que
je concourusse pour le prix proposé par
l'Université de Dublin pour le meilleur
essai sur la fiction littéraire. J'écrivis mon
essai, —— mais il n'obtint pas le prix.
L'ayant retrouvé, il y a quelques années,
je le donnai à M. Colburn pour la Gazette
littéraire, dont il était alors l'éditeur.

(1) C'était un article où le critique dénonçait Lady Morgan comme l'*enfant gâté* d'une coterie, et lui conseillait
d'apprendre à lire avant de vouloir écrire ; en ajoutant
qu'elle aurait surtout besoin d'un peu plus de modes-
tie et de bon sens, etc., etc.   ÉD.

La dernière lettre que j'eus l'honneur de recevoir de M. Kirwan, peu de temps avant sa mort, respire ce ton de courtoisie qu'il prenait toujours avec les femmes. On y trouve un sens exquis d'autant plus remarquable que l'homme de talent qui l'écrivait était sur le point de descendre dans la tombe.

« Ma chère demoiselle.

» J'ai reçu votre lettre il y a environ trois semaines, et votre présent qui me fait tant d'honneur ; mais je ne puis dire que votre lettre m'ait fait plaisir, puisqu'elle m'annonce votre intention de partir bientôt de ce pays.

» Que ce pays vous permette de vous éloigner, c'est une nouvelle preuve qu'il est bien peu digne des louanges que vous lui avez données. Des sentimens correspondans aux vôtres ne se trouvent plus aujourd'hui que parmi les personnes d'origine véritablement irlandaise ; et, hélas ! elles constituent maintenant la classe la plus basse

de la misérable population de la côte Oc-
cidentale du Connaught, — méprisée et
persécutée pendant près de trois siècles.
Mais vous serez peut-être plus heureuse
en vous éloignant d'un spectacle qui affli-
gerait tous les jours un cœur doué d'une
sensibilité aussi exquise que la vôtre; —
sensibilité qui, je dois le dire, au milieu
de vos dons multipliés, forme l'essence de
votre caractère.

» Si le bruit public dit la vérité, cette
sensibilité aura bientôt pour objet un
homme digne de son choix, qui, j'espère,
trouvera son bonheur en la payant en retour par une constance et une ardeur
égales.

» Tel est le vif espoir de votre fidèle
ami et votre très humble et très affec-
tionné serviteur,

» R. KIRWAN. »

Dublin, le 25 janvier 1812.

Très distingué.

———

Qui croirait que cette expression si usitée dans la nomenclature du jargon moderne à la mode, remonte au temps de Ninon de l'Enclos, pour qui elle fut inventée ? L'amour s'était déjà réfugié dans ses rides (1) et s'était retranché derrière ses lunettes; et cependant on trouvait en-

(1) L'amour, dit l'abbé de Chaulieu, s'était retiré jusque dans les rides de son front.

NOTE DE LADY MORGAN.

core en elle un charme pour lequel il n'y
avait pas de nom, que les personnes âgées
observaient en triomphant, que les jeunes gens ne pouvaient définir, et auquel
il était impossible de résister. On l'appela
enfin quelque chose de « *distingué.* » Dans
une de ses lettres spirituelles à Saint-
Évremont, parlant d'un jeune ami dont
il lui avait fait faire la connaissance, elle
dit : « *J'ai lu devant lui votre lettre, avec
des lunettes, mais elles ne me siéent pas
mal ; j'ai toujours eu la mine grave. S'il
est amoureux du mérite qu'on appelle ici
distingué, peut-être que votre souhait sera
accompli : car tous les jours on vient me
consoler de mes pertes par ce bon mot.* »

Petits soins.

―――

« *Petits soins ! Halte-là !* mes chères petites femmes, coquettes, prudes et plato-
nistes; et vous qui n'êtes rien de tout cela,
mais qui avez précisément assez de philosophie au bout de vos doigts de rose
pour préférer cette suite agréable de sensations intellectuelles que procurent les
« *petits soins* » d'un homme aimable et
spirituel, y compris toutes leurs jouissances
d'imagination, qui ne sont suivies ni de
satiété ni de remords, mais qui sont bien

loin d'offrir « *une froide absence de plaisir et de peine.* »

Les Françaises entendent cette période agréable des progrès d'un « *sentiment* » beaucoup mieux que les Anglaises. Elles ont la prudence d'en retarder la fin autant qu'elles le peuvent, et elles ont assez d'esprit et de talent pour savoir remplir l'intervalle entre une inclination naissante et une passion décidée. Elles ont un art encore plus précieux, celui d'inspirer « *les petits soins* » quand « *les grands* » sont passés pour toujours. En Angleterre l'indifférence suit de près les pas de l'amour ; — en France l'amitié la plus tendre et la plus durable se compose des fragmens d'une ancienne passion.

Rapidité.

———

Vous dormez si lentement, mon père.
Le jeune Rapide. — Remède
contre le mal au cœur(1).

Je ne saurais me faire à M. — . Ce
n'est pas qu'il ne soit sensé et spirituel;
mais il a tant de lenteur dans la pensée, dans l'expression, dans le débit! —
Nous partons ensemble du même point,

(1) C'est une farce en cinq actes, par T. Morton.
Éd.

et nous arrivons au même but; mais il y
va par le lourd carrosse de Birmingham,
et je m'y rends par la malle. Un des grands
caractères des temps modernes est la rapidité. En toutes choses, un lent développement est une preuve soit de timidité
ou d'ignorance, soit de faiblesse ou d'in-
capacité, c'est ce qui est particulièrement
démontré dans la science de la musique ;
les plus anciennes compositions musicales
qui sont parvenues jusqu'à nous sont des
chants lents, traînans et monotones. Même
la « *Charmante Gabrielle d'Henri IV* »
et les cavatines de Salvator Rosa ressemblent à une moderne psalmodie.

De Sacchini à Rossini, — et l'intervalle
n'est pas très grand, soit dit en passant,
— les changemens successifs qu'a éprouvés
la musique sont caractérisés par une rapidité toujours croissante. Rossini con-
centre dans une seule mesure des idées
musicales que les maîtres du siècle dernier auraient étendues en plusieurs phrases. La répétition qu'on trouve dans les
motifs de Purcell, de Corelli, etc., etc., est

un résultat de la même cause. Une seule idée, dans ces compositions, fait tous les frais de la pièce, et elle est ménagée et travaillée comme un problème de géométrie. Les compositions de Rossini forment une époque dans l'histoire du plus délicieux de tous les arts. Rossini est le Voltaire de la musique; il lui a donné une impulsion que le monde était disposé à accueillir, mais qu'aucun compositeur avant lui n'avait eu le génie ou le courage de proposer. Paesiello, son prédécesseur, était le Rousseau de son art. Plein de sentiment et d'éloquence, il lui manquait cette force de vérité, cette vigueur énergique de conception, qui maîtrisent irrésistiblement les passions de l'auditeur. Nous sommeillons parmi les plus doux rêves en écoutant Paesiello, mais Rossini nous réveille.

On doit avoir parlé plus lentement dans le temps de la Reine Élisabeth qu'on ne le fait aujourd'hui. La lourde construction des phrases écrites dans le style de cette époque nous oblige à lire les pages

d'un ancien auteur plus lentement que
celles d'un moderne; il doit en avoir été de
même dans la conversation. Comme il y
avait alors dans la circulation générale
un moins grand nombre d'idées, celui
qui parlait avait à chercher davantage
pour trouver le sujet de ses discours : les
expressions ne se présentaient pas à la
file et en rang. Il n'y avait point d'argent comptant d'esprit à la bourse, quoiqu'il y eût des masses de lingots bruts à
la grande banque du génie national. Il
n'y avait point alors, comme aujourd'hui,
un assortiment tout préparé de phrases
de convention qui servent à habiller les
pensées de chacun, et qui souvent même
dispensent de penser. Chacun alors pen-
sait pour soi. Dans un pareil état de choses, un orateur rapide aurait été plus
vite que ses auditeurs n'auraient pu le
suivre. « Dans tous les genres de discours, » dit Lord Bacon, « plaisant, grave,
sérieux ou ordinaire, il est à propos de
parler à loisir, et plutôt lentement qu'à
la hâte ; parcequ'un discours précipité

jette de la confusion dans la mémoire, et quelquefois, indépendamment de la dignité qui lui manque, fait bégayer, ce qui est un embarras, ou fait hésiter sur ce qui doit suivre; au lieu qu'un discours prononcé lentement aide la mémoire et donne une idée de sagesse aux auditeurs, sans parler de la dignité qu'il prête au débit et à la physionomie de l'orateur. » — Tel était le « beau idéal » d'un bon orateur du temps de la Reine Élisabeth.

Une des preuves les plus évidentes d'améliorations dans les détails de la vie civilisée est la rapidité croissante de tous ses mouvemens. — La rapidité est une force. — La toute-puissance marche à l'instant vers son objet et l'atteint. Être lent, c'est être faible. Disputer de vitesse au temps dans les actions humaines, et le dépasser, c'est doubler l'existence. Vivre rapidement (dans le vrai sens du mot), ce n'est point user promptement la vie, c'est multiplier les sensations qui en étendent la durée. Plus on peut entasser de pensées, d'actions, d'intelligence et de sen-

sations dans ce court espace, plus long-
temps on existe; car ce n'est pas le nombre des années, c'est le sentiment intime
de l'existence qui donne véritablement
une longue vie.

« Mourir sans avoir vécu »

est donc le destin de toute la race des
tortues, soit à écailles, soit sans écailles.

Les évènemens des révolutions d'Amérique et de France ont quadruplé l'existence de la génération qui en a été témoin.
On a plus fait dans le dernier siècle que
pendant un espace quelconque de trois
siècles dans les temps antérieurs.

Par rapidité cependant je n'entends
pas cette espèce de hâte qu'un proverbe
nous peint comme le plus mauvais genre
de vitesse. Il faut plus de temps pour corriger ce qui est mal fait qu'il n'en aurait
fallu pour le bien faire si l'on y avait mis
le temps convenable; et comme un objet
mal fait est un objet qui ne peut atteindre
son but, vouloir l'employer dans cet état
c'est encore perdre un temps destiné aux

affaires de la vie. Le mérite de la rapidité qui naît de la civilisation, c'est qu'elle se combine avec une plus grande perfection dans les arts et dans les sciences.

Nous voyageons sur des routes Mac-Adamisées (1), et nous voguons sur des vaisseaux à vapeur, non seulement plus vite, mais plus sûrement et plus commodément. L'orateur moderne parle non seulement avec plus de rapidité, mais avec plus de clarté, et il est moins exposé à se tromper. Les progrès de la société, comme ceux de la vie, commencent par la faiblesse et la lenteur. L'intelligence humaine se développe par de lourds poèmes en mille et un chants, par des essais in-folio, et des aperçus in-quarto. Les voyages, dans l'enfance de la société, se font dans des maisons roulantes, sur des montagnes où nul sentier n'est tracé, et des terres non défrichées sur lesquelles on

_____

(1) C'est-à-dire pavées en fragmens de cailloux, d'après le procédé de M. Mac-Adam, ingénieur, qui a donné son nom à cette espèce de route.　NOTE DU TRAD.

risque de se casser le cou à raison dé dix
milles par jour.

« Lentement et sûrement » était une
maxime de la sagesse de nos ancêtres; et
— pour prendre la fin de cette rapsodie
rapide dans la charmante comédie où j'ai
puisé la citation qui la commence,—« marchez toujours » (1) devrait être notre épigraphe. L' « en avant » de Bonaparte a
mis toutes les anciennes dynasties sens
dessus dessous; et sans le fouet et l'épe-
ron, et le « *allez, allez,* » de la révolution
française, nous verrions encore leur despotisme danser leur «*menuet de Lorraine.*»
Elles ont appris à danser sur une mesure
plus vive depuis que cet important «*pas
grave*» a été sur le point de causer une
guerre à laquelle la moitié de l'Europe devait prendre part.

(1) C'est la phrase que répète sans cesse le jeune Rapide, dans la pièce de Morton.   ÉD.

Mon premier rout (1) à Londres.

———

De tous les mystères métaphysiques, il n'en est aucun qui soit plus difficile à expliquer que le mystère de la mémoire. Montaigne dit, en se plaignant de la sienne : « *Et suis si excellent en oubliance, que mes escripts mesmes, je les oublie pas moins que les autres.* » C'est précisément mon propre cas. Je n'ai jamais pu me rappeler rien de ce que j'ai écrit, au-delà du moment où la

(1) On appelle *rout* une assemblée de cinq à six cents personnes au moins.　　NOTE DU TRAD.

presse s'en empare. L'autre soir, je trouvai
sur le piano un livre ouvert, que quelqu'un venait d'y laisser, pour faire sa
partie dans la *Preghiera* de l'opéra de
Mose, et il m'arriva de tomber sur un
passage très ampoulé, et assez dépourvu
de sens, que je ne pus comprendre. Cela
m'engagea à regarder le titre du livre :
c'était la *Jeune Irlandaise*, septième édition. Je ne l'avais pas vue depuis bien des
années. Cet incident m'amusa, tout en me
surprenant un peu.

In diebus illis, il en était de mon style
à peu près comme des juremens de frère
Jean des Entommeures. — « *Comment,
vous jurez, frère Jean ?* » — « *Ce n'est,* » répondit le moine, « *que pour orner mon
langage : ce sont couleurs de rhétorique
cicéronienne.* » Tous les avantages que les
conseils littéraires, les connaissances ac-
quises et l'instruction donnent à la composition en littérature, me furent entièrement refusés dans ma première carrière
comme auteur. L'imagination, le sentiment, n'importe quoi, qui fit avoir sept

éditions à ma *Jeune Irlandaise* en moins
de deux ans, n'était soutenu par aucun
de ces avantages que la lecture, le monde,
la société, ou le jugement et le goût qu'on
y puise, peuvent procurer. Je commençai
à écrire presque aussitôt que je sus lire;
et le développement prématuré d'imagination qui me mit à portée de combiner
et d'inventer, ne pouvait me donner cette
facilité d'expression qu'on ne peut devoir
qu'aux livres et à la réflexion. Entraînée
par les idées fécondes d'un esprit plus
ardent que cultivé, je ne m'arrêtais pas
toujours à chercher les meilleurs termes,
et les plus propres à bien les exprimer;
excepté quand j'avais à peindre quelque
sentiment puissant; — car le sentiment
trouve toujours les expressions qui lui
conviennent. — J'étais souvent, comme le
disent les chasseurs, «en défaut.» Sentant
la pauvreté de mon vocabulaire, il m'ar-
rivait souvent d'emprunter un mot, ou
d'adopter une phrase, comme frère Jean
jurait, non pas pour son application pré-
cise, ou pour sa valeur intrinsèque, mais

simplement «pour orner mon langage (1).»

Je me souviens d'avoir fait une fois cette humble confession plénière, dans des circonstances fort singulières, et avec un effet très heureux. Ce fut à l'occasion de ma première apparition dans un grand *rout* à Londres, et au moment où le succès inespéré de l'ouvrage de ma jeunesse auquel j'ai déjà fait allusion m'avait donné cette espèce de vogue dont les cochons savans, les femmes savantes, et d'autres choses plus précieuses par leur singularité que leur utilité, jouissent en commun.

Quelques jours après mon arrivée à Londres, et pendant que mon petit ouvrage obtenait successivement plusieurs éditions, je fus présentée à la comtesse douairière de C—k, et invitée à un *rout,* dans sa jolie et fantastique maison de New-Burlington-Street. Oh ! comme son nom

---

(1) Lady Morgan ne s'est pas tout-à-fait corrigée de ce défaut. À l'abri de son modeste aveu, qui désarmera les critiques, il est permis au traducteur de rejeter sur l'auteur l'étrangeté de quelques phrases et citations qu'il a été forcé de rendre littéralement.   Éd.

consacré dans l'histoire de l'Irlande tinta
à mes oreilles, et s'empara de mon imagination! il y produisit le même effet que
celui d'un de ses ancêtres, « le père de la
chimie, et l'oncle de Lord Cork, » fit sur
l'esprit de mon vieil ami, le professeur
Higgens. J'étais fraîchement débarquée
des marécages de la baronnie de Tireragh,
province de Connaught, et j'étais tombée
tout-à-coup dans le vrai sanctuaire du
bon ton anglais, sans avoir eu le temps
de me préparer, à l'aide d'une maîtresse
de manières et d'une marchande de modes, à une transition si redoutable. Ainsi
donc, sans autre *chaperon* que mon commencement de réputation, sans autre toilette que la robe blanche et la fleur que
j'avais portée quelques jours auparavant,
en dansant une gigue sur un plancher en
terre avec un O'Rourke, prince de Brefney,
comté de Leitrim, je montai à dix heures
du soir dans une voiture de louage, et,
« toute seule avec moi, » comme dit une
chanson irlandaise,

« Je pris d'Éden le sentier solitaire (1). »

Ce qui ajouta à mes doutes, à mes craintes, à mes espérances, à mon embarras, ce fut un billet que je reçus de ma noble hôtesse, à l'instant où j'allais partir, et qui était ainsi conçu : ·

« Chacun a été invité expressément pour se trouver avec la Jeune Irlandaise; par conséquent il faut qu'elle apporte sa harpe irlandaise.

» M. C. O. »

J'arrivai dans New-Burlington-Street sans ma harpe irlandaise; le cœur me battait; j'entendis les titres ronflans de Princes, d'Ambassadeurs, de Ducs et de Duchesses, annoncés long-temps avant que mon pauvre nom plébéien et hibernois eût embarrassé le portier, et eût été ballotté de laquais en laquais, comme le sont tous les noms qui ne sont pas inscrits dans le livre rouge de la mode, et qui ne sont pas devenus fami-

(1) Vers de Milton.   Éd.

liers aux oreilles de ces insolens valets.
Combien j'aurais désiré me retrouver
dans le Tireragh avec mes princes, les O'
et les Mac! et cependant la position où je
me voyais était un des objets de ma plus
haute ambition. Être recherchée par les
grands, non pour les circonstances accidentelles de la naissance, du rang ou de
la fortune, mais simplement « *pour les
beaux yeux de mon mérite*, » c'était un des
principaux *item* de l'utopie de ma jeune
imagination. Je cherchais à me rappeler ce
fait à l'esprit; mais l'effort me fut impossible; et en gravissant les degrés de marbre de l'escalier à balustrade dorée, j'étais
agitée par des émotions semblables à celles qui inspirèrent cette franche exclama-
tion à mon compatriote Maurice Quill (1),

(1) Maurice Quill, le Sir John Falstaff des troupes
irlandaises, pendant la guerre de la Péninsule, qui
donna comme un motif pour entrer dans le 71ᵉ régiment, je crois, le désir d'être près de son frère, qui
était dans le 72ᵉ. Sa circonspection personnelle n'était,
dit-on, qu'une feinte pour faire ressortir sa gaieté.

NOTE DE LADY MORGAN.

dans la chaleur de la bataille de Vittoria :
« Oh, Jésus ! que je voudrais qu'un de
mes plus grands ennemis me renversât
en ce moment d'un coup de poing dans
Dame-Street ! »

Lady C — k me reçut à la porte de
cette suite d'appartemens qui commence
par un boudoir brillant, et qui se
termine par une serre sombre où un
demi-jour éternel tombe sur des fon-
taines d'eau de rose qui ne tarissent
jamais, et sur des plate-bandes de fleurs
qui ne se fanent point, — et où l'on
voit des oiseaux qui ne peuvent chanter, et des papillons condamnés au repos.

« Quoi ! point de harpe, Glorvina ! »
me dit sa Seigneurie.

— « Oh ! Lady C—k ! »

— « Oh ! Lady Faribole ! — vous êtes
folle, mon enfant ; vous ne connaissez pas
vos propres intérêts. — James, William,
Thomas, envoyez un porteur chercher la
harpe de Miss Owenson, dans Stanhope-
Street. »

Conduite par le célèbre petit Dunce du docteur Johnson et par la «*divine Maria*» de Boswell, qui passa mon bras sous le sien avec une bonté protectrice, je me trouvai tout d'un coup confondue dans cette cohue d'élégans et d'élégantes qui préfèrent toujours, pour commencer quelques manœuvres de coquetterie, d'étroites embrasures de portes, au champ plus libre et plus étendu que leur fournirait le centre d'un salon. Comme nous étions serrées ainsi sur le seuil de la porte du palais de la mode, mes yeux éblouis s'arrêtèrent sur un très beau jeune homme ayant l'air sombre et distingué par un air de singularité qui tenait le milieu entre la hauteur et la timidité. Il était seul, les bras croisés, occupant un coin près de la porte; et quoiqu'il fût dans une foule brillante et empressée, il n'en faisait point partie.

« Comment vous portez-vous, Lord Byron? » lui demanda une jolie petite créature de la mode, en se glissant à travers un interstice par où une des *semi-demi-*

âmes de Leslie Forster aurait eu peine à passer.

Lord Byron! Tous «*les braves Birons*» de la chevalerie française et anglaise se présentèrent à mon imagination en entendant prononcer ce nom célèbre dans l'histoire; mais j'ignorais alors que le beau jeune homme qui en avait hérité fût destiné à lui donner de plus grands droits à l'admiration de la postérité que les vaillans preux de France et les loyaux cavaliers d'Angleterre qui l'avaient porté avant lui; car la renommée n'arrive qu'à pas lents dans notre baronnie de Tireragh; et quoique Lord Byron eût déjà fait son premier pas dans cette carrière qui se termina par le triomphe de son puissant et brillant génie sur tous ses contemporains, je n'en étais encore dans l'article Byron qu'au « *pends-toi, brave Biron,* » de Henri IV (1).

Après avoir été arrêtée par la foule, et

(1) Lady Morgan commet ici une petite erreur : c'est à Crillon, et non à Biron, que s'adressait le *pends-toi* de Henri IV.   Note du Trad.

être restée en butte à tous les regards
pendant quelques secondes, je fus poussée en avant, et en arrivant au centre de
la serre je me trouvai placée tout-à-coup
sur une sorte de siége rustique par
Lady C—k, dont les efforts pour me re-
tenir sur cette place peu désirable de prééminence ressemblaient à la remontrance
de Lingo : « Gardez votre sang-froid,
grande Rusty-Fusty; » car moi aussi j'é-
tais traitée en princesse, — Princesse de
Coolavin, — et l'on ne m'accorda pas les
priviléges civilisés d'un sofa ou d'une
chaise, qui n'étaient pas convenables aux
habitudes d'une « jeune irlandaise sauvage. » Je m'assis donc, « la patience se mê-
lant par force au mécontentement, *lionne*
de cette soirée (1), montrée et exposée au
public comme «la belle hyène qui n'a jamais été apprivoisée, » d'Exeter-Change (2),

(1) On donne le nom de *lions*, en Angleterre, à tous
les objets qui attirent la curiosité publique, parcequ'on
va les voir comme les animaux que contient une ménagerie.   NOTE DU TRAD.

(2) Exeter-Change était un passage le long du Strand,

ayant l'air presque aussi sauvage, et me trouvant aussi dépaysée.

Lady C—k, dont les assemblées sont les plus agréables de Londres, parcequ'on n'y trouve pas cette monotonie qui pèse comme le cauchemar sur les cercles à la mode en Angleterre, a été accusée d'avoir une passion désordonnée pour les lions. En ce qui me concerne, je dirai seulement que cet « *engagement* » auquel d'abord elle se livra peut-être un peu trop à mes dépens, a été suivi par près de vingt ans d'une amitié, d'une bonté, et d'une hospitalité qui ne se sont jamais démentis.

Je n'oublierai jamais la cordialité avec laquelle, en cette occasion mémorable, elle me présenta à tout ce qu'il y avait alors de plus illustre par le rang et les talens en Angleterre; quoique ses manières sentissent peut-être un peu trop le style de protection de la duchesse de la Ferté

où il a existé long-temps une ménagerie. On vient de l'abattre pour élargir cette rue.   Note du Trad.

en pareille circonstance, — « Allons, Mademoiselle, parlez. — Vous allez voir comme
elle parle. » Au surplus, si la manière n'é-
tait pas tout-à-fait convenable à la dignité
de la princesse de *Coolavin*, le motif rendait tout excusable, et je sentis, comme
la charmante protégée de la Duchesse française, que « tant d'efforts étranges ne par-
taient que d'un désir immodéré de me
mettre en avant. »

Me présentant successivement à tous
les membres de cette brillante cohue, qu'une
curiosité frivole, aisément excitée, et aussi
promptement satisfaite, avait rassemblés
autour de nous, elle faisait précéder chaque présentation par un petit exorde qui
semblait amuser tout le monde, excepté
celle qui en était le sujet. « Lord Erskine,
voici la *Jeune Irlandaise* que vous désiriez
tant connaître. Je vous assure qu'elle parle
aussi bien qu'elle écrit. — Ma chère, con-
tez à Lord Erskine quelques unes de ces
histoires irlandaises que vous nous racon-
tâtes l'autre soir chez Lord C—ville. Fi-
gurez-vous que vous êtes en petit comité,

et oubliez votre patois irlandais. Mistress
Abington dit que vous feriez une fameuse
actrice; oui vraiment, elle le dit. Il faut
que vous jouiez avec l'*Orateur aux bras
courts* (1); elle sera ici tout à l'heure. Voici
la Duchesse de Saint-A—, elle sait votre
Jeune Irlandaise par cœur. — Où est Sheridan? Mon cher M. T—, (c'est M. T.—,
ma chère; les génies doivent faire connaissance ensemble.) Cherchez-moi Sheridan,
mon cher M. T—. Oh! le voici. Quoi!
vous vous connaissiez déjà? tant mieux.
— Voici Lord Carysford. — M. Lewis,
avancez donc. C'est Lewis « le Moine (2), »
ma chère, dont vous avez tant entendu
parler; mais il ne faut pas que vous lisiez
ses ouvrages, ils sont un peu libres. — Mais
voici quelqu'un dont je sais que vous avez
lu les ouvrages. Quoi! vous le connaissez
aussi! « c'était l'honorable William Spen-

(1) Ces mots contiennent sans doute quelque allusion, mais elle est si obscure qu'aucun des Anglais de
Londres que j'ai consultés à ce sujet n'a pu me l'expliquer.   NOTE DU TRAD.

(2) *Monk Lewis.*   ÉD.

ser, dont « *l'Année du Chagrin* » faisait
alors couler les larmes des plus beaux
yeux d'Angleterre, tandis que son esprit
et ses plaisanteries égayaient tous les cercles qui se trouvaient honorés de sa présence.

Lewis, qui avait pris sa lorgnette pour
mieux me regarder, tourna sur ses talons,
et disparut. « Voici deux Dames, » continua Lady C—k, dont le désir de vous
connaître est très flatteur, car ce sont de
beaux esprits elles-mêmes, « l'*esprit de
Mortemar*, » de véritables N—. Vous ne
connaissez pas toute la valeur de cette
présentation. — Vous connaissez M. Gell,
par conséquent je n'ai pas besoin de vous
présenter à lui. Il vous appelle la Corinne
irlandaise. Votre ami M. Moore sera ici
dans un instant. J'ai réuni « tous les talens » pour vous. — Voyez, quelqu'un, si
M. Kemble et Mistress Siddons sont arrivés, et trouvez-moi Lady Hamilton. —
Maintenant, je vous prie, racontez-nous
la scène qui se passa chez le Baronnet irlandais pendant la rébellion, comme vous

l'avez fait chez les Dames de Llangollen,
et donnez-nous ensuite votre dîner de
Bas-Bleus (1) chez Sir Richard Phillips, et
faites-nous la description des prêtres d'Irlande. Voici votre compatriote Lord L—k,
il vous servira de second. »

Lord L—k m'offrit ses services, et le cercle commença à s'agrandir autour de nous.
On y voyait des militaires, des pairs, des
ministres d'État. On m'apporta ma harpe,
et j'essayai d'en pincer les cordes; mais
mon chant était un hurlement funèbre :
j'étais sur le point de pleurer tout de bon,
je fis pourtant un effort pour rire et
pour couvrir ma timidité véritable par
une affectation d'aisance qui était aussi
gauche qu'impolitique. La meilleure coquetterie de la jeunesse et de l'inexpé-
rience, c'est de montrer franchement ses
sentimens ingénus, — mais c'est un secret
qu'on apprend trop tard.

Un bal chez Mistress Hope enleva une

(1) On nomme ainsi les précieuses ridicules du beau
monde anglais.   NOTE DU TRAD.

grande partie de mon auditoire, et avant
minuit l'assemblée fut réduite à un petit
nombre de personnes d'élite, une cinquan-
taine d'amis particuliers qui avaient été
invités à rester à souper. J'eus la bonne
fortune d'être placée à table entre Lord
Erskine et Lord Carysford, qui avaient
eu des bontés particulières pour moi pendant l'épreuve dangereuse à laquelle j'a-
vais été soumise; et enfin n'étant plus
« observée par tous les observateurs, »
j'eus le loisir de faire des observations moi-même et de m'amuser à mon
tour.

J'étais au milieu d'une conversation délicieuse avec mes deux vétérans attentifs,
quand on annonça M. Kemble. Lady C—k
lui fit un reproche en l'appelant « le tardif
M. Kemble. » Et jetant de mon côté un
regard expressif, elle lui dit qui j'étais.
Kemble, à qui j'avais déjà été présentée
pas Mistress Lefanu, me fit une inclination de tête d'un air agréable, pour indi-
quer qu'il me reconnaissait; mais la manière dont il me regarda ensuite était

d'une toute autre nature. C'était ce regard fixe et insignifiant, si commun à ceux qui ont fait sur d'autres autels des libations qui les laissent si rarement en état de se présenter dans la société des dames. M. Kemble avait évidemment l'esprit très préoccupé et la tête un peu échauffée, et il paraissait avoir quelque projet qu'il avait la volonté, mais non le pouvoir d'exécuter. Il était assis en face de moi, et plusieurs fois il avait levé le bras, et l'avait étendu à travers la table pour se servir, à ce que je supposais, d'une gelée en forme de tête de sanglier. Hélas, non! c'était la mienne qui fixait son attention opiniâtre : étant une véritable *cathah,* ou tête irlandaise, couverte de cheveux bruns, courts et frisant naturellement elle avait frappé ses yeux comme étant une coiffure à la Brutus parfaitement bien arrangée, et supérieure à tout ce qui se trouvait dans son assortiment de perruques théâtrales. Réussissant enfin à exécuter le projet qu'il avait conçu, il enfonça littéralement ses doigts dans mes cheveux, et m'adressant la parole

d'une voix creuse et sépulcrale, il me dit:
« Petite fille, où avez-vous acheté votre
perruque? »

Lord Erskine vint à mon secours et
délivra ma tête. Lord Carysford, pour faire
diversion à la gaucherie de cette scène,
s'écria :

« Les serpens de l'envie ont sifflé dans son cœur. »

De toutes parts, « les uns riaient, les autres disaient: Dieu nous protège! » et moi,
comme Macbeth, « je ne pouvais dire,
Amen. »

Cependant Kemble, de mauvaise humeur, comme le sont en général les
gens entre deux vins, et mécontent de
l'intervention des deux pairs, retira son
bras, en murmurant quelque chose entre
ses dents, et fouilla dans la poche de son
habit, ses yeux annonçant quelque intention malfaisante : au grand amusement de
toute la compagnie, et à ma plus grande
consternation, il en tira un volume de la
Jeune Irlandaise, qu'il avait apporté pour
le rendre à Lady C—k, et lisant avec sa

voix forte et pleine d'emphase un des passages les plus ampoulés qui s'y trouvent, il s'arrêta tout-à-coup, et frappant la page avec son index, il me dit avec l'air d'Hamlet parlant à Polonius : « Petite fille, pourquoi avez-vous écrit de pareilles sottises? et où diable avez - vous pris tous ces grands mots ? »

Prise par surprise, et sentant tout le dépit d'un auteur mortifié, je lui répondis presque sans le savoir, et assez sottement : « J'ai écrit aussi bien que je l'ai pu, Monsieur; et quant à ces grands mots, je les ai pris dans le Dictionnaire de Johnson. »

L'éloquence d'Erskine lui-même aurait produit moins d'effet, et le « *j'y allais* » de La Fontaine n'a jamais été cité avec plus d'applaudissemens dans les cercles de Paris, que n'en reçut ma réponse également naïve et véridique. Le triomphe de ma simplicité n'augmenta pas la bonne humeur de M. Kemble; et M. Spencer l'emmena bientôt dans sa voiture pour prévenir de nouvelles attaques contre l'intérieur ou l'extérieur de ma malheureuse tête.

Causant de cette scène peu de temps après, chez Lady C—k, avec une dame qui en avait été témoin, elle se retraça à ma mémoire avec toutes ses circonstances, et me fit sentir bien vivement les peines et les mortifications auxquelles est exposée une jeune personne sans expérience et sans protection, quand la nécessité la force à passer le seuil de la vie privée pour porter sur le marché des suffrages publics l'imagination et la sensibilité dont la nature l'avait douée pour sa consommation intérieure. Quelle différence entre ma première et ma dernière apparition dans les salons élégans et hospitaliers de New-Burlington-Street, — en personne, en sentimens, en sensations, en esprit, — en tout ce qui devrait établir une identité et qui ne peut le faire ! Je ne puis trouver la moindre trace de ressemblance entre « la petite fille » de M. Kemble et la femme proscrite par des Empereurs et excommuniée par des Pa-

pes (1). Il y a plus de philosophie que le
monde ne le pense dans la petite femme
« qui alla au marché pour vendre ses
œufs; » et j'ai été tentée de citer son «que
Dieu me prenne en pitié! bien sûrement
ce n'est pas moi, » aussi souvent que mon
illustre compatriote Daniel O'Connel a appliqué à l'Irlande sa citation favorite :
« Grande, glorieuse et libre; première
fleur de l'Océan, première perle de la
mer. » Je l'ai répétée quand je racontais
une histoire plaisante irlandaise au Ministre qui avait mis le sceau à la ruine de
l'Irlande; — quand j'étais aux Tuileries,
« échangeant des complimens» face à face
avec Sa Majesté (2); — quand je me trou-
vais au palais Quirinal, tête à tête avec un
Cardinal-Secrétaire, au milieu de scènes
qui appartenaient aux moyens âges;
dans le palais Borghèse, avec la famille
de Napoléon Bonaparte; — dans les ma-

(1) Lady Morgan n'a pas été *proscrite*, mais soumise,
dans les États autrichiens d'Italie, à des contrariétés de
police.   ÉD.

(2) Probablement avec S. M. Louis XVIII.   ÉD.

rais Pontins, quand j'écoutais la confession d'un frère Carme allant en pèlerinage
à la châsse de saint Pierre ; — et dans les
cercles de la vice-royauté du château de
Dublin, quand un Lord Lieutenant libéral me serrait la main à l'instant où le
Grand-Maître d'une loge d'Orangistes me
prenait l'autre.

Je me souviens d'avoir raconté mon début chez Lady C—k, et ma scène avec
M. Kemble, à feu le Marquis d'A—, comme
une chose qui était plus vraie que vrai-
semblable. Il me dit qu'il l'avait vu faire
des choses encore plus bizarres, quand il
était excité « par un verre de trop ; » et il
me cita une anecdote qui eut lieu à —.
« Kemble était assis entre le Duc d'H — et
le Duc d'A—, tous deux Écossais. La conversation tomba sur la généalogie, et les
deux Pairs s'échauffèrent en parlant de
l'antiquité relative de leurs maisons. Kemble, qui n'avait pas bu pendant cette discussion, et qui voyait avec désespoir la
bouteille rester stationnaire, après avoir
murmuré d'impatience entre ses dents

pendant quelque temps, s'écria enfin tout-
à-coup : « Au diable vos maisons ! passez
la bouteille. Personne, » ajouta Lord A—,
« n'en appelle de Kemble entre deux vins
à Kemble à jeun. — C'est un si excellent
homme ! un homme si accompli ! »

Nul acteur d'aucun siècle ou d'aucun
pays, à l'exception de Garrick, n'a peut-
être vécu avec les grands autant que Kemble sur le pied de l'intimité et de l'égalité.
La nature lui avait accordé des lettres-
patentes de noblesse que les premiers nobles du pays ne pouvaient s'empêcher de
reconnaître. Lui et Talma furent les derniers de leur classe et de leur caste. Ce
n'est pas qu'il n'y ait encore sur le théâtre
des hommes comme il faut aussi bien
qu'autrefois, mais le siècle héroïque du
théâtre est passé. Quant à moi, tant que
Potier, Perlet et Liston resteront, je ne
demande rien de mieux : j'aime mieux rire
avec Falstaff que frémir avec Macbeth; et
quant à la tragédie française, à la déclamation française, j'en suis encore tout
juste où j'en étais quand j'écrivis l'ouvrage

intitulé « *La France.* » Malgré toutes les *lettres adressés* (1) «*à Mi Ladi Morgan*» pour prouver qu'elle n'est qu'une sotte et qu'elle n'y entend rien, elle sait du moins ce qui l'amuse et ce qui l'ennuie; — et tout ce qu'elle a fait, c'est de le dire.

Dire aujourd'hui d'un homme bien né que c'est un buveur, ce serait lui faire un reproche ignominieux. Cependant, vingt-cinq ans avant la fin du dernier siècle, la haute noblesse et même la famille royale de la Grande-Bretagne s'abandonnaient à l'ivresse; de sorte « qu'être ivre comme un Lord » était réellement une distinction patricienne. On vit souvent Charles II chanceler dans les rues de Londres en retournant à Whitehall, entouré de courtisans tapageurs, et précédé de violons pour donner une sérénade à la duchesse de

(1) Quoique nous partagions quelques unes des opinions de Lady Morgan sur la tragédie française, nous ne pensons pas que les Classiques qui lui ont écrit aient mis *lettre* au masculin. L'orthographe de *Milady*, ou *My Lady*, est aussi généralement connue en France.

Éd.

Portsmouth, en sortant de l'appartement de la pauvre Nelly.

Dans des temps plus récens et plus policés, des Falstaffs modernes et des héritiers présomptifs ont eu leur « Tête de sanglier (1) » pour rendez-vous favori, quoique ce ne fût pas dans Cheapside. Des législateurs héréditaires et des représentans du peuple ont regagné leur logis en marchant de biais dans les environs de Saint-Stephen ; — et le représentant même de Sa Majesté, tombé sous sa propre table, a donné lieu à la plaisanterie que fit un personnage occupant une place éminente dans la judicature, en disant que « l'hostie manquait d'élévation (2).» Même dans un temps encore tout frais dans le souvenir de bien des gens, la sobriété passait pour une vertu aussi suspecte que vulgaire; et être en état de vider sept bouteilles, c'était être digne d'être admis

---

(1) C'était l'enseigne d'une taverne autrefois célèbre dans Cheapside. NOTE DU TRAD.

(2) *Host wanted elevation.* L'autre sens de ces mots serait : *son hôte manquait de dignité.* ÉD.

dans la plus haute société. Mais où est aujourd'hui le gentilhomme, l'homme bien élevé, qui ne rougirait pas d'une telle réputation? — Vous qui appartenez à l'école qui met toujours en avant le bon vieux temps et la sagesse de nos ancêtres ; — vous qui placez les excès de l'intempérance au nombre des vertus sociales, — que dites-vous de la sobriété de la génération actuelle? »

Lord Erskine.

Pauvre Lord Erskine! comm ece souvenir de la première soirée, bizarre et agréable, qui me procura l'honneur d'être connue de lui, me rappelle aussi son invariable affection depuis le moment que nous nous rencontrâmes dans la serre de Lady C—k, jusqu'à quelques semaines avant sa mort! Les idées que nous nous faisons des personnes éminentes dont nous avons souvent entendu parler, ou dont il est question dans les livres que nous lisons, sont du nombre des illusions de notre jeune âge les plus brillantes et souvent les plus fausses. Je pourrais écrire des volumes

sur les impressions que je recevais dans
ma première et obscure jeunesse, quand
des livres et des journaux présentaient à
mes yeux les images de personnages célèbres, ou que des bruits et des rapports
les concernant faisaient retentir leurs
noms à mon oreille; et sur le désappointement qui s'ensuivait quand ma propre
réputation m'introduisait dans leur sphère.
Ce fut dans les ouvrages de Miss Seward
que je lus pour la première fois quelques
lignes sur Lord Erskine. Quel splendide
tableau de l'humanité, pour une femme
dont l'imagination, comme le style de
l'auteur dont elle dévorait les pages, n'é-
tait qu'exagération et enthousiasme ! oh !
combien j'étais éprise alors de « l'idée »
de Lord Erskine !

Quand je fus un peu plus avancée dans
la vie, je trouvai un vieux pamphlet sur
l'appui d'une croisée d'une maison de
campagne, et je vis que c'était le fameux
procès d'Horne Tooke. Le plaidoyer de
Lord Erskine fit revivre la première et
vive impression qu'avait faite sur moi le

nom de cet homme illustre; et celui de
qui on a dit « qu'il avait parlé en cette
occasion importante comme un homme
inspiré, et qu'il avait en même temps
racheté l'honneur de sa profession et
établi la sûreté de son pays, » était précisément pour moi un homme pour qui
j'aurais fait nu-pieds un pèlerinage du
Tipperary, où j'étais alors, jusqu'à l'endroit où j'aurais pu le trouver, quand
ce n'eût été que pour le voir un seul instant.

Ce fut donc avec ces idées exagérées
de son génie et de son caractère que je
vis Lord Erskine; et je fus un peu désappointée en trouvant qu'il ne parlait pas
autrement qu'un autre; — que c'était un
homme de moyen âge, maigre, et qu'il
portait une perruque brune. Tout cela
ne répondait point parfaitement à mon
« beau idéal. » Le génie était alors pour
moi quelque chose de splendide dans sa
forme comme dans son essence. Déjà un
peu désabusée, je ne pouvais pourtant
me décider à reconnaître de l'inspiration

sous une perruque ronde. Néanmoins ce
fut une grande époque dans ma vie quand
je me trouvai assise à côté d'un des dieux
de mon idolâtrie, — car j'en avais alors
un grand nombre, et j'adoptais une sorte
de polythéisme de prévention qui me tenait dans une vicissitude constante d'espoir et de désappointement , — mes
dieux n'étant que trop souvent des faux
dieux, et mes idoles d'or des statues
d'argile. Ce fut une distinction encore
plus flatteuse pour moi quand Sa Seigneurie vint me faire une visite le lendemain du jour où nous avions fait connaissance chez Lady C—k.

Depuis cette époque jusqu'à sa mort ,
nous nous vîmes fréquemment et nous
nous écrivîmes de temps à autre, nous
voyant précisément autant qu'il le fallait
pour ne connaître que nos bonnes qualités respectives. Il était toujours délicieux,
toujours amusant, souvent inconséquent,
et quelquefois, à ce qu'il me semblait ,
donnant dans l'affectation et soutenant des
paradoxes. Je m'en rappelle un exemple

qui se rattache à une importante époque
et à quelques scènes amusantes, « *que
voilà.* »

Ce fut pendant cette grande ère politique, — la véritable hégire de l'apostasie
politique, — quand, le Prince de Galles
devenant régent, le public resta un moment dans le doute si les ministres torys
prendraient les sentimens du souverain
whig, ou si le souverain whig adopte-
rait ceux des ministres torys. Je jouissais
alors de ma brillante existence à cet Alham-
bra de la mode et de la politique ministérielle, le P— à St—re. Le noble maître de cette demeure hospitalière était
aristocrate par sentiment et tory par
principe. Le sang des Stuarts coulait dans
ses veines; la beauté de Darnley et la
hauteur de Bothwell caractérisaient son
extérieur distingué. Il était si bien organisé pour être ce qu'il était, que ni l'éducation ni l'exemple n'auraient pu faire de
lui autre chose. S'il eût occupé le trône de
ses ancêtres, il eût été le despote le plus
juste qui ait jamais régné; car, quoiqu'il

aimât beaucoup le pouvoir, il aimait la
vérité encore plus, — et la vérité est justice. Lord A— était un politique franc,
ouvert, et ne ménageant rien. La fierté
qu'on lui a reprochée comme un vice
était sa vertu. Elle le rendait inaccessible
à la bassesse des manœuvres, des intrigues et de la corruption. Ses opinions
étaient en rapport si parfait avec son intérêt, que son marquisat et son cordon
bleu ne furent pas les récompenses d'une
complaisance achetée, mais les témoigna-
ges de la bienveillance ministérielle pour
des services volontaires rendus avec indépendance et consciencieusement. On
a beau dire qu'il aimait de telles distinctions, je suis sûre qu'il aurait renoncé à son
titre et à sa jarretière plutôt que de
changer de parti ou d'abandonner une
cause qu'il aurait crue basée sur la justice.

Du samedi au lundi, — intervalle pendant lequel les affaires publiques sont
suspendues, — c'était toujours un carna-
val au P—; et les deux chambres sem-

blaient y envoyer leurs membres les plus
distingués pour en orner les élégans salons. Le samedi qui suivit la nomina-
tion du Régent, y amena une foule de visites, l'élite des hommes et des femmes
d'État des deux partis. De ce nombre
étaient Lord Erskine et la Duchesse de
G—. Ma bonne étoile voulut que je fusse
assise sur un sofa avec Lord Erskine,
et la Duchesse nous fit l'honneur de se
mettre en tiers dans notre conversation.
« Oh! Milord, » dit-elle avec son accent
irlandais, « vous avez donc accaparé *la
Jeune Irlandaise* pour vous tout seul? Hé
bien, c'est une créature qui ne manque
pas d'esprit; mais j'ai un grand défaut à
lui reprocher, elle n'a pas plus de sentiment qu'une petite miss de Londres. La
première fois que je la vis, ce fut chez le
Chancelier d'Irlande. Jannie M— et moi
nous avions vécu au milieu des bruyères
et des roses de Glengarry, et nous avions
dévoré sa « Novice de Saint-Dominique et
sa Jeune Irlandaise. » Quand j'arrivai à
Dublin, je mourais d'envie de la connaî-

tre. Eh bien! Lord M— donna un dîner tout exprès; mais quel fut mon désappointement, quand elle dit: « Oh! Lord M—! jugez comme je suis malheureuse! Le jour même que je suis partie de B—c, on y attendait de Strabane un char-à-bancs plein d'officiers. »—Eh, juste ciel! y a-t-il une ombre de sentiment dans ce propos? »

Cela mit sur le tapis les romans, les singularités nationales, les Fetches (1), la seconde vue, etc., etc.; et sur ce dernier point Lord Erskine et la Duchesse avouèrent leur croyance. Je ne pus m'empêcher d'exprimer ma surprise que des personnes si instruites cédassent à l'influence d'une superstition si déraisonnable. La Duchesse fut mécontente et répondit: « Je n'aime pas à voir des jeunes personnes se mettre au-dessus de leurs supérieurs et s'ériger en esprits forts. Je n'ai jamais

---

(1) Le Fetch (pluriel Fetches) est l'esprit d'une personne vivante; il en a les traits, le costume, les manières; et il ne se montre que pour en annoncer la mort.

NOTE DU TRAD.

entendu parler contre ce qu'on appelle superstition que par des gens qui n'avaient
pas de religion. »

Ce fut en vain que je tentai de m'expliquer. Renoncer à son intelligence et
obéir implicitement, c'était l'ordre du
jour pour une jeune personne sans expérience ; et Sa Grâce nous raconta une
histoire romanesque fort curieuse de seconde vue dans sa propre famille, qui
m'amusa du moins, si elle ne me convertit
pas. La manière pathétique dont la Duchesse la contait ne laissait aucun doute
sur sa sincérité.

« Je crois aussi à la seconde vue, » dit
alors Lord Erskine, « parceque j'en ai eu
personnellement l'expérience. Lorsque
j'étais encore fort jeune, j'avais été assez
long-temps absent d'Écosse. Le matin de
mon arrivée à Édimbourg, comme je
sortais de la boutique d'un libraire, je
rencontrai le vieux sommelier de notre
famille. Il paraissait prodigieusement
changé, était pâle, maigre, et avait l'air
d'une ombre, d'un esprit. « Hé bien, mon

vieux, qui vous amène ici?» lui dis-je.
«J'y suis venu pour voir Votre Honneur,»
me répondit-il, «et pour vous prier de
parler pour moi à Milord, afin de me faire
recouvrer une somme que l'intendant ne
m'a pas payée lors de notre dernier rè-
glement de compte.» Frappé de son air et
de ses manières, je lui dis de me suivre
chez le libraire, et je rentrai dans la boutique; mais quand je me retournai pour
lui parler, il avait disparu.

» Je me souvins que sa femme faisait un
petit commerce dans la vieille ville; je me
rappelais même la maison et l'étage où
elle demeurait, car j'y avais été bien des
fois étant enfant. Y étant arrivé, je trouvai la vieille femme en deuil. Son mari
était mort depuis quelques mois, et il lui
avait dit avant de mourir que l'intendant
de mon père lui avait fait tort de quelque argent, mais que Maître Tom lui ferait rendre justice quand il serait de retour. Je lui promis de le faire, et je ne
tardai pas à remplir ma promesse. Cette
aventure fit sur mon esprit une impression

ineffaçable, et je me tiens extrêmement en garde quand il s'agit de nier la possibilité d'apparitions surnaturelles, comme Votre Grâce vient d'en citer un exemple dans sa propre famille. »

Lord Erskine croyait cette histoire ou il ne la croyait pas. S'il la croyait, quel étrange égarement d'esprit ! s'il ne la croyait pas, quel écart encore plus étrange de la vérité ! Mon opinion est qu'il la croyait. Mais je ne savais pas encore sur quel faible pivot tourne la crédulité humaine ; combien peu nos propres opinions nous appartiennent, et jusqu'à quel point les meilleurs esprits sont peu d'accord avec eux-mêmes, et conservent opiniâtrément les empreintes des premières impressions.

Malgré mon hérésie en fait de seconde vue, je continuai à recevoir des marques d'amitié de Lord Erskine ; et pendant plusieurs années après mon mariage il m'envoya tous ses ouvrages de littérature. Le billet suivant, qui fut écrit quelques mois avant sa mort, termina notre correspondance; il était accompagné de son pamphlet sur les *Grecs*. Ce billet mérite d'être cité comme une preuve que la vieillesse ne dépend pas du nombre des années, et qu'une fraîcheur de sentiment et une ardeur de jeunesse pour une grande cause peuvent survivre à la décadence du corps, que le temps n'épargne jamais, même quand la sensibilité se prolonge.

« MA CHÈRE LADY MORGAN,

« Il y a long-temps, dans un de vos ouvrages, que j'ai tous lus avec une grande satisfaction, je me rappelle que vous avez donné votre approbation à mon style, et témoigné le désir que je ne perdisse aucune occasion de rendre ma plume utile. Je voudrais pouvoir partager votre opinion indulgente et partiale, mais comme il ne s'est jamais présenté une occasion dans laquelle il puisse être plus utile d'enflammer l'opinion publique que dans la cause des Grecs, j'envoie à Votre Seigneurie un exemplaire de la seconde édi-

tion de mon ouvrage à ce sujet, publié il
y a quelques jours.

» J'ai l'honneur d'être, avec respect et
estime, le fidèle et humble serviteur de
Votre Seigneurie.

» ERSKINE. »

« N° 13, Arabella Row, Pimlico, à Londres.

.» Le 11 octobre 1822.

» *Lady Morgan, à Dublin.* »

L'ouvrage qui accompagnait ce billet
prouvait plus que suffisamment que ni le
talent ni la sensibilité de cet écrivain, doué
d'un mérite si particulier, ne l'avait abandonné. Cependant des circonstances qui
étaient arrivées et qui étaient devenues
notoires, annonçaient que l'âge avait, sous
quelques rapports, fait de tristes ravages
sur un esprit si robuste. Il n'y a rien de
plus curieux dans l'histoire de l'esprit humain que la manière dont il tombe en
ruines, et dont des fragmens magnifiques

peuvent continuer à exister dans toute leur ancienne beauté, au milieu de la décadence totale du reste de l'édifice intellectuel.

Lord Castlereagh.

———

Retournons encore une fois au P—.
Combien de fois ai-je vu les Whigs et les
Torys réunis autour du foyer splendide
du grand salon, jouant innocemment leurs
«petits jeux,» après avoir joué toute la
semaine précédente leur grand jeu sur les
bancs opposés des deux Chambres. Combien de fois ai-je vu le portefeuille rouge
ministériel, « rempli du destin de Caton
et de Rome,» apportant la nouvelle malencontreuse de quelque victoire de Napoléon, ou le rapport plus flatteur de ses
défaites, ou contenant des pièces propres

à entrer dans un sac vert (1), à peine dé-
posé entre les mains de son maître, sauter
en l'air tout-à-coup par un revers de main
d'une Pairesse badine, qui s'écriait en
riant : « *autant en emporte le vent,* » tandis que les pièces mystérieuses qui s'y
trouvaient tombaient dispersées par terre ?
Combien de fois ai-je vu des Présidens du
conseil et des Lords contrôleurs de maisons royales y prendre des leçons de valse,
nouveauté alors fraîchement importée de
D—house ; pendant que « bien des saints
et bien des héros » qui étaient alors des
pécheurs et des officiers subalternes, fou-
laient aux pieds les tapis de Perse qui
couvraient les cloîtres pavés et les cellules
où s'étaient agenouillés les anciens moines
de St—e.

Ce fut pendant le temps que je passai

---

(1) Il y a quelques années, les Ministres proposant
au Parlement des mesures restreignant la liberté consti-
tutionnelle, y portèrent dans un sac vert des pièces nombreuses à l'appui de leur demande. Depuis ce temps « le
sac vert » est presque passé en proverbe.

NOTE DU TRAD.

dans cette délicieuse retraite, — qui n'é-
tait pas une retraite, — que j'eus souvent
le plaisir de me trouver avec Lord Castlereagh. Je dis *le plaisir*, car — je ne le
prends ici que dans ses phases sociales.
— Il était dans sa vie privée un de ces
hommes enjoués mettant la vie à profit,
ayant riposte à tout, qui sont inapprécia-
bles dans une maison de campagne, où
l'on a pour objet et pour but le plaisir et
le repos. Sa tranquillité inépuisable, son
sourire sans nuage, ses manières douces,
son amour pour la musique, sa voix dis-
cordante, sa rage de chanter tous les airs
de l'opéra du *Gueux* (1), dans lesquels je
l'accompagnais toujours, parceque j'étais
la seule qui voulût le faire; son adresse
dans les petits jeux, et la bonne humeur

(1) Un soir, tandis que nous étions occupés ainsi, nos
idées complètement détournées de tout ce qui nous entourait, nous étions arrivés au passage « Écoutez! j'entends le son de la cloche, » quand un charivari soudain
de sons discordans suspendit aussi soudainement notre
harmonie un peu hétéroclite. Tambourins, triangles,
pelles, pincettes, tout avait été mis en réquisition. Tou-

inaltérable avec laquelle les plaisanteries qu'on se permettait fréquemment à ses dépens, le faisaient accueillir avec le plus grand plaisir dans tous les cercles qu'il fréquentait dans les intervalles de ses travaux pénibles.

A cette époque je ne connaissais rien à la politique de l'Europe, mais j'étais une furieuse petite Irlandaise, et Lord Castlereagh avait coutume de dire souvent : « Personne ne se soucie de l'Irlande, si ce n'est Miss Owenson et moi. » Je prenais cela au sérieux, et dans l'orgueil de mon ignorance et de ma crédulité, je répétais le mot du pauvre Louis XVI : « *Il n'y a que M. Turgot et moi qui aimons le peuple.* »

C'est le souvenir de cet esprit libéral et

---

tes les dames, armées d'instrumens de discorde, nous avaient entourés, et elles ajoutaient un chœur général de rire inextinguible à l'accompagnement instrumental dont elles honoraient la voix de Lord Castlereagh. Lady Castlereagh elle-même était à la tête de l'orchestre.

NOTE DE LADY MORGAN.

aimable qui réunissait dans l'harmonie
et la confiance de la vie privée des hommes dont les opinions étaient diamétralement opposées dans leur vie publique,—
des hommes qui, doués de la haute courtoisie de leur rang élevé, ne souffraient
jamais que l'aigreur de l'esprit de parti
jetât son venin sur les grâces du cercle
privé;—c'est ce souvenir, dis-je, qui m'a
portée si souvent à me détourner avec dé-
goût en voyant cet esprit de parti brutal
et vulgaire qui a prévalu parmi la faction
de l'Ascendant en Irlande, qui a fait d'une
différence d'opinion politique un motif
d'insolence anti-sociale, et qui a porté
dans le club et le salon l'absence de charité et la virulence d'une hostilité publique.

Il n'y a pas une liaison nécessaire entre
la complaisance sociale et la condescen-
dance politique, et l'on peut adhérer fermement à ses principes sans témoigner
aucune aigreur à ceux qui en professent
d'opposés. Lord A—, comme je l'ai dit,
était un politique ardent et sincère, et

quoiqu'il vécût beaucoup avec les deux
partis, il aurait été le dernier à pardonner
ou à tolérer un acte de bassesse dans le
sien. Le matin du jour qui décida la tournure qu'allaient prendre les affaires, lorsque le prince de Galles prit possession
de la régence, je me rappelle qu'il me dit:
« Lord Castlereagh dîne avec nous aujour-
d'hui; s'il suit le courant, et qu'il apostasie, ce sera pour la dernière fois,—ce
sera la fin de notre amitié pour toujours. »
Mais lord Castlereagh n'apostasia point,
et nous eûmes le plaisir de jouir fréquemment de sa société pendant le reste de
cette saison, ainsi que de celle de son
épouse, toujours de bonne humeur, toujours inspirant la gaieté.

La dernière fois que je vis lord Castlereagh, ce fut à Paris en 1818, à l'ouverture de la session des Chambres faite par
Louis XVIII, — époque mémorable et
scène frappante. Je n'oublierai jamais l'impression que fit en ce moment la vue du
général La Fayette. — C'était au moment
où le Roi, assis sur son trône, ayant à ses

côtés les princes de sa famille, et entouré
de ses *amés pairs* et de ses fidèles députés, reçut de tous le serment de fidélité.
Chaque membre de la Chambre, appelé
par son nom, étendit le bras droit et prononça « *je le jure.* » L'emphase, la vivacité si particulière aux Français, que mirent à répéter ces mots « *je le jure* » bien
des gens qui avaient prêté le même serment à toutes les formes de gouvernement
précédentes, offrirent un contraste frappant avec l'air calme et plein de dignité,
et le ton lent et solennel de La Fayette.
De tous ceux qui composaient cette
immense réunion, il était le seul qui ne
se fût jamais lié par un serment à une
autorité qui n'avait pas pour base les
droits du peuple.

A l'instant où son nom fut appelé, et
où il se leva, modèle de ce qu'il y avait
de plus pur et de plus noble dans la plus
grande révolution qui ait jamais ébranlé
les empires de la terre, un murmure partit de toutes parts, — causé, il est vrai,
par des émotions de nature différente,

mais indiquant le vif intérêt produit par son air imposant et vénérable. Debout en face du Roi, et le bras étendu, quand il prononça son serment de fidélité au premier monarque constitutionnel que la France eût jamais vu sur le trône (1), quelle foule de souvenirs durent se présenter à l'esprit des spectateurs ! Ce fut en ce moment que j'aperçus la belle tête et la physionomie pâle et impassible de lord Castlereagh, se penchant en avant dans la tribune du corps diplomatique, pour observer attentivement cette scène. Sur toute l'échelle de l'humanité, jamais il n'y eut un contraste plus frappant que celui que présentaient en ce moment le créateur de l'armée nationale en France, et celui qui avait consommé l'union de l'Irlande à l'Angleterre.

(1) Louis XVI fut, il nous semble, un monarque constitutionnel jusqu'en 93. ÉD.

Intrigans.

L'abbé Gagliani dit que « les hommes sont nés avec une disposition à se mêler des affaires des autres, et que la liberté n'est que le pouvoir de se livrer à ce penchant. » Comme sarcasme contre les gouvernemens populaires, ce peut être une excellente plaisanterie; mais c'est précisément le contraire de la vérité. Le penchant réellement inné dans les hommes est de recueillir les fruits de l'industrie des autres, et de faire tourner les actions du public à leur avantage particulier. L'utilité de la liberté, c'est qu'elle empêche qu'on ne s'abandonne trop à cette disposition.

Les affaires de la nation sont les affaires de chacun de ses membres; les tyrans et les chefs d'une oligarchie sont ceux dont la gestion est un véritable commerce d'interlope, et leur intervention est impossible quand les garanties de la liberté sont parfaites.

Il est pourtant très vrai que, dans les États libres, les citoyens sont disposés à s'indigner de toute entreprise contre les droits d'un autre, et à intervenir dans les affaires des opprimés, de manière à leur obtenir justice. Mais en agissant ainsi on agit réellement pour soi-même, et l'on sent parfaitement que l'on combat pour son propre intérêt. Wilkes n'était aimé ou respecté personnellement que par un bien petit nombre de ses concitoyens; mais quand ses droits furent attaqués par le Gouvernement, il représentait le peuple anglais, et le peuple eut assez de bon sens et de courage pour forcer les ministres à renoncer à leur persécution.

Philosophie de la Grammaire.

—

Je fis un jour la question si je devais dire : « *Every body is gone out, only I,* ou *only me* (1) ; » et l'on me répondit : « *Only I,* »

(1) Le commencement de cet article roulant sur une difficulté de grammaire anglaise, n'est pas susceptible d'être traduit sans y conserver quelques mots anglais. *I* et *me* sont également le pronom possessif « moi , » et la question est de savoir s'il doit être employé, dans le cas dont il s'agit, au nominatif *I* , ou à l'accusatif *me*. (*Tout le monde est sorti excepté* MOI *ou* JE.)

La conjonction *but*, dont il est parlé ensuite, signifie ordinairement « mais ; » en outre elle a, suivant les occasions, beaucoup d'autres significations ; et dans celle dont il s'agit, il faudrait la traduire par « excepté. »

NOTE DU TRAD.

parceque *only I* signifie « moi seule je reste, » — « je reste » étant sous-entendu.

Si j'avais employé la conjonction « *but,* » au lieu de « *only,* » la construction serait la même, parceque *but* signifie « *be out* (1), » ou, en langage plus moderne, « moi étant hors de la question. » Le moderne « *but,* » ajouta celui qui me répondait, représente deux mots distincts, tous deux impératifs. Quand il est employé pour « *be out,* » c'est exactement l'équivalent d' « excepté, » dérivé du latin. Quelquefois on s'en sert pour l'impératif d'un verbe inusité « *to boot,* » signifiant « ajouter, » qui n'est plus en usage qu'à l'infinitif. — Cherchons un exemple. — En voici un dans sir Charles Grandison, que j'ouvre au hasard. Henriette Byron écrit, après quelques réflexions préliminaires : — « *But* (2) pourquoi me tourmenterais-je? ce qui doit être sera. » Le sens de ce passage est ceci :

(1) Littéralement « être dehors. »   NOTE DU TRAD.

(2) La traduction française de ce mot, en cet endroit, serait « mais. »   NOTE DU TRAD.

« A ce que j'ai déjà dit, *boot*, c'est-à-dire
« ajoutéz » cette seconde pensée, que ce
qui doit être sera, et par conséquent pourquoi me tourmenterais-je? » Ce sont les
deux seules véritables significations de
cette conjonction semblable à Protée, et
l'une ou l'autre expliquera les cent exemples de Johnson, qui en comprenait à
peine un seul convenablement. Johnson
était infatigable dans son travail, mais pué-
ril dans ses recherches. Il cherchait des autorités et ne songeait point à analyser. La
recherche des autorités était l'esprit de
son siècle, celle de l'analyse caractérise le
nôtre. Ainsi donc — « *à bas les savans,
et vive le savoir !* »

Hélas! on gagne une migraine en lisant
ce jargon grammatical. J'ai écrit mes vingt
premiers volumes sans beaucoup me casser la tête à cet égard. Mais à présent « le
maître d'école s'est montré, » c'est-à-dire,
il est occupé, — il est avec moi; — mon
esprit marche en avant sans que je bouge
du coin de mon feu. « *Mon voyage autour
de ma cheminée* » ne serait pas celui de mes

ouvrages où l'on trouverait le moins d'intelligence. Et cependant mon cher M. Colburn ne me donnerait pas vingt livres pour tout ce que je pourrais écrire sur la grammaire pendant le reste de ma vie, quand même je le disputerais en profondeur étymologique « aux Passe-Temps de Purley. »

Avant de laisser la grammaire, — quel plaisant jeu de mots que celui du grammairien présentant son livre à l'Académie, après que le duc de — avait mis en avant ses prétentions à être élu l'un des « *quarante*, » pour l'honneur de ses illustres ancêtres! « *Je suis ici pour mon grand-père*, » dit le duc. — « *Je suis ici pour ma* GRAMMAIRE, » dit le philologue, son compétiteur roturier.

La grammaire, soit dit en passant, est le dernier livre qui devrait être mis entre les mains des enfans, attendu qu'elle contient les propositions les plus abstraites et les plus métaphysiques, qu'ils sont absolument hors d'état de comprendre. C'est les mettre à la torture, leur donner l'ha-

bitude de prendre les mots pour les choses, et d'exercer leur mémoire aux dépens
de leur jugement. Mais c'est le péché ori-
ginel de l'éducation dans toutes ses branches.

Mon Livre de visites.

———

Ce serait une belle chose que je ne
susse vivre qu'avec les gens qui
me sont agréables !

MADAME DE SÉVIGNÉ.

Je jetais les yeux ce matin sur mon livre de visites, afin de le mettre en ordre
pour la nouvelle année, et pour en éli-
miner quelques uns de ces faux amis et
de ces ennuyeux qui se glissent dans tous
les cercles, quelque resserrés et quelque
exclusifs qu'ils puissent être : car depuis
la duchesse jusqu'à la laitière, chacun a
le droit d'être exclusif à sa manière. Ce

n'est pas que j'eusse dessein d'étendre
bien loin ma proscription; car si je voulais n'admettre que les gens honnêtes, les
personnes spirituelles, autant vaudrait
fermer boutique (1). Mais il y a des degrés
en toutes choses, et il se trouve des gens
dont la fausseté est si *fausse*, et l'ennui si
ennuyant, que les principes se révoltent
en même temps que la patience échappe,
et ainsi il faut qu'ils soient éliminés. Mais
que faire contre les incursions de provinces éloignées, — de familles entières
arrivant de leurs châteaux, quand on n'a
qu'une petite maison ? — Comme, par
exemple, Mistress Botherum de Castle-Bo-
therum, Miss Botherum, Miss Anna-Maria
Botherum, Miss Jemina-Matilda Botherum,
Miss Honoria et Miss Frances Botherum,
M. Botherum, colonel du corps de l'Yeo-

---

(1) Il y a ici une exagération de style. Lady Morgan
ne peut vouloir dire qu'elle est seule honnête et spirituelle parmi les personnes de sa connaissance. Nous en
faisons l'observation pour justifier le Traducteur.

Éd.

manry (1), M. Walter-York Botherum,
M. Ernest-Auguste Botherum, et le révé-
rend Mortimer Botherum ! Sem, Cham et
Japhet! Réunion terrible à voir!— Et tout
cela quand on n'a qu'un seul salon de
compagnie, dont la divine Pasta dit, la dernière fois qu'elle me fit l'honneur d'y chanter: « *On pourrait aussi bien chanter dans
un fiacre,* » et un boudoir qu'on pourrait
placer sur la table du milieu d'un salon
de Londres de grandeur modérée; et cela
aussi quand on a une passion pour la lumière aussi vive que celle de la duchesse
de C—(2), et des lampes capables d'éclairer l'Érèbe, qui feraient apercevoir la
moindre tache sur l'écusson de la toilette,
quand chacun y vient étiqueté pour quelque chose.

Non, cela est au-delà de la portée de la
nature humaine. « *Ainsi cuit, on aurait
mangé son père,* » dit La Reynière en

---

(1) Milice. NOTE DU TRAD.
(2) Les Veillées du Château.
  NOTE DE LADY MORGAN.

parlant de son plat favori ; et il existe des
ridicules de costume, de manières et de
tournure, qui pourraient faire pardonner,
sinon de manger sa mère, du moins de la
découper (1). Le manque de naissance,
de rang, de fortune, ne sont que des accidens, et ils sont si généraux, si inévita-
bles, qu'une petitesse d'esprit du dernier
ordre ou une adulation dégradante pour
les grands de toute espèce, pourraient
seules s'abaisser à exclure de leur société
les personnes qui, à l'exception de ces
distinctions dues au hasard, possèdent
toutes les autres. Mais le costume et les
manières sont deux objets que chacun
peut atteindre; et l'homme qui vous fait
une visite du matin en gilet blanc comme
du lait (2), ou la femme qui, lorsqu'elle

(1) Le mot anglais « *to cut*, » qui signifie « rompre
avec quelqu'un, » veut dire aussi « découper. » Il est
difficile de faire passer ce jeu de mots en français.

Note du Trad.

(2) Je ne veux pas dire que dans le cours des choses
on ne puisse un jour porter un gilet blanc sans que personne ait le droit d'en faire un reproche, ni même que

est annoncée dans la soirée, s'arrête pour
faire une révérence à la porte de votre
salon, doivent être sans espoir de rédemp-
tion sociale.

De pareilles anomalies indiquent toujours « *le mauvais ton*, » et « le mauvais
ton » indique qu'on manque de bon sens
ou qu'on ne voit pas bonne compagnie.
Si pourtant le gilet blanc est un étendard
de singularité arboré par un homme affi-
ché, il devient un grade par cela même,
aussi bien que les bas bleus de Jernin-
gham, qui fondèrent une secte en littérature. Mais depuis que les révérences ont
disparu avec les paniers et tant d'autres
choses grotesques, la femme qui en fait
une est perdue ; elle est inaccessible à
tout perfectionnement, et elle élèvera ses

certains développemens de l'esprit, certaines combinaisons de circonstances, ne puissent rendre indispensable
d'agir ainsi. Je ne fais que marcher avec mon siècle, et j'en
appelle à Lord A—y, ou à mon ancien ami, Lord A.—n ;
un homme qui fait des visites du matin en gilet de Mar-
seille d'un blanc vierge est-il admissible dans les cercles
de la société civilisée ?   NOTE DE LADY MORGAN.

enfans dans la haine de l'émancipation catholique, du gaz, de la vapeur, et des routes Mac-Adamisées. Ses fils s'en tiendront aux maximes de 1688, et ses filles perpétueront les révérences de famille jusqu'à des générations sans fin.

A cet égard, nous autres qui résidons dans la capitale nous sommes plus heureusement placées que les dames de campagne qui viennent passer l'hiver dans leurs maisons, dans les *squares,* dans les *rows,* dans les *places* (1), et qui font lever en masse tout le pays pour les suivre et pour remplir leurs salons à Dublin, comme les mêmes individus occupaient le château à la campagne, étayés de leur

---

(1) Les *squares* sont des « places » plus ou moins grandes dont le centre est en général un jardin entouré d'une grille. *Row* et *place,* signifiant « rangée » et « lieu, » sont des dénominations qu'on donne à des parties différentes d'une même rue, pour les distinguer plus facilement. Ainsi, dans la rue connue sous le nom général de Hampstead-Road, on trouve, du côté gauche, *Adam's Row, Boll's Row, Frederic-Place;* tandis que les bâtimens du côté droit sont indiqués sous le nom de *St-James-Place,* etc. NOTE DU TRAD.

crédit pour les élections, la politique locale et les spéculations du comté. Cela fait
qu'on se réconcilie admirablement avec
l'idée de n'être que simple propriétaire de
quelques pots de fleurs sur un balcon, la
seule terre que j'aie jamais pu dire m'ap-
partenir.

Mais ce qui m'amusa surtout aujour-
d'hui, ce fut, non de recevoir les visites
de « purs Irlandais, » ou d'Anglais natu-
ralisés en Irlande, mais de trouver, en
examinant la liste de celles que j'avais reçues depuis quelques années, un véritable
congrès de toutes les parties du monde
connu; des représentans des quatre coins
de la terre, qui avaient passé par mon petit « *taudis* » de Kildare-Street. Il y avait
le Major St J—B—, de Madras; M. B—,
de Boston; le Capitaine I—, de Calcutta;
le Colonel T—, du Canada; Sir C. G—n,
des montagnes de glace du Groenland, et
le Colonel D—y, des Kioskes d'Ispahan ;
sans parler de ceux qui avaient bu les
eaux du Gange ou de l'Ohio. Il y avait
aussi les Neri et les Bianchi de Florence;

des Impériaux et des Libéraux de Lombardie; des Guelphes, des Gibelins, des
Carbonari; des auteurs romantiques ou
classiques de toutes les parties de l'Italie.

Comme ces noms historico-poétiques
figurent bien au milieu des O' et des Mac
de mon pays natal! Strozzi, Frangipani,
Pucci, Piasasco, Ugoni, Pozzo, Cimetelli,
Castiglione, Pepe; noms qui se rattachent
tous à des efforts en faveur de la liberté,
et illustrés par les lettres dans les temps
anciens et modernes. Vient ensuite mon
contingent d'Espagne : des Chanoines de
la cathédrale de Madrid, des membres
des Cortès, des Députés au Pape, et des
Ex-Ministres du régime constitutionnel.
Suivent alors les charmans « voltigeurs »
français, voltigeurs par nature, et du bon
nouveau temps, avec leurs noms révolu-
tionnaires et leurs titres impériaux : les
Ducs de D—a et de Montebello, et les spirituels Du V—r, P—y et Tha—rs; puis
mes professeurs allemands, ayant fait l'é-
cole buissonnière de Gottingen, qui ve-
naient pour étudier la géologie, voir l'Ir-

lande et le docteur Macartney (1), et parler de Werner, de Kant et de Goethe.

C'est en cela, après tout, que se trouve la grande indemnité de tous les désagrémens qu'entraîne la qualité d'auteur. Etre connu dans le monde littéraire donne le délicieux privilége de vivre en correspondance et en communication avec ceux qui, comme Humboldt me le disait un jour, « forment la cinquième partie du monde, valant bien les quatre autres, » les êtres sentans et pensans. Cet ordre est la francmaçonnerie de la nature; elle l'a organisé pour approfondir ses grandes vérités, et pour entretenir la lampe qui, quoique couverte et voilée par une suite d'erreurs, brûle encore, et continuera à brûler, éternelle comme la cause pour laquelle

(1) Le docteur Macartney, professeur d'anatomie au collége de la Trinité, à Dublin; plus célèbre dans les pays étrangers que connu dans le sien. — Destin commun partout au talent prééminent. Les cours du docteur Macartney sont suivis par des élèves de toutes les parties de l'Europe et de l'Amérique.

Note de Lady Morgan.

elle a été créée. C'est ce sentiment intime
d'une réciprocité éloignée et d'une communion silencieuse qui donne le courage
moral, même à une femme auteur, de
dire ces vérités hardies que les êtres vils,
sordides et corrompus sont intéressés à
nier. Le ton de l'esprit et du talent d'une
femme la rend spécialement propre à entrer dans cette communion mystique avec
les penseurs de la même famille répandus
sur toute la surface du globe. Il appartient à la « *finesse* » de son intelligence,
à la sensibilité et à l'imagination qui respirent dans tout ce qu'elle écrit, d'ouvrir
ainsi une communication privée par le
moyen de la presse publique; — d'envoyer un sentiment sous le pôle, et de
dépêcher une pensée sous la ligne ; — de
faire revivre une idée qui s'efface, au-delà
du vaste Océan Atlantique, et d'éveiller
un souvenir secret par-delà des Alpes;
— de faire passer « *un mot d'énigme* » à
New York, — et avec l'air d'écrire pour
le monde, ou par ambition de composer
pour la postérité, de ne sentir que l'in-

spiration d'une influence individuelle, et de faire partir une cargaison de diverses denrées agréables, par le bon navire *la Sympapathie*, avec l'assurance qu'il entrera dans le port qui est sa destination, et que le correspondant à qui elles sont consignées y attachera un grand prix. Combien de pèlerins attirés à Lausanne par « Julie, » et à Copet par « Corinne, » ont dirigé leurs pas, dans ce siècle de voyages, vers notre « *ultima Irlande*, » pour en visiter les merveilles naturelles, et ont fait une « *station* » sur la route, pour laisser glisser un grain de leur chapelet et dire un *Ave* dans la cellule d'une femme à qui son zèle (sinon ses ouvrages) a donné droit à quelque considération de la part des êtres libres et libéraux! Quand tant d'esprits enchanteurs sont en marche, qui ne serait toujours chez soi pour les recevoir ? — Hélas! chez soi! ce chez soi de son pays, qui doit tous ses charmes, non à la sympathie, à la libéralité, au génie compatriotes, mais à ces voyageurs par terre et par mer qui apportent avec eux

l'intelligence de l'Europe , pour faire
honte à notre ignorance insulaire et à
nos préjugés enracinés.

Si je n'avais pas jeté ce coup d'œil sur
mon petit livre de visites , j'aurais eu un
motif de moins pour me consoler des privations et des sacrifices que doivent endurer tous ceux qui demeurent en Irlande, soit par principes, soit par affection privée. Là les jouissances paisibles
et les agrémens de la vie, les distinctions,
les honneurs, sont pour une caste , tandis qu'on réserve à tous les autres la proscription et la persécution, — les calomnies d'une presse effrontée, et le mépris
dédaigneux, ou, ce qui est encore pire, la
politesse hautaine de cette classe anti-na-
tionale qui est insensible au génie, et à
qui le patriotisme est suspect. Parmi les
grands et incalculables services que doit
rendre à l'Irlande l'émancipation des catholiques, celui d'améliorer la condition
de la société privée ne sera pas le moins
précieux. De grands droits et de grands
avantages viennent de loin et par inter-

valles pour éclairer le pays auquel ils sont
accordés, pour lui être utiles et l'améliorer; il n'en est pas de même des jours,
des heures et des minutes qui contribuent à composer cette existence sur laquelle « un long compte de haine » entre l'oppresseur et l'opprimé a jeté son
amer venin. — Que de détails minutieux
de persécution! — Quelle petite guerre de
guérillas, faite de maison en maison, de
rue en rue, dans laquelle nul sexe n'est
épargné, — nulles vertus ne sont une défense, — nuls talens ne donnent un droit
au respect de ses compatriotes! Tel a
pourtant été l'état de la société dans le
plus social de tous les pays pendant plus
d'un demi-siècle. Si cet acte de simple
justice et de sens commun, l'acte d'é-
mancipation des catholiques, vient à passer en loi (1), l'Irlande peut encore devenir l'une des parties de l'empire britannique où il sera le plus agréable de

(1) Ce qui a eu lieu depuis que Lady Morgan a écrit
cet article. NOTE DU TRAD.

vivre; car on peut encore trouver dans
le pays qui vit naître Swift, Goldsmith,
Sterne, Sheridan, Burke, Grattan, Can-
ning et Moore, tous les élémens qui tendent à embellir et à animer les cercles
les plus heureux. La nation Irlandaise
est essentiellement, et par caractère, vive,
affectueuse, enjouée, aimant le plaisir et
les jouissances sociales; et quand on aura
fait disparaître ces atroces distinctions
qui ont si long-temps répandu la dissen-
sion, et qui ont occupé l'esprit national
de griefs nationaux, et qu'on laissera au
génie du peuple un champ libre et raisonnable, on peut prédire que la capitale de l'Irlande deviendra une des villes
de l'Europe les plus agréables, sinon les
plus importantes.

Sous de tels auspices, combien il sera
délicieux d'ouvrir un livre de visites sur
lequel on trouvera les noms de tous ceux
qui sont aujourd'hui divisés en partis,
en sectes, en factions, et qui ne rappel-
leront plus une seule idée pénible! A
cette époque, n'étant plus redevables de

toutes nos jouissances sociales et intellectuelles aux étrangers arrivant de con-
trées plus heureuses et plus éclairées,
nous sentirons et nous avouerons que
« le premier et le meilleur pays est toujours notre patrie. »

Visites d'étrangers.

———

Point de rose sans épines.

Oh! « *par exemple*, » voici un joli commentaire sur le texte qui précède, — un paragraphe d'un de ces infâmes journaux qu'on ne pourrait nommer sans souillure. Il vient de m'être envoyé à l'instant dans une lettre anonyme; car j'ai toujours, comme dit Sir Peter Teazle (1), « quelque bon ami » qui prend soin de me fournir les

(1) Personnage de l'École de la médisance. Éd.

injures qu'on m'adresse dans ces journaux que je regarderais comme un acte
de la plus haute immoralité de laisser
entrer chez moi. Jamais , soit dit en passant, je n'ai pu comprendre la logique
de ces gens qui, tout en protestant qu'ils
abhorrent la calomnie, qu'ils détestent la
médisance, ne se font pas de scrupule
d'acheter et de lire les journaux qui n'existent qu'en propageant l'une et l'autre.
Ajouter aux profits des auteurs d'une telle
spéculation, c'est participer à leurs crimes; car si tous ceux qui font profession
d'être ennemis du mensonge refusaient
de l'acheter quand ils le trouvent sous la
main tout apprêté, cette honte de la liberté de la presse en Angleterre dispa-
raîtrait plus efficacement que par suite
de toutes les lois restrictives et de toutes
les poursuites pour cause de libelle.

Voici le paragraphe auquel je viens de
faire allusion.

LADY MORGAN ET LES AMÉRICAINS.

« L'anecdote suivante, excellente en

tout point, est citée par le Yankee (1) de la *Gazette littéraire de Boston.*

» Il était environ deux heures après midi quand je m'arrêtai à la porte de Sir Charles Morgan, dans Kildare-Street, à Dublin; je demandai Lady Morgan, pour qui j'avais une lettre de recommandation. Un domestique me fit entrer dans une bibliothèque; et tandis que j'attendais Sa Seigneurie, j'eus le temps d'examiner l'appartement. Les régions supérieures étalaient de riches rayons de livres dans toutes les langues modernes, entre autres plusieurs des ouvrages de Lady Morgan, traduits en français, en italien et en allemand. Il y avait deux tables à écrire, une petite collection de minéraux sous verre, et une autre de beaux coquillages, aussi sous verre. Plusieurs petits tableaux occupaient l'espace vide des murailles, et des camées, des *intaglios*, des médailles et d'autres curiosités ornaient la tablette de la cheminée.

(1) Sobriquet donné aux Américains.

NOTE DU TRAD.

Il y avait dans cette chambre un air de négligence, mais qui semblait annoncer que celle qui l'habitait avait rendu tributaires de ses plaisirs toutes les branches de la nature et de l'art. »

Je décrirai la chambre, et je décrirai tout; —
Oui, c'est là mon dessein, — les tableaux, — la croisée, etc.

CYMBELINE.

Oh! si l'inventaire en était resté là! Pour l'ameublement, passe, — quoique je nie les minéraux et les coquillages sous verre, car j'ai toujours eu de l'antipathie pour les objets sous verre; — mais en venir au personnel, comme dans «*le Catalogue raisonné,*» suivant des beautés qui manquent, des charmes qui sont «absens sans congé,» cela est réellement trop fort. Le Yankee continue. « Ainsi donc me voici (non en *Kit-Kat* (1)), mais comme m'a esquissée «à deux heures après midi» mon Américain, qui, après avoir «décrit la

(1) Ancienne expression pour désigner un portrait du sixième de la grandeur naturelle, parceque telle était la mesure des cadres pour les portraits du fameux Club de Kit-Kat.   ÉD.

chambre ,» décrit ainsi la maîtresse ,
n'ayant pas plus de soupçons qu'Imogène,
quand Jachimo entra dans sa chambre à
minuit, et ne se doutant guère à quelle
espèce de peintre elle donnait une séance
pour faire son portrait, quand elle reçut
ce «Yankee de Boston.»

«Enfin Lady Morgan entra. Elle avait
la taille courte, la figure large, des yeux
bleus sans expression, et paraissait avoir,
s'il est permis de dire une telle chose, environ quarante ans; sa physionomie est
loin d'être belle, elle n'a même rien de
frappant. Il y avait dans sa mise et dans
ses manières une affectation évidente de
goût parisien.»

J'en appelle! — j'en appelle de ce Caravage de Boston au Titien de son siècle
et de son pays! — J'en appelle à vous, Sir
Thomas Lawrence! — Auriez-vous jamais peint une femme courte, ramassée,
à figure large, sans expression, affectée,
francisée, semblable à un veau marin du
Groenland, quel que fût son âge? Aucun
prix vous aurait-il jamais tenté de profa-

ner votre pinceau immortel, consacré aux
Grâces par la nature, en en dévouant la
magie à un modèle tel que celui décrit
par l'artiste Yankee « de la *Gazette littéraire de Boston ?* » Et cependant vous
avez fait le portrait de cette Vénus la-
pone, — de cette personnification d'une
morue de la baie de Dublin, — de ce
pendant à la poissarde d'Hogarth aux
portes de Calais, qui a une ressemblance
si frappante avec la raie qu'elle met en
vente; et mieux encore, vous l'avez fait
parceque vous l'avez désiré vous-même,
sans aucun émolument, et lorsque des
Duchesses rivales, se disputant l'honneur d'arriver à la postérité, grâce à votre pinceau, avec les beautés de Vandick
et les belles de Leslie, étaient prêtes à
récompenser avec une munificence royale
un talent « dont le prix est au-dessus des
rubis. »

Eh bien! j'en appelle du portrait tracé
par le Yankee au vôtre, « *et je m'en trou-
verai bien.*» C'est avec plaisir que je me
flatte l'imagination en me rappelant ces

temps de jeunesse, de splendeur et de gaieté, où, nous trouvant sous le même toit, vous fîtes ce portrait que le contraste a rappelé à mon souvenir. Un ministre d'État faisait des plaisanteries d'un côté de la table sur laquelle vous dessiniez; une princesse royale (1) vous faisait des observations de l'autre; le Roscius du siècle marchait en long et en large dans l'appartement avec le pas de Macbeth et l'air de Coriolan, et la moitié des beautés de galeries et de collections futures voltigeaient autour du distributeur de brevets d'une amabilité éternelle : je me souviens de tout cela. Hélas ! personne n'aurait dit alors que j'avais « quarante ans, » et c'est là le coup le plus cruel de tous ! La femme, le plus endurant de tous les êtres créés, peut tout supporter excepté cela. S'il eût dit trente-neuf ou cinquante ! — Trente-neuf sont encore en deçà du point fatal, et cinquante sont

(1) Feu Sa Majesté la reine Caroline.
NOTE DE LADY MORGAN.

tellement au-delà; c'est une époque si désespérée, un tel « *Lasciate speranza, voi che intrate;* » mais QUARANTE!

> Prenez toute autre forme,
> Et mes nerfs affermis ne trembleront jamais.

L'âge critique — le Rubicon, — je ne puis ni ne veux appuyer davantage sur cette idée. Mais, ô Amérique, pays de mon dévouement et de mon idolâtrie, est-ce de votre sein qu'est parti ce coup? Les injures du *Quarterly Review* et du *Blackwood's Magazine,* à la bonne heure; — mais la Gazette littéraire de Boston! «— *Tu quoque, Brute!* »

Mon Américain de Boston, faisant sa visite « à deux heures après-midi, » rend ensuite un compte de ma conversation aussi exact et aussi minutieux que les détails dans lesquels il était entré sur ma maison, mon extérieur et mon âge. Après avoir fait la remarque générale qu'elle était « pleine de vivacité et de franchise, » il fait part au public des communications confidentielles que je lui fis pendant cette visite, sa première et sa dernière. Elle se bornait simplement à dés injures outre mesure contre l'Amérique et contre Washington-Irving, et, à ce qu'il paraît, sans aucun motif que celui de plaire au Yankee qui me rendait visite, et qui était d'accord avec moi sur ces deux points. C'était porter un peu loin « la franchise et la vivacité. »

Maintenant je publie ici ouvertement, « franchement et vivement » mon protocole à la cité de Boston, requérant des Bostoniens l'extradition de leur concitoyen faisant des visites, « à deux heures après-midi, » — cet Iachimo des salons littéraires, — ce dénonciateur positif du « *certain âge* » des dames qui désirent que leur âge demeure incertain; — ce faiseur de portraits en grand, qui appelle « court » ce qui est petit, et « large » ce qui est rond; — qui se dit :

> L'œil qui ne sourit pas pour moi
> D'aucun lustre jamais ne brille; —

ce traître qui viole les confidences qui lui

sont faites dans une première visite, — ce Zoïle de la toilette, cet Yankee « *Courrier des Dames* (1). » Je requiers les Bostoniens, au nom de leur galanterie et de leur « libéralisme, » de leur amour pour la liberté et pour les dames, de me saisir d'abord cet homme des bois, et de se fier ensuite à moi pour l'habiller de toutes pièces. — Mais c'est une menace sans objet. — Je ne crois pas, je ne veux pas croire qu'un Américain puisse violer ainsi tous les principes de la courtoisie, de la galanterie, de l'hospitalité et de la vérité. J'ai reçu depuis huit ans la visite d'Américains de toutes les parties des États-Unis. Je trouve sur mon livre de visites les noms de deux habitans de Boston qui ont fréquenté ma maison, et dont aucun n'aurait pu agir ainsi. J'ai rempli les devoirs de l'hospitalité envers quiconque portait le nom d'Américain. J'honore la grande

(1) Peut-être faut-il dire *Coureur de Dames*. Nous nous sommes permis de corriger quelques uns des nombreux quiproquos du *français* de Lady Morgan ; mais ici nous risquerions de violenter sa pensée.   ÉD.

15.

cause de la liberté en la personne des enfans de ceux à qui on est redevable du plus
grand ralliement qui ait jamais été fait
autour de son étendard ; et je suppose que
s'il existe un mécréant américain, — américain par le hasard de la naissance, —
capable d'une conduite semblable à celle
de mon Bostonien, faisant des visites « à
deux heures après-midi, » tous les Américains bien élevés désavoueraient cet Arnold
de la société privée, comme ils désavouè-
rent le traître politique qui déshonora le
pays de la liberté en le réclamant comme
le sien (1).

(1) Ayant reçu l'épreuve de ce qui précède — et que
j'ai inséré dans mon livre par pure « gaieté de cœur, »
— dans un moment où je suis entourée d'un véritable
congrès d'Américains qui m'ont été présentés par mon
illustre ami, le général La Fayette, je saisis cette occasion pour dire qu'ils désavouent toute connaissance du
journal en question. Tout ce qu'ils savent, c'est qu'un
journal portant ce titre a vécu quelques semaines et est
mort sur-le-champ ; et qu'il était rédigé par un homme
portant un nom irlandais, un des collaborateurs du
Blackwood's Magazine.　NOTE DE LADY MORGAN.

L'union de l'Irlande.

———

Vingt mille livres sterling fermèrent la bouche à l'opposition contre l'union de l'Écosse à l'Angleterre, — somme à peine suffisante pour imposer silence à l'éloquent patriotisme d'un seul votant, quand Lord Castlereagh vendit l'Irlande « en gros, en détail, et pour exportation. » Qui dira que les Irlandais ne sont pas un peuple civilisé?

———

Mécanisme humain.

———

Dugald Stewart, en parlant du cercle limité de plaisanteries, de fables et de contes qui se trouvent dans la littérature de toutes les nations, « est presque tenté de supposer que l'invention humaine est bornée, comme un orgue à cylindre, à un nombre d'airs déterminé (1). » Le nombre de nos besoins et de nos désirs, et par conséquent celui des modes de nos relations sociales, étant fixe, les combinaisons de pensées qui en sont le résultat

(1) Encyclopédie, première dissertation.

NOTE DE LADY MORGAN.

doivent l'être également. Le nombre de
ces élémens étant peu considérable, les
combinaisons primitives d'idées auxquelles elles donnent naissance doivent être à
peu près les mêmes dans toutes les nations. Le fait est incontestable, et il conduit à des conséquences très sérieuses
contre la doctrine du libre arbitre.

Suicide.

L'amour de la vie est la plus forte de toutes les passions humaines. A quoi bon mettons-nous donc en question la légitimité du suicide? Quand une loi n'inflige aucune peine, c'est une lettre morte; et celui qui ose mourir ne peut être atteint par aucune peine. Le suicide peut être un objet de discussion religieuse, mais ce ne peut être un sujet de législation.

Existence extérieure.

Il n'y a jamais eu de trait plus insigne de sottise pédantesque que la dispute contre la réalité du monde extérieur. Nous ne pouvons, dit-on, prouver le fait : mais prouver une proposition, c'est la rendre évidente aux sens, — pas autre chose. Le dernier appel, dans toute controverse, se fait aux sensations; même les vérités abstraites des nombres dépendent de simples faits reconnaissables à l'œil et au toucher. Nul sophisme, quelque difficile qu'il puisse être à découvrir, ne peut l'emporter sur la conviction que les sens procurent de la réalité extérieure, et Berkeley lui-même ne s'est pas heurté la tête contre une borne.

Le système de ce théologien, adopté pour démontrer une théorie religieuse, conduit droit à l'athéisme. Nous croyons en Dieu comme étant le créateur nécessaire du monde, mais « l'idéaliste » n'a aucun motif pour croire à une autre existence qu'à celle de son propre esprit. Ces idées métaphysiques font la vaine gloire de ces gens qui, tout en refusant de donner de l'éducation au peuple, ont la dureté de prétendre que le pauvre n'est pas en état d'entendre ses propres affaires. Quand l'ignorance la plus barbare est-elle jamais tombée dans de pires méprises que ce produit du savoir mal appliqué?

Eclectisme.

―――――――――

Les philosophes éclectiques sont pour
la plupart « *des demi-esprits,* » qui sont
incapables de voir les faits dans leur entier, précisément comme les éclectiques
politiques sont ceux qui n'ont ni assez
d'honneur pour être tout-à-fait honnêtes,
ni assez de courage pour être tout-à-fait
coquins. De telles gens construisent des
systèmes avec des fragmens incohérens
tirés d'une philosophie qui n'y était nullement d'accord, avec le même goût que
les architectes des moyens âges érigeaient
des édifices barbares avec les restes magnifiques de l'antiquité.

Attitudes du chagrin.

L'Observation de M. Shandy (1) que le chagrin cherche toujours une position horizontale, passe pour une bonne plaisanterie; le fait est pourtant que c'est une remarque très philosophique. Le chagrin, en épuisant les forces vitales, rend une position droite désagréable et pénible. Quel est l'être qui a quitté ou perdu l'objet qu'il aime sans avoir senti la nécessité de baisser la tête sur ses bras croisés, ou sans avoir éprouvé quelque consolation en se tenant le corps entièrement courbé?

(1) Tristam Shandy.   Éd.

Sous les coups terribles de tous les grands chagrins, les forces physiques et morales marchent du même pas. Car qui peut dissoudre cette union mystérieuse dont on parle tant, que l'on connaît si peu, et qui a fait tourner en ridicule comme « *spiritualistes*,» ou brûler comme matérialistes, tant de gens qui ont voulu en dire quelque chose? L'homme ne peut impunément se livrer aux recherches. Ceux qui récompensent l'imposteur si libéralement ne manquent jamais de persécuter celui qui veut enseigner les autres; et tandis qu'ils reçoivent avec une entière confiance les mensonges et les fables les plus contraires à leur bien-être et à leurs véritables intérêts, ils opposent des obstacles à toutes les nobles entreprises et à toutes les découvertes utiles dans le champ des sciences morales et physiques.

C'est sans doute à cause de la sensibilité vive, quoique peu durable, des habitans des pays méridionaux, que, dans toutes les occasions de violent chagrin, ceux qui les éprouvent tombent dans un abattement complet qui ne leur permet pas de conserver la position droite natuturelle à l'homme. Ce que la nature avait inspiré comme un moyen de soulagement, l'orgueil en fit bientôt un objet de cérémonial. A la mort d'un proche parent, dans toutes les familles royales, nobles ou seulement distinguées du continent, celui qui tenait le plus près au défunt par le sang se mettait autrefois au lit; il y restait, ou il était supposé y rester un certain nombre de semaines, de jours ou d'heures, suivant le rang de la personne qu'il regrettait, jusqu'à ce que les visites de condoléance fussent terminées, et qu'il fût permis au chagrin, réglé par l'étiquette, de se calmer, et de se débarrasser du fardeau de la douleur. Depuis le quinzième siècle jusqu'au dix-septième, l'ameublement des appartemens, et tout ce qui concernait la toilette de l'affliction royale, suivaient des règles établies. On trouve un des plus curieux tableaux de cette sensibilité de livre-rouge de nos ancê-

tres, qui semble marcher de pair avec leur
« sagesse, » dans un ouvrage français
très ancien et très amusant , intitulé:
« *Les honneurs de la cour,* » composé par
Alienor de Poitiers, Vicomtesse de Fur-
nes, dame de la cour du Duc de Bourgogne, en 1469. Dans son chapitre sur le
deuil royal, ou (dans son charmant
vieux français) « *sur le deuil que toutes*
les princesses et autres devaient porter
pour leurs maris , pères, mères, et parens, »
elle dit qu'une reine de France doit rester
un an dans la chambre où elle a appris
la nouvelle de la mort de son époux, et que
« *chaquin doibt sçavoir* » que les chambres, appartemens, etc., de la reine veuve
doivent être tendus et couverts en drap
noir. Un tableau vaut toujours une dou-
zaine de descriptions, et celui du deuil
de la princesse de Charolais pour son
père, le duc de Bourgogne, mérite d'être
transcrit.

« Son père estoit trespassé. Incontinent
qu'elle sceut la mort, elle demeura en sa
chambre six semaines, et estoit tousiours

couchée sur un lict couvert de drap
blancq de toille, et appuyée d'oreillers;
mais elle avoit mis sa barbette, son manteau et chapperon, lesquels estoient fourrez
de menuvair, et avoit ledict manteau une
longue queue; aux bords devant le chapperon, une paulme de large, le menuvair
(c'est à sçavoir le gris) estoit crespé de-
hórs. La chambre estoit toutte tendue de
drap noir, au lieu de tapis velu, et devant
ladicte chambre où Madame se tenoit, y
avoit une autre grand chambre ou salle
pareillement tendue de drap noir. Quand
Madame estoit en son particulier, elle
n'estoit point toujours couchée ni en une
chambre. »

Mais tandis que les princesses étaient
obligées de pleurer pendant six semaines
dans des chambres tendues en noir, les
« Banneresses » ou Pairesses n'étaient tenues de verser des larmes obéissantes et
de garder le lit que pendant huit jours,
— proportion de sensibilité très bien calculée en raison du rang des parties. Cependant, quoiqu'il ne fût pas exigé qu'elles

restassent au lit aussi long-temps que les princesses du sang royal, il était ordonné qu'elles passassent le reste de leurs six semaines assises devant leur lit sur un drap noir.

« Les Banneresses ne doibvent estre que nœufs jours sur le lict, pour père ou mère, et le surplus des six semaines, assises devant leur lict, sur un grand drap noir; mais pour maris, elles doibvent coucher six semaines. »

La stricte observance des pompes du cérémonial est une preuve de stagnation d'esprit dans les nations comme dans les individus; les personnes vaines, oisives, et n'étant d'aucune utilité à la société, peuvent seules avoir le loisir nécessaire pour se donner ainsi en spectacle. Les grands ont donc toujours été les conservateurs en chef de ces manières d'abuser du temps, du goût et du bon sens. En Angleterre, la vieille Duchesse de Northumberland; — en Irlande, la grand'-mère du Marquis d'Ormond actuel, ont été les dernières Dames de qualité qui se

sont montrées en public précédées d'un
coureur.

Vers le milieu du dix-septième siècle,
les Français ayant puisé de l'énergie dans
les dissensions civiles de la Ligue et de la
Fronde, avaient fait de considérables progrès en intelligence et en littérature. Ce
fut la classe moyenne qui produisit presque tout le génie qui donna au règne
splendide de Louis XIV le caractère
du siècle d'Auguste : Corneille, Racine,
Molière, La Bruyère, La Fontaine, Boileau, etc., etc., sortirent tous des rangs
du peuple.

Mais tandis que la classe moyenne, à
laquelle les formes n'opposaient aucun
obstacle, et qui ne s'occupait pas du cérémonial, donnait à l'esprit national une
impulsion vers la littérature, les sciences
et les arts; la Cour et l'aristocratie, fidèles
esclaves du temps passé, continuaient à
observer strictement ces vaines formes
qui étaient liées indissolublement à leurs
priviléges exclusifs. Les individus appartenant à cette classe ne connaissaient rien

aux livres, mais ils avaient une érudition
profonde en grave ostentation, et savaient par cœur les registres de la cour,
contenant tous les détails de l'ancien cérémonial « sanctionné par leurs grand'-
mères. »

Les formes barbares, le cérémonial et
les usages du quinzième siècle étaient religieusement observés à la cour de Louis XIV,
et Dangeau en parle avec la même onction
que Dame Alienor de Poitiers.

Dans un ouvrage qui prouve mieux
combien la révolution française était nécessaire et inévitable, que tout ce que le jacobinisme a jamais prêché à la tribune ou
fulminé par le moyen de la presse, il
rapporte en grand détail toutes les céré-
monies observées à la mort du Dauphin,
et les formes de chagrin prescrites auxquelles adhéra strictement la veuve du
Prince. Il paraît que les princesses du sang
elles-mêmes étaient encore obligées de
nourrir leur chagrin dans leur lit. « Madame la Dauphine, » dit Dangeau, « reçut
les complimens sur la mort de M. le Duc;

elle était sur son lit, et en chaperon, qui est un habillement des princesses du sang quand elles recevaient en cérémonie les complimens sur la mort de leurs maris. »

Quel charmant tableau nous a laissé madame de Sévigné de la manière dont la duchesse de Longueville reçut « *les visites de doléance,* » lors de la mort de son fils intrépide le comte de Saint-Pol. — On se croit assis dans la ruelle, et l'on voit baignés des larmes de l'affliction maternelle ces beaux yeux qui conduisirent presque à l'échafaud le duc de La Rochefoucauld. Cette princesse anti-sentimentale elle-même, « *la grande Mademoiselle,* » prend son désespoir à cœur lors de la perte qu'elle fait de celui qui était le maître de son affection, et reçoit les visites de condoléance lorsque le roi rompt son mariage avec de Lauzun, comme elle aurait dû les recevoir si elle eût été sa veuve.

L'étiquette prend son origine dans la nature, son absurdité est particulière aux gouvernemens despotiques, où tout est formalité, et où le roi lui-même, comme le dit l'ambassadeur espagnol, « n'est que cérémonial. » Les gouvernemens fondés sur des institutions constitutionnelles ne sont pas obligés de maintenir une étiquette si barbare; et si les reines et les princesses d'Angleterre ne sont pas forcées à garder le lit et à pleurer leurs proches parens pendant six semaines, pour l'amusement de cette foule oisive qui remplit les cours, elles doivent probablement à la grande chartre la liberté de pleurer comme bon leur semble, — ou de ne pas pleurer du tout, si les larmes ne leur plaisent pas.

A l'époque de la révolution française, les formes de la cour de France étaient, dans le fait, aussi barbares que celles de la cour du duc de Bourgogne dans le quinzième siècle, et la description laissée par Madame de Campan de la manière dont on présentait à la Reine sa chemise, est infiniment plus indécente et tout aussi barbare que tout ce que raconte dame Aliénor de Poitiers de ses « princesses, comtesses et autres grandes Dames, » ou Dangeau, dans sa relation minutieuse de l'absurde cérémonial de Versailles et des Tuileries, du temps de Louis XIV et du Père de La Chaise.

Soit dit en passant, j'ai un chapitre tout entier à écrire sur « *les lits, les sofas, les canapés, les ruelles, les tabourets, les lits de repos*, etc., etc., etc., etc., et ce sera un chapitre très philosophique.

Diabolisme religieux.

——

Le comte de Ségur a dit : « *Si Dieu a fait l'homme à son image, l'homme le lui a bien rendu.* » La raison conduit à la découverte des attributs de la Divinité, comme pures abstractions; mais comme personne ne peut aller jusqu'à concevoir des principes d'action plus élevés que ceux qu'il possède lui-même, quand des fous ou des imposteurs mettent la Divinité en action, ils donnent nécessairement à l'idée qu'ils s'en forment, quelque chose de la faiblesse et des imperfections qui leur sont propres. Que la croyance d'une secte soit aussi pure et aussi élevée qu'elle peut l'être, la masse des bigots, des hypocrites, et des êtres mal organisés qui en font partie, finira inévitablement par adorer un démon. Ils peuvent continuer à appeler cette idole qu'ils ont fabriquée eux-mêmes, et qui réfléchit leurs vices et leurs folies, « très sage ou très miséricordieuse, » mais ils attribuent à ce fantôme effrayant leurs vues étroites et leurs passions détestables, et ils ont pour résultat un être encore pire qu'eux-mêmes, d'autant qu'il est plus puissant, et qu'on peut moins lui résister. Telle est l'origine du « *diabolisme* » religieux ; — et nous en voyons un exemple dans ces sectes de l'Inde toujours occupées à se tourmenter, qui prêchent une doctrine de perpétuelle souffrance et d'angoisses corporelles comme étant ce qu'il y a de plus agréable au Dieu qui est la source de tout ce qui est bon. On en trouve un autre dans les sombres calvinistes, dans les sectaires à figure alongée, et dans les sinistres prédicateurs de sacrifices dans le monde entier. Quelle différence entre

la religion de l'amour et celle de la
crainte! c'est ce beau portrait de tradition
de l'Homme-Dieu, l' *Ecce homo* de Carlo
Dolce, opposé à l'idole monstrueuse et
farouche des pagodes du malheureux
Hindou.

𝕱𝖊𝖙𝖊𝖘, 𝕻𝖆𝖗𝖙𝖎𝖊𝖘 𝖊𝖙 𝕾𝖔𝖎𝖗𝖊́𝖊𝖘 (1).

Quelle terrible chose que de donner une partie à Dublin!

« — Double peine et double embarras ;
» Que le feu brûle et que le chaudron bouille ! »

ce n'est pas une plaisanterie, même à Londres, où l'on trouve tout à louer, depuis les chaises jusqu'à la compagnie; car en cette ville, « *Société à louer* » a été une enseigne affichée par plus d'un arbitre du haut ton, prêt à remplir la maison d'une Mistress Thompson, ou

(1) Il y a dans le texte : *Fêtes, parties and soirées.*
ÉD.

Johnson, ou de toute autre , aux condi-
tions, bien entendu, que l'hôtesse n'y in-
terviendra en rien, et que les personnes
invitées ne contracteront pas l'obligation
de lui rendre la pareille. Ce qu'il y a d'é-
trange dans toute cette peine qu'on prend
pour se donner du plaisir, c'est que non
seulement les bonnes gens de la classe
moyenne ont beaucoup à faire pour monter
une partie, mais les grands eux-mêmes (je
parle des grands qui ne demeurent pas dans
des « maisons » construites d'après le modèle d'un hôtel français) sont presque aussi
embarrassés de se procurer « assez de
place et d'espace » pour étouffer commodément leurs amis, que les commères de
Bloomsbury, les précieuses de Finsbury,
ou les habitantes de toute autre *terra-
incognita* de la carte topographique de la
mode par M. Croker.

Il m'est arrivé une fois de surprendre
une certaine duchesse enfoncée jusqu'aux
yeux dans les lampes, les ottomanes, les
guirlandes, les bougies, et le reste du
«matériel» d'une partie, une heure avant

que les salons fussent ouverts à ce monde qu'elle avait si long-temps animé et dirigé par sa gaieté et ses talens. Comme j'étais une *Missy* (1), Sa Grâce, avec sa bonté ordinaire, m'avait engagée à arriver de très bonne heure, afin qu'elle pût voir comment j'étais habillée, car elle prenait à moi un intérêt d'affection, sans autre motif que je sache, si ce n'est que j'en avais besoin. J'arrivai donc de bonne heure, mais de si bonne heure, que tout le tracas qui a lieu derrière le rideau durait encore.

La Duchesse de — demeurait alors dans la maison de Lord A—st, local beaucoup trop circonscrit pour contenir ses légions de gens à la mode, et elle invoquait toutes les ressources de son esprit pour y faire encore étouffer cinq cents amis particuliers. Quel remuement général! Des laquais, encore en gilet, courant çà et là pour placer et replacer des lumières, comme les clercs décorateurs dans l'église

(1) Petite Miss, jeune demoiselle.   NOTE DU TRAD.

de *Santa-Maria-Maggiore* à Rome, la veille de Noel; — le portier, à demi en livrée, — le page à demi costumé, — et la *femme de chambre* française, les mains dans les poches de son tablier de soie, parlant à tout le monde et n'aidant personne.

Tout cela était très curieux, mais peu amusant, de sorte que je passai de chambre en chambre, et je venais de m'approcher du seul feu que j'avais trouvé dans toute cette suite d'appartemens, quand un bruit de marteau que j'entendis derrière moi me fit tourner la tête, et je vis, montée sur un marche-pied, une grosse vieille dame en robe négligée de basin et en bonnet rond, clouant une guirlande de laurier au-dessus du portrait d'un homme célèbre de cette époque, militaire ou politique, je l'ai oublié, et devant lequel brûlait une belle lampe, *ex voto* offert à l'idole du moment.

La prenant pour une femme de charge, je lui demandai si la Duchesse était encore dans son cabinet de toilette. « — Non, mon

enfant, » me répondit la veille dame, « la
Duchesse est ici, telle que vous la voyez;
faisant elle-même ce qu'elle ne peut trouver personne qui soit en état de faire
parmi le bataillon maladroit de ses gens.»
En parlant ainsi, la vieille dame sauta
à bas du marche-pied avec une agilité qui
eût pu donner un démenti à ses soixante-
dix ans, et elle s'écria en soupirant de fa-
tigue : «— Bonté du ciel! comme le plaisir donne du mal!»

A ces mots elle disparut, et en moins
de temps qu'on ne pourrait l'imaginer, elle
revint avec la gaieté la plus *brillante,* les
plus *brillans* diamans, —et j'allais dire les
traits les plus *brillans* qui se firent remarquer dans son cercle. Sa constitution était
ce qu'Horace Walpole appelle « le véritable *huckaback* (1) de la nature humaine,
et le tissu en conserva sa force et sa beauté
jusqu'au dernier moment.

Cette partie fut une des plus agréables

(1) Nom d'une espèce de toile forte et solide.
NOTE DU TRAD.

auxquelles j'aie assisté de toute ma vie.
Je passai la soirée, assise sur l'escalier con-
duisant au second étage, entre Lady C—
L—, et Lewis-le-Moine. La belle Lady
Oxford était assise quelques marches au-
dessus de nous, l'Aspasie du Périclès qui
était à ses pieds, et lui faisant la cour en
grec, malgré la proscription prononcée
par Johnson contre l'érudition en amour,
tandis que Payne Knight les regardait « de
travers, avec des yeux pleins de malignité. »
Sur le palier en-dessous attendaient ou
avançaient, pressés et serrés, des beautés
aujourd'hui douairières, et les damoiseaux
à la tête du bon ton, qui recevaient notre mitraille en passant, et y répondaient
par « *une batterie d'enfilade.* » A deux
heures du matin, Lady C—L—me proposa d'aller souper tranquillement à M—
house, et de revenir valser quand les salons de la Duchesse commenceraient à être
moins pleins ; ce que nous fîmes, car « telles
étaient les joies de mes jours de danse. »

Mais revenons à ceux « qui donnent à
une partie ce qui a été destiné pour le

genre humain. » On pourrait faire un livre très intéressant sur la philosophie de
ces grandes réunions. Il contiendrait un
court extrait des temps dans lesquels elles
ont eu lieu, et il jetterait un grand jour
sur les mœurs, les habitudes et les goûts
des nations, dans toutes les parties du
monde, et à toutes les époques ; depuis
les « *soirées* » d'Aspasie jusqu'à ma petite
« *soirée* » de la nuit dernière dans Kildare-
Street. Qu'étaient, pour une partie, les talens de la duchesse de Gordon, ou de Lady
Cork, quelque distingués qu'ils fussent,
auprès de ceux de Cléopâtre, dans son excursion aquatique sur le Cydnus ? — Et
que sont auprès de cette dernière partie,
celle pour la pêche du *White-bait* (1) et

(1) Le *White-Bait* est un poisson blanc très délicat
et très recherché, plus petit que le goujon, qu'on pêche
dans la Tamise à certaine saison. Sa petitesse fait qu'on
ne peut le prendre qu'avec des filets prohibés, c'est-à-
dire à mailles très étroites, d'où il résulte de fréquentes
querelles entre les pêcheurs et les inspecteurs de la
pêche. C'est un plat d'obligation à tous les dîners de
corps qui se donnent à cette époque ; et tel magistrat

même les fêtes du marquis d'Hertford, sur la Tamise?

La fête la plus splendide des temps modernes fut celle que donna le grand Condé à son cousin Louis XIV à Chantilly, — fête mémorable par la mort héroïque de ce preux, de ce martyr de la cuisine, Vatel, qui forme une page si amusante dans cet *epitome* de tout ce qui est agréable, les Lettres de Madame de Sévigné. Cette histoire est rapportée dans cent autres relations des « fasti (1) » de ces temps splendides; mais qui peut la raconter comme elle? Pas un homme qui ait jamais écrit, pas même Horace Walpole, le premier de tous les *« raconteurs »* anglais; et pas même

qui se régale aujourd'hui de ce friand poisson, prononcera demain la confiscation des filets qui le lui ont procuré. Il est des personnes qui prétendent que le *White-Bait* n'est pas une espèce particulière, et que ce n'est que le jeune frai de différentes sortes de poisson.

NOTE DU TRAD.

(1) Des fastes.   ÉD.

une seule femme, à l'exception de madame de Staal (1).

La partie privée la plus somptueuse de nos jours a été donnée à Boyle-Farm. Les relais de souliers étaient du moins une idée nouvelle : mais le plaisir est le but de toutes les réunions sociales, — comme il l'est de la vie même, sous une variété de noms pompeux, — et je doute que tous les souliers de la boutique de Borsley en pussent exciter la moindre sensation, à moins qu'ils ne chaussassent « *un joli petit pied de Cendrillon.* » Quelque mérite qu'eût cette idée par son originalité, elle était du reste exclusivement anglaise. Elle encourageait le commerce, et contribuait au bien-être général. Mais le grand, le vrai mérite de cette « *partie des notables* » (2), c'est que ni les arbres

(1) Mademoiselle de Launay.

NOTE DE LADY MORGAN.

(2) Comme tant d'autres mots entre des guillemets, ceux-ci sont en français dans le texte : *Qui potest capere capiat.*   ÉD.

généalogiques , eussent-ils des racines plus profondes que celui des de Croy (1) , ni tous les trésors de tous les Rothschild, ne suffiraient pas pour donner droit à une invitation, si la nature refusait de contre-signer le billet d'admission. Des Comtesses refusées, — des Duchesses mises à l'écart, — les Souveraines d'Almack (2) elles-mêmes, ces Reines absolues, oubliées ou dédaignées , firent place au « *bel air* » (3) de la nature. La jeunesse, la beauté, le talent, l'esprit, les grâces, les agrémens, — pourvu que le costume y répondît, — n'éprouvèrent pas d'exclusion de la part de ceux qui étaient si exclusifs partout ailleurs. Ce trait des annales de la mode est l'heureux

---

(1) La famille du Duc de Croy est , je pense, une des plus anciennes de la France. Chacun connaît la prière adressée à Noé par un des ancêtres du Duc : « Sauvez les papiers des Croys! (*) » NOTE DE LADY MORGAN.

(2) Lieux des bals de la haute société anglaise. Éd.

(3) To the *bel air* of nature. Éd.

(*) Cette tradition du déluge appartient à la famille de Lévis. Éd.

augure d'un temps où le mérite intrinsèque obtiendra la préférence sur tout ce
qui n'offre que de beaux dehors. La dernière touche de perfection dans la vie
civilisée est une juste appréciation de la
valeur de la nature.

Les *parties*, comme on appelle dans
toute la Grande-Bretagne les réunions particulières , furent inconnues sur le continent jusqu'au moment où les derniers es-
saims des Anglais s'y répandirent; car les
Anglais portent partout leurs habitudes.
Avant la révolution, il n'y avait en France
rien qui ressemblât à un *rout* de *Londres*.
Ni bals parés, ni fêtes d'aucune espèce, ne
se donnèrent sous le règne de Louis XIV,
si ce n'est à la famille royale, par la haute
noblesse ou par les ministres (1). La fête
la plus somptueuse dont il soit fait mention
après celle de Chantilly , est celle que le
malheureux surintendant Fouquet donna

(1) Si le peuple avait eu son Saint-Simon, il nous
eût parlé des fêtes du peuple. Lady Morgan va citer
elle-même , plus bas , des fêtes presque bourgeoises.
Éd.

à Vaux au Roi, à la Reine douairière, et à Madame de la Vallière.

Ce qui donnait de l'intérêt à ces fêtes, c'est que le talent et l'esprit y entraient pour quelque chose. On composait pour ces occasions des pièces de théâtre, des farces, des intermèdes ; et ce fut pour la fête de Fouquet que Molière écrivit sa délicieuse comédie « Les Fâcheux » sujet admirable pour un auditoire royal, les princes étant éternellement obsédés par d'ennuyeux sycophantes.

Cette fête est encore remarquable comme offrant un exemple de la fausseté, de la vanité et de la faiblesse du monarque à qui elle était donnée, et du vice de tout le système qui continua à prévaloir en France jusqu'à l'époque de la révolution. Le Roi, qui avait pardonné à son ministre les exactions dont le peuple mourant de faim était victime, ses déprédations dans toutes les provinces, et la prodigalité ruineuse avec laquelle il disposait des deniers publics, ne put supporter la supériorité de Vaux sur Saint-

Germain ; la splendeur d'une fête qui éclipsait toutes celles qui avaient eu lieu au Louvre ou à Fontainebleau, et l'impression qu'elle pouvait faire sur le cœur de sa maîtresse ; la chute de Fouquet, méditée depuis long-temps, fut alors décidée, et le bon goût de ses courtisans empêcha seul le Roi de faire arrêter son hôte au milieu des plaisirs réunis pour contribuer à l'amuser. Cette fête fut donnée le 20 août, et la cour, par bienséance, ajourna l'arrestation de Fouquet jusqu'au 7 du mois suivant.

En opposition à ces fêtes royales, on trouve un délicieux contraste dans la société privée de Paris, toujours nommée « la ville, » pour la distinguer de « la cour. » Quels charmans tableaux il nous reste des petites « coteries » de l'hôtel Carnavalet, des « soupers » chez Ninon, des « soirées » des hôtels de La Rochefoucauld et de Coulange, et des « Mercuriali » des mercredis soir, de Ménage ! Le cercle se composait rarement de plus de huit ou dix personnes qui se réunissaient pour rire des vices de

la cour, ou des ridicules de l'hôtel Rambouillet, le rendez-vous des *Bas-Bleus*
de ce temps. « M. de La Rochefoucauld, »
dit Madame de Sévigné, « désira que j'al-
lasse chez lui ce soir, pour entendre Molière lire une comédie, « les Précieuses. »
Après avoir gaiement soupé avec un pâté
de pigeons chez Madame de Coulange, —
dont on disait que l'esprit était une dignité,
— « nous nous amusâmes à aller chercher
Madame Scarron, au *fin fond* du faubourg
Saint-Germain, au-delà de Madame La
Fayette, presque à Vaugirard, dans la
campagne. » Cette esquisse topographique
vaut bien quelque chose en elle-même, indépendamment de la gaieté de l'enjouée
grand'mère courant à minuit à Vaugirard,
du Marais, où était son hôtel, et où il
existe encore.

Vers la fin du règne de Louis XIV, depuis l'époque où Madame de Maintenon,
— qui n'était plus la Madame Scarron de
Vaugirard, — mit l'hypocrisie religieuse
à la mode, la société privée dégénéra en
France, et l'esprit rétrograda. « Je n'aime

pas les gens qui raisonnent, » dit le Roi
en réponse à quelque observation sensée
du fils du Duc de La Rochefoucauld.

La Bruyère décrit la décadence de la
société à cette époque, avec ce talent exquis d'observation qui lui est propre; et
il nous a laissé le beau tableau suivant du
genre de la bonne compagnie qui se trouvait dans les cercles particuliers de Paris,
après les troubles de la Fronde. « *Les con-
versations légères, les cercles, la fine plaisanterie, les lettres enjouées et familières,
où l'on était admis seulement avec de l'esprit, tout a disparu.* » — « Les femmes de
nos jours, » ajoute-t-il, « sont dévotes ou
coquettes, joueuses ou ambitieuses, quelques unes tout cela en même temps. La
rage du favoritisme, du jeu, de la galanterie et des confesseurs, s'est emparée de
la forteresse, et la défend contre l'intelligence et l'esprit. » Cependant il se trouva
toujours en France une petite troupe de
fidèles, pour orner l'autel et entretenir
le feu du vrai culte; et si, comme le dit
La Bruyère, Voiture et Sarrasin étaient

nés pour leur siècle et pour les Rambouillet et les Longueville, des réunions
aussi spirituelles et aussi agréables furent
présidées ensuite par d'Alembert, Diderot,
de Bouflers et Guibert, dans les salons
de mesdames de Tencin, Du Deffand,
l'Espinasse et Montmorency.

Tandis que la société privée faisait ainsi
des progrès en suivant les vrais principes
de l'aisance, du plaisir et de l'intelligence,
les descendans de Louis XIV et des courtisans qui composaient son cercle, s'en
tenaient à ce qui avait eu lieu à Versailles
et à Chantilly, aussi strictement que le permettait le siècle; et les fêtes données à l'Ile-
Adam, à Chantilly et au Palais-Royal, immédiatement avant la révolution, étaient
encore dirigées par « un auteur bel esprit »
qui faisait partie de la maison, aussi bien
que le cuisinier et le maître-d'hôtel. Collé
arrangeait ses poésies de circonstance au
goût du Palais-Royal; Laujon était le
Pastor fido des Muses et des Grâces de
Chantilly; et Pont-de-Veyle, ami égotiste
de l'égotiste Du Deffant, était « *le bel es-*

prit » du prince de Conti, avec le titre
de lecteur et de « secrétaire des comman-
demens. » Le pauvre *bel esprit* occupait
une position très mortifiante, et tenait le
milieu entre le valet et l'ami confidentiel.
Ses priviléges étaient d'avoir une chambre
dans le palais du prince, de le suivre à la
campagne, d'arriver avec le dessert après
le dîner, et de prendre des glaces, debout
pendant trois quarts d'heure, derrière les
chaises de ses patrons. Ces priviléges, qui
étaient des privations, étaient aussi mor-
tifians que « *bien constatés.* »

En Angleterre, depuis les assemblées
politiques ennuyeuses de Mistress Mar-
sham jusqu'aux *routs* des temps modernes,
il n'y a rien qui ressemble à la *soirée* française, sauf les parties de Bas-Bleus de
Mistress Montague et les réunions brillantes et distinguées de Devonshire-
House. Bonaparte, qui craignait les *salons* de Paris plus que le Conseil aulique
et le cabinet de St-James, découragea
les assemblées particulières; et mécontent
de celle de madame de Stael, il l'envoya

promulguer ses petits sénatus-consultes à
Copet. Au retour des Bourbons, les circonstances du temps réunirent en petites
sociétés intimes les membres des diverses
factions, et tout Paris fut divisé en coteries. En 1818, lorsque les choses furent
plus fermement établies, « *on changea
cela.* » Les Magnats anglais avaient mis à
la mode les *routs* anglais, et les dames françaises se disaient : « — Imaginez-vous !
dix cuisiniers et trente-deux décorateurs
sont employés pour le *rout* de Mylady
Hamilton ! » Tous les Anglais affectèrent
d'avoir de nombreuses assemblées, qui,
en général, ne se composaient que d'Anglais et d'Irlandais que personne ne se
soucierait de voir à Londres et à Dublin,
et de quelques vieux nobles émigrés que
procuraient certaines femmes faisant à cet
égard le métier de pourvoyeur, et qu'une
longue résidence à Paris avait fait sortir
de l'obscurité dans laquelle elles vivaient
en Angleterre, pour leur donner une sorte
d'importance dans un pays étranger.

Comme j'étais parfaitement indépendante de ces *fournisseurs* officieux, et que je connaissais tout ce qui méritait le plus d'être connu en France, vivant, comme je désirerais vivre partout, avec « la cinquième partie du monde, » au lieu de donner un *rout* anglais, je me déterminai à avoir moi-même des *soirées* françaises.

« Prenez un jour, » me dit Denon, « et vos appartemens ne seront jamais vides. » Pleine de confiance en cette prophétie, je choisis mon jour; et je n'aurais pas changé quelques uns de mes mercredis soirs pour toutes les soirées qui prêtaient de la dignité aux *Mercuriali* de Ménage. Avec des hommes tels que Denon, Humboldt, La Fayette, Langlès, Ségur, Benjamin Constant, Manuel, de La Rochefoucauld, A. de Stael, Jay, Jouy, Dupaty, Talma, et presque la moitié « *du côté gauche* » à mes réunions, il n'est guère étonnant qu'on regardât comme une distinction d'y être admis, surtout les étrangers. Plusieurs nobles ultras s'y glissaient même entre « *un doctrinaire et un modéré,* » comme un an-

chois dans une sandwich (1), et se hasar-
daient de temps en temps à venir y jeter
un coup d'œil pour voir une fois par hasard « *les hommes marquans du siècle,* »
pour entendre Jouy lire, et Talma déclamer.

Dans ces occasions, celui qui attirait
surtout les regards était La Fayette, que
sa taille droite et noble et son air imposant faisaient distinguer par-dessus tous
les autres. Du moment qu'il paraissait,
une foule de jeunes gens qui épiaient son
arrivée l'entouraient et le suivaient; et
leur visage ardent, leurs yeux étincelans
levés sur lui, formaient un contraste frappant avec la douce sérénité de sa physionomie calme et vénérable, tandis que
leurs questions rapides et empressées
étaient en opposition semblable avec le
ton mesuré et expressif des réponses qu'il
leur faisait.

(1) Une *sandwich* se compose de deux tranches de
pain garnies de beurre et de moutarde, entre lesquelles
on place une tranche bien fine de langue, de jambon, de
volaille. L'anchois est *ad libitum.* NOTE DU TRAD.

Il était extrêmement agréable en ces occasions de voir le « *Avant, pendant et après* » (1) de la révolution se réunir pour former un tableau piquant et instructif. La présence de la Marquise de Villette, qui, avec quelques unes de ses contemporaines, se montrait encore sur la surface de la société, en était toujours aussi un des traits frappans. Quelques faibles traces de la toilette de 1776, — époque où elle était à côté de Voltaire, soit pour placer sur sa tête la couronne à laquelle il voulait se dérober, soit pour l'aider à s'asseoir sur le fauteuil, trône de son triomphe, — se faisaient encore remarquer dans sa mise, mais surtout le portrait en miniature de son père adoptif, qu'elle portait toujours comme son ordre de mérite.

En jetant un coup d'œil sur les premières pages de mon « livre de loc (2), » je trouve la note suivante, datée de la rue

(1) Titre d'une pièce de Scribe qui obtint un brillant succès en 1828.　　　　　　　　　　　　Éd.

(2) Terme de marine, registre de navigation.

NOTE DU TRAD.

du Helder, janvier 1819. Elle n'est lisible que pour moi, ainsi je vais la déchiffrer, et l'insérer ici comme un « *à propos.* »

« — Charmante soirée, compagnie très nombreuse ; non pas cependant « *pour les beaux yeux de mon mérite ;* » mais parcequ'on savait que Talma devait déclamer une scène de Macbeth, et mademoiselle Duchesnois lire un acte de la nouvelle tragédie de Jouy, prohibée par le ministre de la police. Quel congrès de talens ! Le Comte de Ségur, Denon, B. Constant et Langlès formant un groupe ; le général La Fayette, le Duc de Broglie, Auguste de Staël, le Marquis Capponi, et le brave colonel Fabvier en formant un autre ; le Général Berthier au centre d'un cercle de jolies femmes parmi lesquelles était la Princesse Jablonowska, que Napoléon déclara une des plus charmantes personnes de son pays, où toutes les femmes sont charmantes ; et la Comtesse de La Rochefoucauld, avec sa grâce « *plus belle encore que la beauté ;* » et les Beauvau, cette splendide famille qui aurait été

l'inspiration d'un Titien, et qui lui aurait
fourni de plus brillans modèles d'amabilité que la *famiglia* de Cornaro. On y
voyait mon cher ami le Laird de Bara,
en grand uniforme, qui venait de-la *réception* du Duc d'Orléans, et un groupe
de jeunes Américains, avec les aimables
membres de leur ambassade. Et pour
mon contingent irlandais, il y avait celui
dont on peut dire qu'il était né « *pour
tous les siècles et avec tous les talens*, » le
dernier et le meilleur échantillon de l'esprit et de la gaieté d'Irlande; qui, soit
qu'il parle grec avec Porson, irlandais
avec O'Leavy, ou français avec B. Constant,
laisse dans le doute à quel siècle et à
quel pays il appartient, — le délicieux
P. L—. On y trouvait encore mes deux
très distinguées compatriotes Lady — et
Lady —, jasant avec Lydia White, qui
dit toujours les meilleures choses qu'on
puisse dire, en quelque langue qu'elle
parle; et la Duchesse de D—, avec son
air de Sibylle, prenant à part Denon,
pour parler de ces arts qu'elle aimait si

sincèrement, et qu'elle protégeait avec tant de libéralité. Dupaty y était aussi; il avait promis de nous lire quelques fragmens de ses *Délateurs;* mais il n'en fit rien. Enfin Jay, Étienne, le cœur et l'âme de la Minerve et du Constitutionnel, et Charles Pougens, étaient dans l'antichambre, — à ce qu'on me dit, car je ne pus y arriver, — où, au milieu de « *la belle jeunesse de France* » de La Fayette, se trouvait l'ami de D'Alembert et de Diderot, l'aveugle le plus aimable de ce pays et de tout autre.

A l'instant où Mademoiselle Duchesnois et Talma s'étaient assis devant la table, et que l'on commençait la lecture de la tragédie, qui était une censure de ses censeurs, arriva le Caïmacan de Valachie, en turban, et tout couvert de cachemires, et de broderies de brillans. Quelle sensation parmi les *petites maîtresses* parisiennes! On lui voyait des châles qui auraient acheté « *toute l'extrême droite* » et qui auraient vendu la France à son ancien maître (1).

(1) Nous demandons bien pardon à Lady Morgan; mais ni l'extrême droite, ni l'extrême gauche, ni même

Ce qui ajouta à la sensation, ce fut que mon domestique, Le Clair, l'annonça comme l'Ambassadeur de Perse, « *mon illustre confrère* » dans la loge de Francs-Maçons de «*Belle et Bonne,*» qui avait été attendu. Il se passa quelques minutes avant que nous pussions revenir des Mille et une Nuits à notre soirée, que Talma termina splendidement en déclamant la scène de Macbeth et des Sorcières, dont Ducis a fait un songe que Macbeth raconte à sa femme, — idée très froide; mais le débit fut tout ce qu'il y a de plus admirable. Combien on perdait du génie de Talma, en ne le voyant et en ne l'entendant que dans l'immensité des *Français!* Ce qui me frappa le plus fut le génie de Shakspeare perçant à travers le froid milieu de la déclamation française; — la vie et le pittoresque de sa belle action dramatique triomphant de la monotonie d'un récit qui, quoique supérieurement débité, et avec une éner-

le centre, ne vendraient leur pays pour des châles.

Éd.

gie que ne peuvent concevoir ceux qui
n'ont pas entendu Talma déclamer en
société particulière, est toujours traînant,
comparé au dialogue.

Un bal chez un banquier enleva « *le bel
air* (1) » de ma compagnie avant minuit.
Denon, Talma, Langlès, Madame de Villette et une demi-douzaine d'autres personnes restèrent à causer autour du feu.
Talma prit sur la cheminée un livre qui
venait de paraître; c'étaient « *les Extraits
du Dangeau,* » de Madame de Genlis.
« Cet ouvrage du moins la mettra à la
mode avec les Bourbons, » dis-je. « Pas
du tout, » répondit Denon; « ils se connaissent trop bien mutuellement. » Talma
tomba sur l'anecdote des deux acteurs
qui furent renvoyés du théâtre et ruinés
parcequ'ils avaient déplu à la Dauphine
« *par deux sots placets.* » A cet acte de
petitesse, Madame de Genlis ne peut re-
tenir son admiration. « Si Louis XVIII, »
dit-elle, « renvoyait deux grands acteurs

(1) En français dans l'original.   ÉD.

pour manque de respect, il y aurait une insurrection générale dans la société. Cependant cet évènement ne fit aucune sensation du temps de Louis XIV (1). »

Talma se mit à fredonner « *Il est passé le bon vieux temps,* » d'un vaudeville que Carbonel avait chanté. « Je me souviens, » dit Madame de Villette, « que lorsque le jeune Vestris se fut donné une entorse, et qu'il ne pouvait remuer une jambe, la Reine, qui avait dans sa loge son frère l'Empereur Joseph, envoya derrière le théâtre, en insistant pour qu'il dansât, « *ne fût-ce qu'une entrée.* » La chose était impossible, et le Ministre Breteuil signa sur-le-champ un ordre pour arrêter Vestris, qui fut conduit à la Force.

Talma frémit; et Denon cita l'anecdote du vieux « *Diou de la danse,* » qui dit à cette occasion : « *C'est la première brouillerie de notre maison avec la famille des Bourbons.* »

Je crois que ce fut Langlès qui dit que

(1) La réflexion de Madame de Genlis n'est pas si ridicule. ÉD.

le sobriquet de « *Mère de l'Église*, » par
lequel les méchans désignent Madame de
Genlis à Paris, n'est pas une malice moderne. Il lui fut donné lorsqu'elle publia
« *la Religion considérée, etc.*, » ouvrage
théologique profond qu'elle écrivit quand
elle était l'amie platonique d'Égalité. Cet
ouvrage chrétien était une attaque très
peu chrétienne contre les philosophes,
qu'elle haïssait comme les *Mères de l'É-
glise* seules savent haïr (1).

« Le privilége qu'avait l'acteur d'être
insolent, » dit Talma , « ne l'indemnisait
pas de la dégradation de sa caste; sa liberté et sa vie étant à la merci de tous les
favoris de la Cour, depuis le prince du
sang jusqu'à son valet de chambre. »

— « Cependant, dis-je , « les acteurs pros-
péraient sous Louis XIV. C'est par allusion
à la richesse et à l'importance de la Dan-
court, que La Bruyère a dit que l'acteur,
nonchalamment assis dans sa voiture, écla-
bousse Corneille qui marche à pied. »

(1) On voit que Lady Morgan n'aime pas Madame de
Genlis.   ÉD.

« —Oui, » répondit Talma , « mais La Bruyère a dit aussi qu'on regarde en France les acteurs comme faisaient les Romains, et qu'on vit avec eux comme les Grecs.

« La faveur des grands, » dit M—, «quand elle n'est pas accompagnée de leur estime, n'est pas une distinction ; c'est une honte. »

La conversation retomba sur Dangeau, sur Madame de Genlis, et sur les amusans extraits du même ouvrage de Lemontey, qui forme le plus plaisant commentaire qu'on aurait pu faire sur Madame de Genlis. Madame de Sévigné avait fait le sien depuis long-temps, quand elle dit en décrivant un jour Versailles : « *On parle sans cesse, et rien ne demeure sur le cœur; et Dangeau est ravi de tout ce caquet.* » Quelle épigraphe pour son livre !

Doctrine de la Causalité.

Qu'en dira-t-on? je me suis donné les airs ce matin de parler métaphysique et de lâcher mon mot sur la doctrine de la *causalité*, uniquement pour briller aux yeux du Prince C—li, du Comte del P—o, et de L—B—, qui déjeunaient avec nous. Un regard de « mon seigneur et maître » me convainquit que, comme Cathos, j'avais donné «*furieusement dans l'énigme;*» et de même que la noble irlandaise que ses besoins forçaient à crier : « Pâtés de mouton tout chauds! « et qui ajoutait toujours : « J'espère que personne ne m'entend, »j'espérai aussi que mon observation avait échappé aux oreilles pour lesquelles elle était destinée. Je commençai donc à vanter à mes hôtes les beautés du comté de Wicklow, et je fis en sorte qu'une simple description prît la place du bon sens

— ou de la sottise. Quand ils furent partis, nous reprîmes le sujet, et en voici le résultat.

L'idée d'une cause est une conséquence du sentiment intime que nous avons de la force que nous employons pour soumettre les objets extérieurs aux changemens dictés par notre volition. De là nous déduisons la présence d'une force qui est le *sine quâ non* de ces autres changemens de la matière auxquels nous n'avons aucune part. C'est cette association d'idées qui dispose le Sauvage à attribuer de l'intelligence et de la volition aux causes des phénomènes naturels. L'expérience démontrant le concours constant de certains antécédens avec certaines conséquences, en dissipant l'erreur du Sauvage relativement aux agens volontaires, fortifie l'idée des causes naturelles et en fait un principe. L'esprit humain ne peut concevoir une cause qui n'est pas nécessaire, parceque la même expérience qui prouve que c'est une cause, prouve l'universalité de son antécédence à l'effet auquel elle est relative.

La Comtesse d'Albany.

A propos des accidens, des incidens et des singulières rencontres qui peuvent avoir lieu en voyage, il arriva, par une belle matinée d'automne, à Florence; — (quel automne que celui de Toscane, avec ses raisins, ses olives fraîches et ses belles fleurs qui donnent à la capitale de ce pays son joli nom!) — il arriva, dis-je, que mon illustre compatriote, M. Moore, mon mari et moi, nous étions assis sur un sofa dans notre vieux palais, dans le *Borgo Santa-Croce*, regardant les Apennins couronnés de nuages qui semblaient entrer par la fenêtre, parlant de Lord Byron, de la Villa duquel, sur la Brenta, M. Moore venait d'arriver, quand notre domestique italien, Pasquali, annonça « la Comtesse d'Albany. » C'était un honneur

qu'un Florentin seul pouvait apprécier;
(car toute importance personnelle est si
locale!) Madame d'Albany ne rendait jamais de visites à de simples particuliers;
elle ne sortait jamais de son palais sur
l'Arno que pour aller chez l'Ambassadeur
d'Angleterre ou chez le Grand-Duc. Je
n'eus que le temps de dire à M. Moore à
demi-voix : « La veuve du Prétendant,—
votre Reine légitime, — les amours de votre frère en poésie, Alfieri. » Ce fut alors
mon tour de présenter mon illustre compatriote avec tous ses titres beaucoup plus
durables à la renommée; et nous étant
assis, *nous commençâmes à discourir.*

Je remarque que les grands qui ont
été long-temps en présence du public et
qui sentent qu'ils appartiennent à la postérité, ou du moins qui se l'imaginent,
cherchent en général à se rendre agréables aux écrivains qui jouissent de quelque popularité. Ils ont raison; car que
sont les suffrages d'une *coterie* titrée, qui
ne peuvent « vous porter qu'un moment, »
comparée à l'opinion favorable de ceux

qui ont le privilége d'accorder une distinction durable, et d'éveiller un intérêt qui
se propage jusqu'à l'extrémité la plus re-
culée du monde connu? Les Rois peuvent
donner des lettres de noblesse; le génie
seul en donne de célébrité. Une seule ligne d'un écrivain éminent confère une
dignité plus durable que toutes celles que
peuvent accorder tous les Grands-Ducs
et Archiducs qui ont jamais régné depuis
la Russie jusqu'à Florence.

Madame d'Albany, déjà oubliée comme
l'épouse du dernier des Stuarts, vivra dans
les vers d'Alfieri aussi long-temps que du-
rera la langue du Dante.

La Comtesse d'Albany pouvait être la
femme la plus agréable du monde, et elle
le fut pendant cette visite si flatteuse. Elle
pouvait aussi en être la plus désagréable;
car, comme la plupart des grandes Dames,
elle avait un caractère inégal; et sa hauteur naturelle, quand elle ne cédait pas à
de brillans accès de bonne humeur, était
quelquefois extrêmement révoltante. Cependant elle aimait la plaisanterie, et un

trait d'esprit ou une saillie de gaieté ne
pouvaient jamais l'offenser.

Nous avions reçu de très bonne heure
des lettres de Londres qui nous annonçaient la mort du Roi George III, et je
montais en voiture quand elles étaient
arrivées, pour aller rendre une visite du
matin à Madame d'Albany. Je les tenais
encore en main en entrant dans sa bibliothèque au rez de chaussée, où je la trouvai seule occupée à écrire. Prenant un
air théâtral français, je m'écriai tout-à-
coup:

« Grande princesse, dont les torts (1) tout un peuple
      déplore,
Je viens vous l'annoncer, l'usurpateur est mort (2). »

« Quel usurpateur ? » demanda Madame d'Albany un peu surprise, et encore plus amusée.

« Madame, » répondis-je, « l'Électeur

___

(1) Lady Morgan emploie le mot *torts* dans le sens du
mot anglais *wrongs*, qui signifie, non les torts que vous
avez eus, mais les torts qu'on a eus envers vous.

                                        NOTE DU TRAD.

(2) Quand on croit avoir fait là deux vers français, il
n'est plus étonnant qu'on soit insensible à l'harmonie

d'Hanovre a cessé de vivre. » Cette mauvaise plaisanterie fut prise en bonne part; car, pour dire la vérité, quoique la Comtesse d'Albany parlât toujours avec respect et reconnaissance de la famille royale d'Angleterre, et qu'elle eût ou qu'elle affectât d'avoir une passion véritable pour Sa Majesté actuelle, dont elle avait le portrait, elle était toujours charmée que les autres parussent regarder comme légitimes ses prétentions au rang de Reine, sur la justice desquelles elle n'avait elle-même aucun doute. Cependant elle n'affectait pas de respect pour un mari dont, pendant sa vie, elle avait méprisé les vices et détesté la cruauté (1).

des vers de Racine. L'auteur de ces deux vers va juger tout à l'heure pour la dixième fois la poésie française.

ÉD.

(1) Ceci est une calomnie contre la mémoire d'un prince malheureux. ÉD.

Reliquaires irlandais.

Un des reliquaires irlandais les plus curieux qui existent est le Caah des O'Donnels, dont cette ancienne famille est encore en possession. J'en ai donné une
description dans mon roman intitulé
« O'Donnel, » qui, pour la première et
la seule fois de ma vie, m'a conduite
dans l'enceinte d'une cour de justice.
C'est une circonstance qui peut servir à
peindre les mœurs et les opinions irlandaises, et qui par conséquent mérite d'ê-
tre rapportée. Il semble qu'une ancienne
tradition défendait sous des *peines ter-*
ribles, — *à la Barbe-Bleue*, — de satisfaire une curiosité profane en examinant ce que contenait le Caah, et que,
de mémoire d'homme, il n'avait jamais
été ouvert. Lorsqu'il fut placé, avec d'au-

tres documens de famille, sous la garde
du Roi d'armes de l'Ulster, ce gardien,
dit-on, avec la curiosité naturelle aux
enfans d'Ève, qui sont tous plus ou moins
des Pry (1) et des Pandore, se permit de
jeter un regard curieux sur le contenu du
Caah; car, sans cela, comment Lady
Morgan aurait-elle pu en faire la description? il arriva aussi que, quoique les O'-
Donnels fussent protestans depuis quelques générations, la plus vieille des femmes de cette famille, qui était propriétaire immédiate de cette relique, conser-
vait encore à ce sujet une superstition
bizarre, sinon religieuse; et si le Roi
d'armes ouvrit réellement la cassette, il
trouva au fond, non l'espérance, mais ce
qui en est les antipodes, — un procès.
La Dame intenta une action contre lui
pour avoir rompu le charme du mystère,
et moi, qui étais redevable de mes ren-
seignemens à la bonté du défendeur et
à ses connaissances générales de sembla-

(1) Personnage d'une comédie anglaise, possédé du
démon de la curiosité. NOTE DU TRAD.

bles antiquités, je fus citée en justice
pour prouver qu'il connaissait les secrets de cette cassette que personne
né devait connaître mieux qu'il n'aurait
pu le devoir à une simple inspection (1).
Heureusement pour toutes les parties intéressées, quelques membres plus jeunes
de cette digne et respectable famille eurent assez de bon sens pour intervenir
dans cette affaire à l'instant où la cause
allait être appelée. Ils parvinrent à calmer
un peu le ressentiment de la plaignante,
et le procès se termina à l'amiable. Le
Caah ne contenait qu'un morceau de vé-
lin vermoulu, et qui était probablement
une copie de l'un des quatre évangiles.

Le Caah ou Corpnua des O'Briens n'a-
vait pas moins de célébrité. Ces reliquaires portatifs étaient destinés à conserver

---

(1) Sir W. Bentham est si instruit dans tout ce qui
concerne les antiquités d'Irlande, qu'il ne pouvait lui
être difficile de deviner ce que contenait le Caah. Ces
reliquaires n'étaient destinés qu'à un seul usage de piété.
NOTE DE LADY MORGAN.

le saint volume dont les copies étaient
autrefois si rares et si précieuses en Irlande, qu'il n'y avait que des sociétés re-
ligieuses ou des familles nobles et riches
qui pussent s'en procurer. Non seulement
il était difficile d'obtenir les Évangiles,
mais on pouvait à peine trouver des gens
assez habiles pour les copier, et les y déterminer par l'espoir d'une récompense.
Un savant Clerc, le frère Dominique,
chargé de cette besogne par saint Cronan,
ne voulut s'obliger à écrire qu'un seul
jour, depuis le lever du soleil jusqu'à son
coucher. Dans tous les temps « *les grands
talens se font prier.* » Saint Cronan, qui
était aussi du comté d'York, consentit à
cette proposition ; mais il avait préalable-
ment fait un arrangement clandestin avec
le soleil, pour qu'il brillât sans interrup-
tion pendant quarante jours ; et le copiste,
moins adroit que le saint, fut obligé
d'exécuter sa convention. C'est, je crois,
ce même Missel, placé dans un superbe
Caah, dont Tirdellagh O'Brien, Roi du

Munster, fit présent au couvent irlandais de Ratisbonne.

L'Évangile, ainsi somptueusement enchâssé, était d'abord placé dans une boîte du bois le plus durable, ordinairement d'if ou de chêne, et qui, avec le temps, devenait aussi sacrée que le saint dépôt qu'elle contenait. Cette boîte était déposée dans une cassette de cuivre nommée *Caah*, décorée d'ornemens en or ou en argent, incrustée de cristaux et de pierres précieuses, et couverte d'images de saints, d'anges, et de symboles tirés des saintes Écritures. On y voyait aussi quelque inscription, comme celle qui existait sur le Caah des O'Briens, et qui, autant que je puis m'en souvenir, était conçue en ces termes : « Thady O'Brien m'a fait dorer ; le Prince de Hy —, Coadjuteur de l'Évêque, m'a fait récemment restaurer, et l'artiste Shaneen m'a décoré. »

Les restes des anciens temps sont toujours précieux. Ce sont les monumens de la barbarie, de l'ignorance et de la duperie, dont la lumière des connaissances nous tire peu à peu par le moyen de leur agent tout-puissant, la presse. Le philosophe n'est pas moins intéressé que l'antiquaire à les conserver soigneusement.

Le Cadenas.

Le cadenas français qui paraît sur la table royale aux Tuileries dans les occasions de grand cérémonial, mérite d'être cité comme pouvant servir de pendant à mon reliquaire barbare irlandais. Il ferme le coffre spécialement réservé pour le Roi, et qui contient sa salière, son huilier, ses assiettes, ses verres, etc., etc. Ayant eu l'honneur d'être présente au dîner (ou souper) de noces du Duc de Berry, je fis quelques questions à une *ultra* de mes amies qui était à côté de moi, sur l'usage de ce coffre qu'on venait de porter au haut bout de la table. « C'est une ancienne coutume,» me dit-elle; «et dans l'origine, c'était une précaution contre le poison.» — «Quoi! dans le bon vieux temps!» m'écriai-je. — « *Que voulez-vous !* » répliqua-t-elle en levant les épaules, «*les méchans sont de tous les temps.*» Il n'y avait rien à répondre.

Tofino.

Un jour que je me promenais sur la
Piazza del Duomo, à Milan, avec l'Abbé
Brème (1), comme nous passions près
d'une porte latérale du palais du Vice-Roi
en nous rendant au bureau des postes, il
s'arrêta pour caresser un petit chien qui
se chauffait au soleil devant la guérite de

(1) Monseigneur Luize de Brème, ci-devant grand-
aumônier d'Italie, et fils du ministre de l'intérieur de
Sardaigne, était un de ces hommes qu'il suffit de nommer pour le rappeler au souvenir de tous les étrangers
les plus distingués qui ont été à Milan. Éminemment
aimable et accompli, il était le libéral protecteur de la
littérature italienne dans toutes ses branches, et il était
à la tête de l'école romantique à Milan. Ami intime de
Madame de Staël et de sa famille, ainsi que du poète
Monti, il était particulièrement lié avec Lord Byron,
Ugo Foscolo, et la plupart des hommes célèbres de
l'Europe dont les opinions et les écrits étaient d'accord
avec les idées de sa secte littéraire.

NOTE DE LADY MORGAN.

la sentinelle. « Il faut que vous connaissiez
Tofino, » me dit-il, «son histoire est un
roman. — *Credo che il senta ogni gentil
persona* (1).»

Tandis que l'Abbé me parlait ainsi,
tout en caressant Tofino qui semblait le
connaître et qui lui rendait ses caresses, plusieurs passans, sans s'arrêter, sa-
luaient le chien d'un «buon giorno,» ou
disaient avec un ton de compassion :
« *Buona bestia, — povera bestia!* » Quelques uns lui jetaient un biscuit ou autre
chose; tous lui donnaient une marque
d'attention.

« Tofino, » me dit le signor Brème,
« est le personnage de toute la Lombardie
qui a le plus de popularité. Son mérite
est le seul point sur lequel nous soyons
tous d'accord ; les partisans du genre classique ou romantique, les libéraux et les
anti-libéraux, tous lui accordent également leurs suffrages, et fournissent leur

_____

(1) « Je crois qu'il reconnaît toute personne comme
il faut. » NOTE DU TRAD.

contingent aux besoins de cet ancien militaire. Tofino a fait la terrible campagne
de Russie avec autant d'honneur pour lui
que de fidélité pour son maître. C'est un
prodige d'affection et d'intelligence dans
son espèce.

«Un dragon de l'armée d'Italie qui l'a-
vait élevé et qui lui avait appris différens
tours ingénieux, fut obligé de partir pour
l'Espagne avec son régiment. Ayant un
pressentiment qu'il n'en reviendrait pas,
il donna Tofino à un de ses amis, qui
était sergent dans la garde impériale, en
lui citant le vieux proverbe qu'on trouve
dans toutes les langues : « Qui m'aime
aime mon chien. »

« Le sergent accepta ce legs par amitié,
et s'attacha au chien, qui conçut pour lui
un attachement réciproque qu'il prouvait avec intelligence. Il faisait les com-
missions de son maître, montait la garde
avec lui à la porte du Palais, et lui
donna un sorte de célébrité, comme *il
padrone di Tofino*. Le moment arriva où
la garde impériale, commandée par le

prince Eugène, partit pour la fatale expédition de Russie. Le sergent et Tofino
quittèrent ensemble les plaines fertiles de
la Lombardie pour se rendre dans les dé-
serts couverts de neige de la Moscovie.
Tofino supporta toutes les fatigues et tous
les dangers de cette terrible campagne,
toujours à côté de son maître dans les
marches et dans les combats, traversant à
la nage les rivières charriant des glaces,
et le suivant à travers les ruines fumantes
des villages incendiés. Le maître de Tofino
périt enfin, comme presque tous les soldats de cette vaillante légion italienne à
la valeur et à la fidélité de laquelle Bonaparte rendit témoignage jusqu'au dernier
instant de sa vie. Un des camarades du
sergent de la garde impériale le vit pour
la dernière fois dans la retraite désastreuse de Moscou, après le passage du
Niémen, tomber d'épuisement sur les
bords d'un torrent glacé qu'il venait de
traverser avec son chien. Il y fut laissé
expirant; et comme on n'en entendit plus
parler, il y mourut probablement, sans

autre témoin de son agonie que le fidèle Tofino.

« Long - temps après la campagne de Russie, les voisins de la Piazza del Duomo, en parlant de cet évènement désastreux qui avait laissé les ossemens d'un si grand nombre de leurs braves compatriotes se blanchir sur le sol de la Russie, se rappelaient encore la fidélité de Tofino, dont le dernier acte de dévouement pour son maître avait été rapporté par un témoin oculaire qui avait survécu à ce désastre.

« Un jour on vit rôder, dans les environs du *Palazzo-Reale,* un malheureux petit animal dont les cris plaintifs attirèrent l'attention générale, et qui finit par se coucher devant la guérite placée à la porte latérale sur la gauche du palais, lieu qu'il n'a jamais quitté un seul instant pendant les cinq ans qui se sont écoulés depuis cette époque : c'était Tofino. Ni la force ni les caresses, ni les rigueurs de la saison la plus rigoureuse, n'ont pu le déterminer à s'éloigner du lieu où son maître avait fait sa dernière faction avant de partir pour la Russie. La compassion des militaires anciens compagnons de son maître et des habitans du quartier de la Piazza del Duomo lui a élevé ce petit *Casino*, et fournit à ses besoins journaliers. Les Milanais viennent de tous côtés rendre de temps en temps une visite à Tofino, et ils honorent dans ce fidèle animal ce vertueux instinct d'affection que la nature reproduit sous tant de formes dans tout dans son système d'amour universel et de bienveillance. »

Religions.

Tout insensé qui attaquera une fausse religion en lui en opposant une autre non moins absurde, fera des prosélytes et fondera une secte. Mais celui qui combat la superstition en en démontrant les contradictions, excitera une horreur universelle, et sera bien heureux s'il n'est pas lapidé.

Lucien, dans sa Vie du faux prophète Alexandre, rapporte que ce charlatan déclamait en même temps contre les Chrétiens et contre les Épicuriens, comme également hostiles à ses prétentions. C'est dans le même esprit que certains écrivains de notre temps accusent la religion réformée d'athéisme ou de tendance à l'athéisme. Gifford, dans son *Quarterly Review*, appelait athée quiconque il voulait décrier. Si donc j'avais à faire la définition de l'athéisme, je dirais que c'est l'état de différer d'une opinion quelconque reçue en matière de religion, ou sur tout autre point où il s'agit d'argent ou d'intérêt. Les Épicuriens et les Chrétiens du Pont ont dû être fort surpris de se trouver compris dans la même catégorie ; et il en serait de même d'un grand nombre des athées de M. Gifford.

Tour de Babel.

Ceux qui aiment à chercher des allégories dans la Bible peuvent probablement considérer ceux qui construisirent la Tour de Babel comme une troupe de disputeurs métaphysiciens escaladant le ciel par leurs recherches sur tout ce qui tient à la matière et à l'esprit. Leur châtiment donne de la vraisemblance à cette idée, car rien ne pouvait si bien déranger leurs projets que la confusion des langues, comme le prouvent les querelles de leurs descendans, qui, même encore aujourd'hui, se disputent sur des mots qu'ils prennent pour des choses.

Dames mathématiciennes.

Je puis comprendre parfaitement l'antipathie de Lord Byron pour les Dames mathématiciennes (1). L'étude des nombres n'offre rien qui soit analogue à l'intelligence des femmes, qui tient essentiellement à l'imagination. Il est rare que les femmes mathématiciennes soient ce que les Français appellent « *aimables.* » Au milieu du siècle dernier les découvertes sublimes de Newton mirent les mathématiques à la mode, et la mode peut réconcilier une Dame française même avec les mathématiques. « *La belle Émilie,* » de Voltaire, et Madame Ferrand, l'amie et la maîtresse de Condillac, en sont deux des exemples les plus notables. La pre-

(1) Début de Don Juan.   Éd.

mière traduisit Newton et fit un commentaire sur ses ouvrages, dans les intervalles
de la toilette et du jeu; et l'autre écrivit
une partie considérable du « *Traité des
sensations,* » ouvrage bien connu du philosophe son amant. Mais c'étaient des exceptions occasionées par l'influence du
temps. Les sciences exactes ne conviennent pas à la femme; elle a les sensations
trop vives pour s'occuper de calculs froids
et abstraits dans lesquels l'imagination et
la sensibilité n'entrent pour rien. Lorsque
la nature, dans un de ses caprices, produit à Bologne un docteur portant des ju-
pons, réellement habile dans une pareille
science, la femme est sûre d'en souffrir.

On a accusé les femmes les plus spirituelles (et ce n'est peut-être pas sans
quelque raison) de manquer de jus-
tesse; mais ce défaut ne vient pas, comme
quelques personnes se le sont imaginé, de
ce qu'elles n'ont pas fait un cours de mathématiques. Les raisonnemens de Madame de Stael ne sont pas toujours con-
séquens; mais ni elle, ni beaucoup

d'autres femmes qui ont écrit, quoique avec moins de succès, sans avoir étudié les mathématiques, ne nous ont pas laissé autant de sottises décousues et incohérentes qu'on en trouve dans les pamphlets politiques et polémiques de quelques membres de nos Universités. Les *high men* (1), comme on me dit qu'on les appelle à Cambridge et à Oxford, ne deviennent pas ordinairement les hommes d'État et les philosophes les plus distingués.

Je soupçonne donc que le courant de l'admiration qu'on accorde aux mathématiques, comme propres à donner des idées justes, prend sa source dans « la sûreté » de cette science, et dans le peu de rapport qu'elle a avec les intérêts moraux et politiques, plutôt que dans la rigueur et l'exactitude de la méthode qu'elle suit pour argumenter. Après un cours de cinq ans au collége, l'étudiant n'en est pas plus disposé à révoquer en doute la sagesse des abus consacrés par

---

(1) Littéralement « les hommes élevés. »   TRAD.

le temps, que s'il avait passé tout ce temps à jouer au volant. Ses facultés morales sont restées dans un état de repos complet. Il n'a senti s'éveiller dans son cœur ni indignation des griefs publics et privés, ni mépris pour la fausseté et le manque d'honnêteté, ni enthousiasme pour les sacrifices faits au patriotisme. L'étude des vérités abstraites a fermé son cœur à tout intérêt, à toute sensibilité pour les réalités; et les piqueurs de l'Université ont mis le jeune chien hors de la piste des vérités prohibées.

Un homme qui n'est que mathématicien est la matière première la plus propre à fabriquer un Ministre de paroisse prêchant l'obéissance passive, ou un gentilhomme campagnard. Placé à l'avant-scène sur le grand théâtre du monde, un homme de ce genre n'est qu'au niveau d'un simple arpenteur : il peut calculer des quantités, et rien de plus. A l'exception seulement des inventeurs, qui, comme dans toutes les autres sciences, doivent être des hommes supérieurs,

ceux qui ont le plus de connaissances en
mathématiques sont souvent les êtres les
plus bornés et les moins intelligens; et
comme ils prennent mal à propos la supériorité de leurs méthodes scientifiques
pour une aptitude personnelle à découvrir, ils ont plus de présomption que
personne. Ce sont eux qui tournent en
ridicule les femmes auteurs (1), et ils s'i-
maginent qu'il faut avoir passé « *le pont
aux Anes* » pour entrer sur la route
qui conduit au bon sens et à des observations raisonnables.

Il serait absurde de vouloir rabaisser
l'utilité des mathématiques comme servant de moyen pour arriver à une fin
et comme facilitant l'étude des sciences
..relles; mais si on les considère comme
discipline pour l'esprit, je crois que je ne
suis pas la seule qui doute de leur efficacité.
Je suis sûre que, quant à l'esprit des femmes du moins, elles ne servent guère qu'à

---

(1) Lady Morgan fait allusion aux critiques que lui a
adressées l'honorable baron Charles Dupin.   ÉD.

encourager la pédanterie et à leur faire
perdre ce coup d'œil rapide qui les sert
mieux que la raison, et qui donne aux
femmes d'un mérite supérieur l'influence
qu'elles ont si souvent exercée sur les
affaires publiques. Dans la littérature
plus particulièrement, c'est à ce tact, à
cette promptitude à sentir la vérité plutôt qu'à l'analyser, que les ouvrages des
femmes auteurs doivent leur charme, et
j'ajouterai leur utilité. Si l'on y trouvait
plus d'exactitude, ils en seraient moins
frappans. Le service spécial dont elles
sont chargées, c'est d'entretenir le feu de
l'enthousiasme , et d'écarter l'égoïsme
calculateur, qui est le péché favc
civilisation avancée. Me plaignan
à un Irlandais, homme d'espri
des fautes qui se trouvent dans
miers ouvrages, il me répondii .
vous en mettez pas en peine, mon enfant;
c'est à vos fautes que vous devez vos
succès. »

Le Cardinal Gonsalvi.

« Le joli rendez-vous qu'il m'a donné ! »
MADAME DE MAINTENON.

« *Mais quel rendez-vous!* » Doctrine
des possibilités! Qui m'aurait prédit un
tel rendez-vous, il y a quelques années,
quand je pataugeais au milieu des marécages et des montagnes de la Baronnie
de Tireragh, et que je regardais le père
Flyn, de Colooney, (qui, par parenthèse,
est le Père John de ma « Glorvina, »)
comme le plus grand personnage de toute
la hiérarchie de l'église Catholique? Qui
m'aurait prédit, alors et en ce lieu, que
j'aurais donné un rendez-vous à une éminence, — à un Cardinal secrétaire d'É-
tat, — à un prince de l'église Romaine,
— à un homme qui gouvernait celui dont

20.

les prédécesseurs gouvernaient le monde?
J'aurais ajouté foi à cette prophétie à peu
près comme la servante du brasseur qui
épousa le légiste Hyde aurait cru celui
qui lui aurait prédit qu'elle serait mère
d'une Duchesse d'York et grand'mère
de deux Reines d'Angleterre. Et où don-
nai-je ce remarquable rendez-vous? —
« *Je vous le donne en une, — je vous le
donne en quatre*, » comme dit Madame
de Sévigné en donnant à deviner à sa
fille qui Mademoiselle allait épouser. —
Dans l'église du Quirinal, à Rome, et à
la requête du Cardinal... Pardi! mon Cardinal n'était pas un de vos Cardinaux ordinaires, — un de ces Cardinaux toujours prêts à accepter un couvert à votre
table et à remplir votre petite antichambre de sa *famiglia* (1) composée de domestiques en livrée fanée, en cravates de

---

(1) La maison des grandes familles et des Cardinaux,
à Rome, s'appelle *la Famiglia*, ou la Famille. On ne
voit jamais un Cardinal sortir à pied ou en voiture, ou
aller faire une visite, sans une suite nombreuse de domestiques en livrée.   NOTE DE LADY MORGAN.

toile de coton de couleur, sentant les bouts de chandeile dont la fumée sort des poches de leurs mauvais habits, et donnant très littéralement « *une mauvaise odeur* » à tout l'appartement.

Le Cardinal « *par excellence*, » le Cardinal Gonsalvi, était d'une autre *étoffe*. De dimanche en dimanche j'avais été frappée de la vue de ses yeux terribles, qui étincelaient au milieu de tout le conclave, en tête duquel il était assis dans la chapelle du Pape. Il y avait quelque chose de plus qu'humain dans ces yeux, quelque chose « *qui faisait plus qu'éclairer leur habitation d'argile.* » Je les vois en ce moment dirigés vers moi sur son portrait très singulier, qui, placé dans une collection de portraits singuliers, entre les portraits originaux d'Alfieri et de Byron, éclipse tout ce qui l'entoure. Ils pourraient également servir à personnifier l'amour et le meurtre. Leur expression principale était une passion violente, mais une passion dirigée et non subjuguée par l'adresse.

J'avais beaucoup entendu parler de Gonsalvi en France, où il avait résidé long-temps et où il était bien connu. Parlant de lui avec Denon, le soir qui précéda notre départ de Paris pour l'Italie, il nous esquissa son caractère avec la délicatesse et la vérité de dessin qui lui étaient ordinaires. — « *Grand politique et un peu libertin; d'ailleurs homme très aimable et tant soit peu dangereux.* » Comme tous les hommes doués du caractère qui appartient à l'ordre le plus élevé du génie, le Cardinal Gonsalvi était essentiellement libéral. Ce qu'on appelle libéralité est uniquement le talent de voir clairement et de juger avec sagacité tout ce qui concerne l'état actuel de la société, ses besoins et les moyens qu'elle possède; et il en résulte que tous les hommes à talent doivent être libéraux tôt ou tard; celui qui en aura le plus n'attendra pas que la nécessité l'y force. Il y a dans les nerfs, dans les fibres, dans le sang d'un homme de génie quelque chose qui le force à marcher avec son siècle et qui ne

lui laisse pas la liberté du choix. Toutes
les fois que l'impulsion est croisée ou dé-
tournée par quelque intérêt privé, quelque ambition personnelle, quelque vue
individuelle, il se trouve arrêté dans sa
grande carrière. Le «*en avant*» du Général Bonaparte fut le véritable astre de sa
gloire; — le retour, le pas rétrograde
vers les anciens systèmes et les anciennes
formes fut la perte de l'Empereur. Son
alliance avec la maison gothique de Hapsbourg fut le fatal échafaudage qui laissa
sa fortune récemment élevée s'écrouler
dans la poussière. Ce fut la funeste influence du même cauchemar de despotisme et d'illibéralité qui détourna Gonsalvi de sa haute destinée, et qui l'obligea
à suivre, quand il aurait dû conduire.
Cependant, avant d'avoir en vue le trône
papal à travers le milieu de l'influence
de l'Autriche, il était si franc, si hardi
dans la manière dont il exprimait des opinions libérales, dans les affaires spirituelles comme temporelles, qu'il était soup-
çonné d'être membre de quelqu'une de

ces sociétés secrètes qui, comme le tribunal secret d'autrefois, faisaient trembler
l'autorité jusque dans ses plus fortes cita-
delles. Quelques uns l'appelaient le Cardinal Carbonaro; et on le nommait publiquement *Il giacobino* et *il radicale*. Mais
il réduisit bientôt au silence ces imputa-
tions, en souffrant que les cachots des
états du Pape fussent remplis des victimes
de cette terrible réaction politique qui
suivit de près la restauration effectuée
par la Sainte-Alliance.

Gonsalvi était pourtant de beaucoup
supérieur à son temps et aux hommes
sous l'influence et le pouvoir desquels il
agissait. Ses actions privées et ses sentimens personnels étaient en opposition
constante avec le rôle qu'il était obligé de
jouer en public comme premier Ministre du Pape Pie VII. S'il avait vécu
dans des temps plus reculés, il aurait
fait un Pape célèbre, — quelque chose
entre Léon X et Ganganelli; — magnifique, somptueux et galant comme le premier; — libéral, aimant les lettres, et as-

tucieux comme le second. Dans la situation
où il se trouvait, il était enchaîné à la fortune de son ami, le Pontife régnant;
— courbé sous une sorte de dépendance
inévitable du lourd despotisme de l'Autriche, et toujours *en butte* aux intrigues
du parti anti-libéral et à la bigoterie du
conclave. Dans de telles circonstances, le
rôle qu'il avait à jouer était extrêmement
difficile. S'il eût été doué d'une honnête
franchise, il aurait refusé de s'en charger;
mais il était prêtre, et, dans son ambition
spirituelle, « *prêtre avant tout.* » Cependant Gonsalvi partageait si peu la cago-
terie de sa classe, ou de son ordre; il te
nait si peu aux préjugés et aux règlemens
de l'Église, que, de même que l'Archevêque de Tarente, il était contraire au cé-
libat des prêtres; et il donna à entendre
à Bonaparte que si le Gouvernement
français demandait que le mariage fût
permis aux ministres de l'Église gallicane,
la Cour de Rome n'y ferait aucune objection, « *parceque*; » pour employer ses
propres expressions, « *ce n'était qu'un*

point de discipline. » Bonaparte convint
avec lui de l'utilité d'une telle innovation,
et dit que s'il ne faisait pas cette demande,
c'était uniquement pour ne pas donner
aux « *collets montés* » du faubourg Saint-
Germain un prétexte pour appeler le Pape
hérétique. La proposition et la réponse
étaient également curieuses et caractéristiques. On voyait donc ici un Cardinal
affranchi de la routine des Cardinaux ordinaires, et je partis pour Rome avec le
désir, mais sans l'espoir de le connaître;
car on disait qu'il avait cessé de donner
des assemblées et de les fréquenter, et
qu'il vivait dans une retraite officielle. Je
me consolai donc avec le Cardinal Fesch,
dont le caractère était excellent, qui était
toujours de bonne humeur, et qui me
permettait de parcourir à mon gré son
palais intéressant et d'admirer sa galerie
et sa toilette pontificales, — ses tableaux
de Raphael et ses dentelles de point, qui
étaient assez belles pour faire venir *l'eau*
à la bouche des Impératrices.

Par une belle matinée d'un hiver de

Rome, — qui ressemble beaucoup à un été d'Irlande, — la duchesse de Devonshire vint me voir et m'annonça, « *sans préambule*, » que le Cardinal Gonsalvi désirait faire ma connaissance. Mais, sans que la Duchesse eût besoin de me le dire, je vis que cette connaissance ne pouvait se faire sans quelqué difficulté; car où et comment se ferait-elle ? Le Cardinal était un Ministre d'État, et moi, audacieux petit vermisseau, j'étais l'auteur de « la France. » C'était donc pour lui une affaire délicate de me donner un rendez-vous en-deçà du Styx. Cependant la Duchesse me dit qu'elle m'écrirait à ce sujet le lendemain matin; et effectivement je reçus d'elle le billet suivant, en réponse à une lettre que je lui avais écrite en lui envoyant une inscription que j'avais faite sur une brique romaine que j'avais trouvée dans les fouilles bien connues faites par ses ordres autour de la colonne de Phocas :

« Ma chère Dame,

» Je ne suis pas Irlandaise, mais j'ad-

mire le talent et l'imagination des Irlandais, et nous vous avons certainement de
l'obligation pour nous avoir mis en état
d'en juger. Je vous renvoie la pierre ou
brique, et vous cède tous les droits que je
pouvais y avoir; je suis très flattée de l'inscription (1). Je vous envoie aussi un
exemplaire de l'édition de la cinquième
satire d'Horace, et je suis véritablement
charmée de l'éloge que vous en faites. Si
vous allez jeudi à la chapelle Quirinale,
j'aurai l'occasion de vous présenter au
Cardinal Gonsalvi. J'y serai à une heure.

« Croyez-moi, je vous prie, votre dé-
vouée

ÉLISABETH DEVONSHIRE. »

« Si vous désirez aller demain mardi
à la Chapelle, je viendrai vous prendre,
ainsi que Sir Charles; un peu avant onze
heures. Si le Cardinal s'arrête pour me
parler, je vous présenterai à lui, etc. etc. »

J'oublie quelle était « la grande céré-

(1) Quelques lignes écrites par l'auteur, qui avait
supposé que la fille de l'Évêque de Derry était Irlandaise.   NOTE DE LADY MORGAN.

monie» qu'on célébrait ce jour-là à l'église
Quirinale, mais c'en était une d'une ma-
gnificence singulière. La Duchesse de
Devonshire avait le privilége de se placer
dans l'endroit destiné aux familles des
Cardinaux, et nous avions une vue complète de cette église splendide, qui, comme
le Temple du Soleil dont elle occupe le
site, étincelait d'éclat et de lumières. La
nef était remplie de dignitaires de l'Église
en grand costume, Abbés, Prieurs, *Mon-
signori*, —

« Des esprits blancs et noirs, des esprits bleus et gris. »

Les tribunes étaient pleines de représentans
de la beauté et du beau monde de toute
l'Europe, depuis le Niémen jusqu'à la Tamise. Le Pape était sur son trône. Les
membres du Conclave étaient assis au-
dessous de lui, couverts de vêtemens d'une
ampleur et d'une splendeur vraiment orien-
tales; et à leurs pieds étaient rangés leurs
humbles caudataires. Le Pape officiait pon-
tificalement; et quand les encensoirs eurent
parfumé l'atmosphère, et qu'on eut cessé

de chanter les *Hosanna,* on commença une
procession, une des plus imposantes que
j'aie jamais vues. Le Pape, élevé sur son
trône portatif, et porté sur les épaules de
ses serviteurs, semblait une idole du culte
païen. Les membres du Conclave le suivaient deux à deux, leurs queues de velours violet portées par leurs caudataires.
Tout le cortége s'avança et disparut au milieu du grand vestibule qui précède la chapelle, parmi ses hautes et massives colonnes. Le Cardinal-Secrétaire sortit alors des
rangs, et s'approcha de nous, qui étions
placées à l'ombre d'un grand pilier.

La présentation se fit sans cérémonie,
et la conversation qui s'ensuivit fut agréable, aisée et spirituelle. Nous parlâmes de
la France et des personnes que nous y
connaissions mutuellement; et je vis que
le Cardinal faisait quelques efforts enjoués, aussi flatteurs qu'embarrassans, pour
me faire parler de Rome et de l'ordre actuel des choses en Italie, attaque que je
parai aussi bien qu'il me le fut possible.
Avant de nous quitter, il nous proposa de

venir nous voir le lendemain ; mais comme
nous étions logés, — de même que bien
des gens qui valaient mieux que nous,—
« *au vingt-cinquième*, » je le priai de différer l'honneur qu'il voulait nous faire
jusqu'à notre retour de Naples.

Le Cardinal Gonsalvi conversait en
français comme un Parisien, et ses phrases étaient épigrammatiques et bien tournées. Comme nous étions à l'ombre par-
tielle d'une des grandes colonnes, et que
quelques rayons de lumière brillante passant par une croisée élevée tombaient sur
les riches vêtemens et sur les boucles d'argent de son Éminence, je fus frappée de
la singularité du groupe que nous for-
mions. — La belle taille, le port noble et
le costume magnifique du Cardinal romain, — l'air et le regard majestueux de
la Pairesse anglaise, dont la taille grande
et svelte, couverte d'une mante de velours
noir, surmontée d'un chapeau de même
couleur orné d'une plume flottante, et offrant un ensemble que Rubens aurait été
enchanté de copier, — moi-même, sem-

blable au Petit Chaperon Rouge, ayant
l'air aussi irlandais que si je n'eusse jamais quitté les bords du Liffey, — enfin
la véritable représentation de tout ce qu'il
y a de plus anglais, dans la *tournure* et la
physionomie de mon mari anglais, —
c'était un tableau digne de figurer sur la
toile d'un Callot ou d'un Caravage. Ce
qu'il y avait de plus bizarre dans tout
cela, c'était la réunion de personnages
entre lesquels il paraissait se trouver si
peu d'analogie. Elle n'aurait pu avoir lieu
il y a cinquante ans; qui l'amena aujour-
d'hui? « *la marche de l'intellect,* » avec
ses bottes de sept lieues, comme celles du
Marquis de Carabas (1). *Ochone!* une petite Irlandaise venir du fond des marécages d'Allan pour avoir un entretien su-
blime sur les bords du Tibre, sur le mont
Quirinal, avec un Cardinal romain!—Où
trouver une marche semblable?

(1) Lady Morgan veut parler sans doute des bottes
du *Petit Poucet*.   Éd.

Poésie française.

———

« Chacun, dit Johnson a le droit de
dire ce que bon lui semble, et chacun a
le droit de l'assommer. » C'est un pré-
cepte auquel les critiques de nos jours ont
eu grand soin de se conformer ; du moins,
autant qu'il s'agit d'un soufflet pris figurément, c'est le syllogisme favori des journalistes, des faiseurs de pamphlets, et des
orateurs parlementaires. Quant à moi,
j'ai toujours dit ce que bon m'a semblé,
ce qui m'a valu plus d'un coup sur la
tête depuis Ponce jusqu'à Pilate, c'est-à-
dire depuis Gifford jusqu'à Croly. Je
me flatte d'être populaire en France, et

cependant les Français ne m'ont jamais pardonné mon scepticisme relativement au mérite poétique sans égal de Racine, et ils n'ont pas toujours pris des gants pour me faire l'application de la maxime de Johnson. Je dis pourtant encore que Racine n'est pas un poète suivant nos idées septentrionales sur la poésie : les Français ont trop de penchant à prendre la rime pour de la poésie. Un Français me parlant d'une jeune Sapho parisienne, me disait l'autre jour : « *Elle fait des vers comme un ange.* » Faire des vers cependant n'est pas la même chose que composer de la poésie ; et cette phrase suffit même pour démontrer la différence enracinée qui se trouve dans les idées des deux nations à ce sujet.

Généralement parlant, la poésie française n'est que de la prose mesurée. Dépouillée de ses rimes et dégagée des liens du rhythme, on y trouve bien peu de ces images qui, selon nous, constituent la poésie. Je dirais, dans mon ignorance, que Bérenger est le plus vrai poète vivant

de son pays. Ses écrits sont parfaitement
d'accord avec le génie, la langue et le caractère de sa nation, qui est essentiellement spirituelle, intelligente et pleine de
philosophie ; et j'aimerais mieux avoir
écrit un seul vers de ses délicieuses chansons patriotiques que tout un volume de
«*la Henriade*» et des «*Jardins.* »

Ce n'est pas faire un mauvais compli-
ment à une nation, que de dire qu'elle n'a
pas le génie poétique. Les meilleurs poètes ont fleuri dans les temps les plus barbares. Quand le peuple est dans l'ignorance, il se jette sur les exagérations de
l'imagination ; et la pauvreté d'une langue est ce qui donne lieu le plus souvent
à la diction poétique. Homère, Hésiode,
David, Ossian, Le Dante, Chaucer, sont
du nombre des plus grands poètes qui
aient jamais existé, et cependant dans quel
temps ont-ils écrit ? La construction de
la langue française, avec ses voyelles
muettes, entoure en outre la fabrication
des vers de telles difficultés, qu'on ne peut
les surmonter que par une étude labo-

rieuse (1). Il en résulte que la nation est
plus frappée du mérite du style que du
fond des choses; et les habitudes des Pa-
risiens sont si étrangères à la connaissance
de la nature, ils sont tellement liés à des
idées et à des sentimens de convention,
qu'il leur serait impossible de sentir les
beautés d'un Schiller ou d'un Shakspeare (2). Par-dessus tout, la crainte du
ridicule, vice dominant de la morale française, empêche de se livrer à ces élans de
sentiment, sans lesquels il ne peut exister
de véritable poésie, dans le sens que les
Anglais attachent à ce mot. Le fait est
que ce qu'on regarde comme le modèle de
l'excellence en poésie, n'est pas la même
chose à Londres et à Paris, et que la critique à cet égard d'une nation à l'autre
ressemble beaucoup à la querelle des deux
chevaliers sur la couleur d'un écu, dont
chacun d'eux voyait un côté différent.

(1) Nos meilleurs poètes ont trouvé la rime une
grande difficulté.   Éd.

(2) On les sent, mais le même tact qui révèle leurs
beautés rend sensible à leurs défauts.   Éd.

Indolence du Génie.

Je disais il n'y a pas long-temps à M.—:
« Personne ne tolère, je pourrais même
dire n'aime plus que moi un véritable fat,
— un fat qui l'est complètement et en conscience,—qui a embrassé cette profession
de sang-froid et de propos déterminé,
comme les Brummels, etc., etc., d'autrefois : mais je ne puis souffrir votre ami;
c'est un *dandy* ennuyeux, et ce n'est rien
qu'un *dandy*. »

— « Pardonnez-moi, » me répondit-il,
« il ne manque nullement de talent; il en
a beaucoup au contraire; mais il est si
indolent! Combien de fois ne voit-on pas
l'indolence frapper de nullité de grands
talens! »

— « Sans doute, et c'est grand dom-
mage, » répliquai-je. Mais frappée tout-

à-coup de l'absurdité de cette idée, je m'é-
criai : « Quelle sottise nous disons ! On
répète sans cesse des lieux communs sans
y réfléchir. Vous savez aussi bien que moi
que de grands talens sont physiquement
incompatibles avec l'indolence. La vivacité, l'énergie, l'activité, sont les grands
élémens de ce que nous appelons talent. »

Parler de l'indolence du génie, c'est
une vraie «*platitude.*» Bacon, Shakspeare,
Milton, Voltaire, Newton, qui ont éclairé
le monde et lui ont été si utiles, ont été aussi
remarquables par leurs travaux laborièux
que par leur génie. L'activité physique
peut exister sans génie ; mais l'homme qui
a des talens ne peut être indolent, quand
même il le voudrait. Il est entraîné par
son énergie morale, et il est forcé à l'activité, bon gré mal gré. Je ne connais pas
un meilleur exemple de l'énergie et de
l'activité du talent, que mon ami Shiel.
Chef de la grande armée nationale des Irlandais privés de leurs droits, obligé à une
étude et à une pratique continuelle d'une
tactique défensive et offensive, — homme

de loi ayant une clientelle très étendue,—
orateur unique, non seulement dans son
propre pays, où l'on trouve tant d'hommes éloquens, mais dans son siècle et dans
toute l'Europe, — brillant depuis long-
temps au premier rang des auteurs dramati-
ques de son temps, — il ajoute à ces différentes sources d'occupations, qui ne suffisent
pas à son amour infatigable pour le travail,
de fréquentes contributions au *New Mon-
thly Magazine* (1) ; ces esquisses brillantes
et pleines d'imagination, qui, quoiqu'elles
ne soient que le fruit de ses momens de
délassement, valent, pour les tableaux
descriptifs et le coloris pittoresque, les
meilleures pages qui ont fait la réputation
de Sir Walter Scott.

Je puis encore citer O'Connell, le chef
et le guide de toute agitation morale, politique, sociale et légale (2). Quand on lit
dans les journaux ces discours, pleins d'une

(1) Journal littéraire, qui paraît le premier de chaque mois. Note du Trad.

(2) Il s'est nommé lui-même « le grand agitateur. »
Note du Trad.

éloquence puissante, dans lesquels il évoque des profondeurs de l'histoire les spectres de l'oppression de l'Irlande, avec une connaissance parfaite de tout ce qui s'est passé dans ce pays depuis les temps les plus reculés, — dans lesquels il tire des vastes magasins de sa mémoire des exemples modernes sans nombre des mauvais gouvernemens, sous toutes les nuances de l'ignorance et de la vénalité, — ces discours dans lesquels, au milieu d'explosions terribles, fruits d'une indignation et d'une impatience long-temps comprimées, on trouve, comme coulant d'une source inépuisable, les argumens les plus convainquans par leur logique, et les faits les plus curieux par leurs détails, — qui pourrait supposer que toute la vie du patriote, du démagogue, de l'agitateur, n'est occupée que d'une grande cause qui l'absorbe entièrement? C'est pourtant en revenant des cours de justice, après s'être livré aux travaux de sa profession, dont il s'est occupé depuis le point du jour, qu'on le voit, comme pour échapper aux hom-

mages qui suivent tous ses pas, entrer dans
le lieu des séances de l'Association catholique ; — c'est après avoir fait éclater de rire
des jurés par son humeur plaisante, après
avoir « fait pleurer des bouchers » par son
éloquence, après avoir poussé jusque dans
ses derniers retranchemens un témoin qui,
en véritable Irlandais, cherche un refuge
dans des réponses évasives, et avoir mis
dans l'embarras par quelque point de
droit un juge dont toute la philosophie
n'y songeait pas, que, tout fatigué, tout
épuisé qu'il doit être, il monte dans la tribune aux harangues, devient le *Jupiter
Tonans* du Sénat catholique, et par ces
foudres d'éloquence qui produisent bien
plus d'effet à l'ouïe qu'à la lecture, allume
la flamme la plus vive du patriotisme, et
jette la crainte et l'inquiétude dans les
clubs de Brunswick et dans les Loges d'O-
rangistes (1).

(1)   Insigne mœstis præsidium reis,
Et consulenti, Pollio, Curiæ.
Hor., liv. II, od. 1.
CITATION DE LADY MORGAN.

D'une autre part, on peut considérer
ce plus audacieux des démagogues, ce plus
doux de tous les hommes, « depuis Dan jusqu'à Bersabé, » sous le jour patriarchal de
l'heureux père d'une heureuse famille,
pratiquant tous les devoirs sociaux, et
nourrissant dans son cœur toutes les affections sociales. Il est remarquable que
non seulement M. O'Connell a les mêmes
idées que Sir Édouard Coke sur la valeur
du temps, mais qu'il en suit littéralement les avis sur la manière d'en partager l'emploi, avis que les jeunes légistes
qui cherchent à s'élever admirent plus
qu'ils ne les suivent. C'est cette diligence
laborieuse et infatigable dans sa profession qui lui a valu la confiance publique.
Quand ses services, comme avocat, peuvent être utiles, l'esprit de parti cède
à l'intérêt personnel; et plus d'un parti-
san de l'Ascendant Protestant laisse ses
amis les avocats orangistes promener
leurs sacs vides dans les cours de justice,
pour payer indirectement son contingent

à la rente catholique (1), en chargeant le
talent catholique d'une cause qu'il croit
que l'éloquence catholique peut le mieux
défendre.

Mais puisque nous parlons de l'Association catholique, nous pouvons encore citer un autre de ses membres les plus distingués, Thomas Wyse, antiquaire, connaissant plusieurs langues, voyageur,
artiste, savant, peintre, et aussi célèbre
comme auteur que comme orateur et politique. Que de travaux, que d'application,
que d'énergie il a fallu pour acquérir toutes
ces connaissances! Dans une conversation
négligée et sans prétention, M. Wyse mon-
trera autant de connaissances variées qu'il
en faudrait à quelque noble pédant pour
remplir la chaire de ce qu'Horace Walpole appelle « la société des vieilles

---

(1) On nomme ainsi la contribution volontaire payée
par tous les catholiques d'Irlande, et dont le produit
était destiné à subvenir aux frais des démarches à faire
pour obtenir l'émancipation, et à secourir les indigens
catholiques persécutés par des protestans.

NOTE DU TRAD

femmes. » Sans aptitude au travail, rien
de grand ne fut ni ne sera jamais produit. Les poëtes parlent d'inspiration,
mais leurs plus beaux passages sont uni-
formément le résultat de l'étude la plus
profonde. Shéridan lui - même, l'homme
éminent le plus cité par son indolence,
a laissé après lui des preuves des efforts
prodigieux que lui ont coûtés ses inimita-
bles comédies ; et son biographe, son
compatriote , pourrait personnellement
rendre témoignage à la grande vérité que
même les plus légères et les plus brillantes effusions des Muses sont soumises à
cette grande loi imposée à tout ce qu'il y a
de plus excellent. La supposition de talens
supérieurs, cachés sous l'indolence de gens
qui ne s'occupent que de bagatelles , ressemble à la théorie de ces machines in-
génieuses, tendant à produire le mouvement perpétuel : elles sont surprenantes et
admirables ; mais elles ont un petit défaut
en pratique, — elles n'arrivent pas à leur
but.

Franchise.

Rien ne gagne plus l'affection que ce caractère de franchise et de générosité, qui, toujours prêt à courir des risques pour les autres, peut exciter la dérision des calculateurs astucieux, mais trouve toujours un avocat dans l'égoïsme de la société. L'être qui a recours aux manœuvres, soit homme, soit femme, peut tromper pour un temps; il peut obtenir des admirateurs par un extérieur plausible, faire des dupes, s'assurer des créatures; mais de telles gens n'obtiennent pas d'amis, et n'attirent pas la confiance. Le froid et rusé Octave, avec tout son pouvoir, n'eut pas d'amis de cœur qui lui fussent dévoués; tandis que César avec tous ses crimes, et Marc-Antoine avec tous ses vices, gagnaient, par leur carac-

tère franc et généreux, l'affection de quiconque approchait d'eux. Celui qui, dans
un mouvement de patriotisme, avait dit
« qu'il ne voulait ni manquer à la république, ni lui survivre (1), » fut cependant
dévoué à César, dont l'affabilité sédui-
sante et le caractère généreux étaient
irrésistibles ; et plus d'un républicain
farouche, se relâchant de sa sévérité,
et sacrifiant ses principes à Antoine,
souffrit que les sophismes de l'affection
l'emportassent sur les impressions plus
austères du patriotisme.

« Je servis Marc-Antoine, qui était le plus digne
d'être le mieux servi. Tant qu'il fut debout et qu'il
parla, il fut mon maître ; et j'avais une vie à hasarder contre celui qui le haïssait. »

SHAKSPEARE.

Les deux grands capitaines de l'antiquité semblent avoir possédé un talent
de séduction tout particulier; tandis que
des deux grands capitaines des temps modernes, un seul a excellé dans cette espèce

(1) « Nam neque deesse, neque superesse reipublicæ
volo. »

de « *bonhomie* » qui met à contribution les cœurs du peuple, souvent au grand danger de ses droits et de son bonheur. Napoléon Bonaparte, — austère aux Tuileries, où il était entouré de gens qu'il savait être méprisables, et dont il avait reconnu la corruption, — quand il était au milieu de ses soldats, se livrait à une cordialité franche et « *brusque.* » Idole de ses troupes, s'il s'était confié à leur affection et à leur fidélité, il n'aurait pas été victime de la trahison de ce « *grade* » perfide , qu'il eut la folie de créer lui-même, et qui contribua aussi puissamment à sa perte que la diplomatie des cabinets étrangers et la force des baïonnettes étrangères.

L'astuce de l'esprit qui se livre aux manœuvres prend essentiellement sa source dans des facultés rétrécies. Il est rare qu'un cœur froid et égoïste soit accompagné de grandes vues et d'une vaste intelligence. Celui qui se voue à l'intrigue est absorbé par les détails de l'astuce et ne peut concevoir une idée sage complexe ; son esprit n'embrasse qu'une suite de mi-

sérables objets temporaires, dont chacun
tour à tour occupe exclusivement toute
son attention, et qu'il poursuit sans songer à son importance relative et à l'influence que peuvent avoir sur l'avenir les
moyens qu'il emploie pour arriver à son
but. Il sacrifie sa réputation pour une ba-
gatelle qui répugne à l'honneur, et il se
brouille avec un ami si son intérêt l'exige
le moins du monde. Connaissant lui-même
l'astuce de ses combinaisons et tout le
faux de ses prétextes, il ne peut inspirer
une conviction qu'il n'éprouve pas; et les
précautions et la circonspection qui ac-
compagnent tous ses mouvemens, répan-
dant une sorte de contagion, éveillent un
soupçon d'instinct dans l'esprit de ceux
contre qui ses mesures se dirigent.

C'est pour cette raison que l'homme qui
n'est que diplomate est le plus mauvais
des ministres. Les ruses et la finesse, qui
sont l'âme de toutes ses entreprises, ne
servent qu'à l'isoler et n'entraînent jamais
l'esprit public. Au contraire, l'homme
d'état hardi, généreux, ne calculant pas

toujours, et peut-être même imprudent, communique le feu de sa propre volonté à tout ce qui l'entoure, et donne une impulsion irrésistible à l'affection du peuple, dont il s'empare.

C'est par le simple enchantement d'une franchise naturelle et d'une véracité qui coule de source que le marquis d'Anglesey, dans le court espace de huit mois qui ne furent marqués par aucune mesure ministérielle d'un caractère décidé, gagna sans y penser l'amour d'une nation. Avec « *une âme sûre de charmer dès qu'on la connaît,* » et qui « *se montre hardiment sans cacher une pensée dans ses replis,* » il imprima à l'opinion publique une conviction que rien ne put ébranler, de l'honnêteté de ses desseins. Sa parole, comme la vérité, portait sa preuve avec elle. Les passions les plus fougueuses se calmèrent à sa voix, et les eaux soulevées de l'agitation politique reprirent leur niveau, même pendant que les vents qui leur avaient donné leur fureur soufflaient encore.

Manœuvres.

On pourrait écrire des volumes sur le sujet des femmes à manœuvres, car la femme va plus loin que l'homme en fait de détails. J'en ai en ce moment présens à l'imagination, dans la liste de mes connaissances personnelles, un ou deux exemples qui laissent bien en arrière même l'admirable portrait qu'en a tracé Miss Edgeworth. Ces créatures, non seulement dans leurs actions les plus ordinaires, « *pèsent l'apparent, le douteux et le possible,* » mais, par la profondeur de leurs calculs compliqués, par leur *politique aux choux et aux raves,* » elles déjouent les desseins qu'elles veulent accomplir, par les moyens mêmes qu'elles prennent pour les exécuter. J'ai en ce moment sous les yeux une de ces femmes à manœuvres. — La voici.

—Mais j'ai un menu à écrire, et quoiqu'on puisse servir froide une réputation, il n'en est pas de même d'un dîner. Ainsi, « *revenons à notre mouton.* » Il est horrible de songer combien la nécessité de tenir une maison nuit au métier d'auteur ! Que de renommée ne puis-je pas avoir manqué d'acquérir en m'occupant d'un dîner au lieu d'un livre !

Enfans merveilleux
et bonnes Mères.

Si jeunes et si savans, on dit qu'ils ne vivent
jamais long-temps.

Richard III.

C'est un fait curieux, que, dans le siècle actuel, nous n'avons aucun de ces
prodiges précoces, si nombreux dans les
anciens temps. On dirait qu'un des priviléges particuliers de la sagesse de nos
ancêtres était de produire ces miracles
de science enfantine, ces «admirables Cri-
chtons» en maillot, qui étudiaient dans
leur berceau et qui dissertaient dans leur
petit chariot. « Ce ne fut qu'à l'âge de
quatre ans, » dit l'exact mais très amusant
M. Evelyn, « que je fus initié aux mystères d'un rudiment; et alors je prenais les

leçons d'un frère, à la porte de l'église de
Wotton. » Ce « ne fut qu'à l'âge de quatre
ans, » prouve sa conviction qu'il était en
retard, en comparaison des autres enfans
de son âge et de son temps, mais surtout
eu égard à l'esprit supérieur, aux talens
et aux connaissances de son propre fils,
qui, à pareille époque de sa courte existence, était, pour nous servir des expressions de son père affligé, « un prodige
d'esprit et d'intelligence. » Un prodige
sans doute, car à deux ans et demi il
savait lire parfaitement l'anglais, le français et le latin, prononçait exactement ces
trois langues, connaissait les caractères
gothiques, etc., etc.

La fin de cette carrière aussi courte que
brillante, mais contre nature, mérite d'ê-
tre remarquée. « Il mourut, » dit Evelyn,
« à l'âge de cinq ans, après six accès d'une
fièvre quarte qu'il plut à Dieu de lui envoyer ; mais, à mon avis, il fut étouffé par
les femmes et les servantes qui prenaient
soin de lui, et qui l'écrasèrent d'un trop
grand nombre de couvertures, tandis qu'il

était dans un berceau, *près d'un feu ex-cessivement chaud.* » — Dans une fièvre quarte! — « Je permis qu'on l'ouvrît, et l'on trouva qu'il avait ce qu'on appelle communément un engorgement du foie.» Quel tableau ! — quelle histoire des temps, des connaissances et de la sagesse de nos ancêtres! — D'abord attribuer à la volonté divine une maladie dont on pouvait accuser en même temps des femmes ignorantes et des couvertures trop chaudes; — ensuite un père à qui sa vanité ne permettait pas de s'apercevoir que le génie de son fils n'était qu'une maladie, et son intelligence prématurée un développement contre nature de ses facultés, probablement produit par un défaut d'organisation que la manière dont il était élevé était calculée pour aggraver. « Avant sa cinquième année non seulement il savait lire presque toutes les écritures, mais il était en état de décliner tous les noms et de conjuguer tous les verbes réguliers et irréguliers. Il avait appris son « *Puerilis,* » et savait par cœur le Vocabulaire tout entier des racines françaises et latines. Il connaissait les règles de la syntaxe, savait traduire de l'anglais en latin, et faire la construction de ce qu'il avait lu. Il connaissait les cas que gouvernaient les verbes, l'emploi des adjectifs et des substantifs, les ellipses, et un grand nombre de figures et de tropes. Il avait fait des progrès considérables dans le « *Janua* » de Comenius, et il avait un goût prononcé pour le grec. »

Cela est trop effrayant ; — on frissonne en copiant ce passage. Telle était pourtant l'éducation grâce à laquelle un père accompli et instruit, — pour le temps où il vivait, — n'hésita pas à précipiter son prodige de fils dans une tombe prématurée.

Tels étaient pourtant les temps où l'on faisait un grand cas de la science et où les connaissances étaient peu répandues ; — où les Universités monastiques, fondées par l'Église au moyen de l'influence des Rois et des nobles qui vivaient dans sa dépendance, étaient seules dépositaires

du peu qu'on savait et qui valait la peine
d'être appris; et où les hommes les plus
instruits avaient moins d'instruction pratique qu'un simple ouvrier de nos jours.
Tels étaient les temps où la peste et la fa-
mine étaient des évènemens ordinaires,
où la corruption en morale et la bassesse
en politique florissaient au point d'entou-
rer des ministres de ses vices un Roi devant l'autel de son Dieu, et de faire des
êtres « les plus brillans et les plus sages»
les hommes les plus vils et les plus méprisables. Tels étaient les temps où le peuple
était plongé dans l'ignorance la plus
brute, et la noblesse dans la corruption
la plus honteuse. Enfin tels étaient les
temps qui produisaient de petits prodiges
de science comme le jeune Evelyn, grâce
à un système d'éducation calculé pour en
faire éclore, mais non pour former des citoyens pour un État libre et des législateurs pour une grande nation.

Quels que puissent avoir été les talens
naturels de ce pauvre enfant, pour avoir
fait de tels progrès dans les langues sa-

vantes à l'âge de cinq ans, il doit avoir
été l'objet et la victime d'un système laborieux d'études entièrement appliqué à
cultiver sa mémoire. Il doit donc avoir
été tenu enfermé dans des appartemens
chauds, privé d'air et d'exercice, forcé à
une vie sédentaire; le défaut de pro-
preté personnelle et l'habitude de trop
manger doivent aussi avoir été pour lui
une autre cause nuisible, ce qui est très
probable dans un siècle où les personnes
les plus délicates dévoraient de la viande
trois ou quatre fois par jour, et où l'on
n'avait recours à une ablution générale
que par forme de remède, et non par habitude journalière.

Le travail forcé du cerveau, aux dépens de toutes les autres fonctions, doit
aussi avoir produit un effet fatal même
sur les enfans doués d'un tempérament
robuste. L'usage des Indiens de jeter
leurs enfans dans la mer pour qu'ils
tombassent au fond ou qu'ils surnageas-
sent, suivant ce qu'en décidaient leur
force ou leur faiblesse, était humanité et

civilisation auprès du système suivi dans
les temps qu'on cite avec tant d'éloges,
— système sous lequel l'intelligence d'un
enfant était mise à la torture pour lui
donner un développement. précoce, et
qui le précipitait dans un tombeau prématuré, grâce au concours accélérateur
« des femmes, des couvertures, et d'un
feu excessivement chaud. »

Ce qu'il y a de plus remarquable dans
tout cela, c'est que M. Evelyn, père de
ce malheureux enfant, était un des hommes les plus spirituels et les plus instruits de son temps, et qu'il s'était rendu
célèbre par sa traduction du *livre d'Or*
de Saint Chrysostome, *sur l'éducation
des enfans*, et par l'*Essai* dont il l'avait
fait précéder.

Mais si M. Evelyn se laissa égarer par
toutes les erreurs vulgaires des sages, où
était l'instinct d'une mère ? Hélas ! où se
trouve souvent l'instinct d'un mère ? dans
sa vanité et sa faiblesse. Mistress Evelyn
était une des femmes les plus accomplies
de la cour de Charles II, et du petit

nombre des dames vertueuses qui la fréquentaient; elle connaissait plusieurs langues, et avait du talent comme artiste. Son mari cite souvent avec vanité ses tableaux à l'huile et ses miniatures. Cependant elle souffrit qu'une maladie dangereuse attaquât sourdement l'enfance de son fils, tandis qu'il apprenait le latin et les caractères gothiques, et qu'il consacrait à des études au-dessus de ses forces des heures qu'on aurait dû lui faire employer à prendre l'air, à faire de l'exercice et à se livrer à un repos nécessaire. Enfin elle l'abandonna aux soins de ses femmes et de ses servantes, et ce qui est encore pire, elle accéléra sa mort à force de précautions calculées pour l'occasioner. Quelle en fut la cause? C'est que les connaissances nécessaires à toute mère raisonnable n'étaient pas sur la liste de ses talens. Même dans ce siècle de lumières, et malgré la marche de l'esprit humain, combien de mères imitent la conduite de Mistress Evelyn, et songent moins à écouter leur jugement qu'à satisfaire

leur vanité et une affection mal entendue! Et il est bon d'observer que les mères en général se laissent égarer par leur
tendresse pour leurs enfans, et qu'elles
éprouvent autant de plaisir à donner une
indigestion de friandises à leurs jeunes
maîtres Gobbleton Mowbray, que ceux-ci
peuvent en trouver à les avaler.

« Le temple de la Nature est le cœur
d'une mère, » dit Kotzebue dans son
jargon sentimental; mais il y a différens
temples, et la Nature est une déité fort
capricieuse. Qu'était-elle dans le cœur de
Lady Macclesfield et dans ceux de mille
autres mères qui ont abandonné leurs
enfans au besoin et à l'infamie, ou qui les
ont négligés, ou qui leur ont donné de
mauvais exemples dont l'influence leur a été
funeste pendant tout le cours de leur vie?

L'instinct plus ou moins puissant de la
maternité est une affaire de tempérament,
modifiée par d'autres instincts, par d'autres passions, et par des circonstances
plus ou moins favorables à son développement. L'oiseau qui menace du bec celui

qui vient envahir son nid, la tigresse qui
couvre de son corps ses petits, et qui jette
un regard meurtrier sur quiconque ose
tenter de lui enlever les objets de son affection, sont plus respectables qu'aucune
de ces mères à instinct, et qui n'ont rien
de plus. Ce n'est ni l'instinct, ni le sentiment qui est louable, c'est le jugement qui
le dirige. Le mot maternité n'offre pas
une idée abstraite, et quand on dit : « Cette
femme manque de jugement ou de bon
sens, elle est faible ou ignorante, mais
elle est bonne mère, » on dit une sottise.
Ce que la femme est, la mère le sera; et
ses qualités personnelles dirigeront et gou-
verneront son instinct maternel avec la
même influence que son goût exerce sur
son appétit. Si elle est ignorante et qu'elle
ait des préjugés, « la bonne mère » con-
duira mal ses enfans; si elle a le caractère
violent et qu'elle soit opiniâtre dans ses
opinions, elle sera injuste et acariâtre à
leur égard ; si elle est capricieuse et in-
conséquente, elle aura tour à tour des
momens d'indulgence et des accès de sé

vérité; si elle est vaine, coquette et égoïste, elle pourra aimer ses enfans par orgueil, mais elle sera toujours prête à sacrifier leurs jouissances et même leurs intérêts pour faire triompher sa propre vanité ou pour satsfaire son égoïsme.

Pour former une mère parfaite il faut joindre un heureux instinct à ces qualités qui rendent estimable un membre de la société générale. Il faut qu'elle ait du bon sens et des connaissances; qu'elle sache régler ou subjuguer ses passions, et qu'elle soit douée de cette abnégation de soi-même qui met aux pieds du devoir toute considération personnelle. Pour être bonne mère i ne suffit pas de chercher le bonheur de son enfant, il faut le chercher avec prévoyance et efficacement; il faut que toutes ses actions soient dirigées par des vues portées sur l'avenir, et qu'elles aint constamment pour but cette santé d corps et d'esprit qui peut seule mettre ls objets de sa sollicitude en état de supporter avec fermeté tous les chocs et les ontre-temps de la vie, et de conserver en principe et en pratique cet esprit d'indépendance qui brave les vicissitudes de la fortune, et qui donne à celui qui en est doué les moyens de bien remplir le poste que le hasard peut lui destiner dans le monde, dans l'opulence ou la pauvreté, dans les honneurs ou l'obscurité.

Telles sont mes idées sur les devoirs de la maternité et sur la perfection de la plus parfaite de toutes les créatures, une bonne mère. Je sais que ce ne sont pas celles de tout le monde, et qu'il existe un autre « *beau idéal* » de maternité qui a obtenu beaucoup plus de vogue.

Il y a la bonne mère qui passe la moitié de sa vie à caresser, à flatter et à *empiffrer* son enfant, jusqu'à ce que, comme le petit Dalaï Lama du Thibet, il en vienne à croire qu'il n'est arrivé dans le monde que pour être adoré comme un Dieu et engraissé comme un chapon. — Il y a la bonne mère qu'on voit, dans sa tendresse, après un long dîner prolongé fort tard, attendre avec impatience l'arrivée de la petite victime qu'elle a pa-

rée pour le sacrifice, et dont les veilles
sont prolongées au-delà de ses forces naturelles, afin qu'elle puisse partager les
mets empoisonnés composant le dernier
service du festin, jusqu'à ce qu'une fièvre
d'agitation colore ses joues, brille dans
ses yeux et donne de l'incohérence à son
caquet insignifiant. Et qu'en résultera-t-il
ensuite? ce sera, non le repos tranquille
et profond de l'enfance, mais le sommeil
troublé et les rêves effrayans de l'indigestion. Que je plains cette mère et cet enfant! et que je plains aussi les convives
de qui on attend un tribut d'admiration
payé à cette scène mélancolique, à ce spectacle terrible de la vanité et de la faiblesse humaine agissant en opposition au
plus bel instinct de la nature.

Spirituelle et véridique Miss Edgeworth!
— vous qui avez écrit des ouvrages si
charmans et si raisonnables pour les enfans, — pourquoi n'avez-vous pas aussi
composé quelques « leçons faciles » pour
les mères? Pourquoi n'avez-vous pas écrit
un Manuel à leur usage, pour leur ap-

prendre quelques faits élémentaires en physique et en morale, et par-dessus tout, pour leur enseigner que la nature en toutes choses est la seule base pour bien penser et bien agir dans toutes les circonstances et dans tous les temps? Si les mères savaient cette vérité, si elles la sentaient, que de chagrins et de désappointemens seraient épargnés à leur cœur et à leurs espérances! Que de temps maintenant employé à s'instruire dans des arts pour lesquels la nature n'a pas donné l'aptitude nécessaire pourrait être consacré à la santé! Combien on pourrait conserver d'enfans dont la perte (attribuée par un sacrilége à « la volonté de Dieu, ») a été seulement un sacrifice fait « aux femmes, aux servantes, aux couvertures, à un feu excessivement chaud, » ainsi qu'à l'ignorance, aux préjugés et à la tendresse égoïste « des meilleures mères. »

Babioles et Colifichets.

――――

« Parfaits dans le petit, sublimes en bijoux,
Grands inventeurs de riens, nous faisons des jaloux. »
Voyage à Berlin.

Je voudrais savoir si la marche de l'intelligence est une des causes de l'indifférence que les enfans montrent aujourd'hui pour les jouets. Les Mistress Chenevix et les « *Petits-Dunkerques* » de nos jours seraient perdus et ruinés sans les papas et les mamans, dont les boudoirs et les cabinets de toilette offrent les seules collections de joujoux qu'on puisse trouver dans une maison moderne.

La mère du spirituel et galant Marquis de Sévigné l'appelait « *le Roi des bagatelles*, » à cause de l'amour qu'il avait pour la « *bijouterie;* » et l'on pourrait en appeler Lord — l'Empereur. Ses pipes et ses ta-

batières suffiraient pour établir son titre
au rang impérial dans la souveraineté
des colifichets ; tandis que Lady — est la
véritable Catherine de Russie des babioles, et l'Autocrate du magasin de jouets.
Il n'existe pas une chose inutilement
utile, une superfluité superflue, que l'esprit puisse inventer pour l'amusement,
qu'on ne puisse trouver sur les tables
des grands, et de ceux qui imitent leur
rage actuelle pour les bagatelles : — des
ciseaux d'or qui ne coupent point, —
des aiguilles d'argent avec lesquelles il
est impossible de coudre, — des canifs
en nacre de perle qui ne peuvent tailler
une plume, — des boîtes à ouvrage qui
ne contiennent d'autre ouvrage qu'une
sonnerie, — des fagots qui ne brûlent
jamais, — des allumettes destinées à ne
jamais être allumées, et cent autres inventions en petits bijoux qu'on n'a pu imaginer sans quelque talent poétique, et
sans plus d'idées poétiques que nous
n'en trouvons dans la moitié des sonnets

et des vers que nous lisons, ou du moins que nous achetons.

Tout cela paraît fort frivole; mais ces bagatelles « *légères comme l'air* » ont quelquefois des résultats assez importans ; car si ces faveurs de fée sont souvent un tribut payé par l'amitié, elles sont aussi parfois l'offrande insidieuse d'une admiration secrète qui exprime, par de petits bijoux, ce qu'elle n'oserait dire de vive voix, et qui, dans une suite de colifichets, donne l'histoire d'une passion qui, si les cœurs de turquoise et les cachets d'émeraude pouvaient parler, en dirait plus que bien des preuves tirées des circonstances, dans la cour de *Doctors' Commons* (1).

Il est possible qu'on ne trouve pas très extraordinaire que des « *petits maîtres* » et des « *petites maîtresses* » consacrent ainsi leur vie à des bagatelles, et occupent leur temps et dépensent leur

---

(1) Tribunal qui connaît des demandes en divorce.
NOTE DU TRAD.

argent comme des enfans; mais que des
femmes dévouées à la littérature, — des
femmes douées d'intelligence, — des femmes qui affectent de penser, et qui ont la
présomption d'écrire, même de publier
leurs ouvrages, et de tenir tête à des or-
ganes de l'opinion comme les *Quarterly
Review* (1) et autres critiques semblables,
— se donnent les airs d'une frivolité à la
mode, et s'efforcent de concilier « *les
goûts d'un grand Seigneur et les revenus
d'un poète*, » c'est ce qui est réellement
trop fort. C'est pourtant un excellent
exemple des inconséquences de caractère, et de l'influence de la vogue. Que
diraient les Scudéry, les Dacier, les
Carter et les Montague d'autrefois du
magasin de colifichets d'une femme de
nos jours, auteur d'une quarantaine de
volumes, qui a écrit, sinon aussi bien,
du moins autant que ces dames *volumi-
neuses* réunies? Quel désappointement

(1) Journal littéraire, formant un gros volume in-8°,
qui se publie tous les trois mois.   NOTE DU TRAD.

pour les Bas-Bleus qui viennent la voir,
qui s'attendent à la trouver au milieu de
ce charmant désordre littéraire, de cet
élégant mépris de toutes les élégances de
la vie ordinaire qui caractérisait « *le ménage des femmes savantes* » du siècle dernier et des précédens!—la tasse sans anse,
servant de verre à vin, de Mary Wolstone-
craft, ou le tabac écossais et le mouchoir
de poche brun de Catherine Macauley!
Quel choc elles éprouveraient en entendant cette femme auteur in-quarto, parler
« *d'esprit de rose* » au lieu de « *l'Esprit
des Lois;* » et en trouvant l'atmosphère de
son salon parfumée par un jardin tout
entier de fleurs fraîches, dont elle prétend
que l'odeur produit sur son cerveau le
même effet que produisaient les cerises
sur celui de Falstaff, celui « de chasser
toutes les vapeurs froides et lourdes qui
l'obsèdent. »

Comme Leurs Seigneuries littéraires mal-
propres des anciens temps regarderaient
avec dédain, du haut de leur science,
cette «*Armande*» des nouvelles lumières,

s'ils pouvaient la voir, comme je la vois en ce moment, écrivant sur un « *secrétaire* » de bois de rose, aussi pliant et aussi accommodant qu'aucun « *secrétaire* » qui se trouve sur la liste de la diplomatie, et prenant littéralement, non figurément comme Anna Matilda, sa plume d'or. Elle y est assise, entourée et inspirée par les portraits de génies qui ne mourront jamais, et de beautés immortelles, brillant sur un émail aussi durable que leur renommée, — au milieu de bibliothèques dont les rayons étincellent de velin doré et de cuir de Russie couleur de rose, — ayant des sujets tirés du Dante gravés sur des vases de porcelaine de Sèvres, et les amours de Pétrarque et de Laure racontés sur des tasses à café. Laquelle des nobles Muses des Saturnales actuelles du Parnasse, où des cuisinières et des duchesses se disputent la préséance, est représentée dans cette esquisse? Laquelle des Ladys Charlotte et des honorables Anna, qui prétendent à de nouvelles lettres-patentes de distinction, et qui songent plus à l'hon-

neur que leur font leurs éditeurs qu'à celui qu'elles tirent de leurs ancêtres, trouvera cette chaussure convenable à son
pied? Aucune; car cette « *petite maîtresse* »
littéraire, — amateur de frivolités, quoique philosophe dans ses écrits, — collec-
teur de babioles françaises, — compila-
teur de chroniques irlandaises, — aimant
les colifichets par goût, et auteur par nécessité,

« Cet homme-là, Sire, — c'est moi (1). »

Je ne prends pas la défense de cette pas-

---

(1) Opposez à ce tableau frivole le portrait d'une
femme auteur célèbre d'Allemagne, tel que l'a tracé
un voyageur moderne.

Description d'une femme auteur d'Allemagne.
« Jamais je n'oublierai l'instant où je vis pour la première fois Madame de B —. Elle était assise, ou plutôt
à demi couchée, dans une posture qui n'avait rien d'af-
fecté, les jambes croisées, et les mains jointes derrière
sa tête; sur un grand sofa vieux et usé, mais qui lui
rappelait sans doute quelques idées qui en rehaussaient
le prix à ses yeux, peut-être le temps de sa jeunesse;
car d'après sa couleur et son état de dilapidation, il ne
pouvait guère être plus moderne. Derrière elle, et à
ses deux côtés, on voyait une masse, ou plutôt un

sion pour les colifichets,—je ne fais qu'en
parler comme d'une circonstance remarquable dans l'histoire des femmes-auteurs,
à qui l'on a si souvent reproché un oubli
inconvenant de tout ce qui est frivole et
véritablement féminin.

Lorsque quelqu'un présenta à la célèbre mademoiselle Scudéry un assortiment

océan de livres qui s'élevaient comme des vagues,
volume sur volume, quelques uns entr'ouverts, montrant leur marge blanche comme l'écume des flots. Au
centre, semblable à une île, était une grande table d'a-
cajou, de forme antique, couverte de divers objets que
je me dispenserais d'énumérer s'il n'était intéressant
pour un esprit sensé de connaître les attributs, même
les plus frivoles, du génie. On me pardonnera donc de
citer une grande théière noire, une tasse d'ancienne
porcelaine de la Chine, un encrier portant le chiffre de
sa maîtresse gravé sur métal, une couple de soutasses
de différens modèles, une grande fiole étiquetée « Lau-
danum, » un porte-montre en écaille, une petite as-
siette pleine de croûtes de pain, un grand peigne à cheveux, un verre à vin à demi rempli de cassonade, une
tabatière, une paire de mouchettes, une petite miniature, quelques morceaux de papier brun et bleu ayant
servi à des papillottes, deux petites chandelles, quelques pièces de monnaie de cuivre, et un seul bas, mar-
qué D. R. A. B. » NOTE DE LADY MORGAN.

de jolis cachets, elle les refusa, croyant que les accepter serait déroger à la dignité de « *fille savante*, » comme l'appelle Ménage. Elle les renvoya donc avec quelques vers, dans lesquels elle disait :

> « Car enfin des jolis cachets
> Demandent des jolis secrets ,
> Ou du moins des jolis billets. »

Il est assez singulier qu'on me blâme ainsi d'aimer les babioles et la vérité, et de me livrer à ces deux goûts, dans ma vie publique et privée, avec une ardeur qui est du moins une preuve de sincérité, si ce n'en est une de jugement. « *On ne saurait avoir trop de fantaisies musquées ou non musquées,* » dit madame de Sévigné. Telle est aussi ma croyance ; car je soutiens que tout ce qui tend à nous égayer sur le chemin pénible de la vie, — tout ce qui jette une fleur sur ses sentiers arides, — tout ce qui nous occupe innocemment ou nous récrée sans danger, — tout ce qui nous donne un but, ou un amusement « modéré, » comme dit Lady Grace, mérite d'être recherché, quand même ce ne serait qu'un goût pour

des bagatelles. Quand donc on ne peut
se procurer une loge à l'Opéra, il est
bon de pouvoir se donner une boîte de
Bautte (1). Quand on ne peut jouir de la
musique de Rossini à plein orchestre, c'est
un privilége que d'entendre jouer ses meilleures symphonies sur son secrétaire ou
sa table à ouvrage; et quand l'oreille ne
peut être charmée par la voix enchante-
resse de Pasta et de Pisaroni, c'est encore
un plaisir que d'écouter des accens qui,
comme les leurs, semblent ne devoir leur
origine à « aucun mélange d'argile terrestre; » des sons qui paraissent produits
par les fées, naître sous les doigts des
fées, et partir d'instrumens faits « *par
quelque araignée du voisinage.* » Je sais
que les femmes sensées rient de tout cela.
Cependant il faut qu'une femme « *soit
femme avant tout;* » et celle qui ne l'est

(1) Célèbre bijoutier à Genève.

NOTE DE LADY MORGAN.

« Loge » et « boîte » s'expriment en anglais par le
même mot, *box*, d'où il résulte un jeu de mots qu'on
ne peut faire passer en français.   NOTE DU TRAD.

pas plus ou moins, n'est pas un échantillon parfait de son sexe.

Les grands aiment toujours les babioles; les héros mêmes ne sont au-dessus de ce goût. Ce galant Centaure, le prince Potemkin, avait la plus belle collection de « *joujoux* » que puisse avoir aucun grand enfant du monde entier; et Catherine la Grande avait coutume de récompenser alternativement son dévouement et ses services par des jouets et des principautés, et d'apaiser sa jalousie par un gouvernement ou par un colifichet.

« Pleurez, pleurez, petit enfant !
Vous aurez un moulin à vent.

Le « *petit enfant* » russe fut souvent trouvé assis devant une montagne de babioles, dans son pavillon militaire, par le prince de Ligne, qui nous a laissé une description si plaisante de cette scène, et qui a rapporté ce fait avec tant d'esprit.

Le plus joli colifichet que j'aie trouvé dans mes lectures, ou dont j'aie jamais entendu parler, et qui aurait le mieux

convenu au magasin de babioles d'une
femme-auteur, est celui qu'inventa madame de Thyanges, sœur de madame de
Montespan, et que cette belle et mondaine
abbesse présenta au Duc du Maine, comme
étrennes, en 1675.

Cet admirable joujou représentait un
des appartemens royaux de Versailles, richement doré et décoré. Un lit de parade
occupait une alcôve entourée d'une balustrade dorée. Sur un grand fauteuil,
placé dans l'enceinte, était assis le jeune
prince, montrant une copie de vers louangeurs au duc de La Rochefoucauld, qui
était debout à côté de lui, tandis que derrière son fauteuil on voyait le célèbre
Bossuet et le prince de Marsillac. Deux
dames, qui avaient le privilége de la ruelle,
étaient à 'lire dans l'alcôve, la charmante
madame de La Fayette, et madame de
Thyanges, dont la beauté gagnait encore
au costume religieux qu'elle portait comme
abbesse de Fontevrault. Près de la balustrade, mais en dehors, étaient Racine et
Boileau. — Le premier faisait signe d'a-

vancer au modeste La Fontaine, qui restait timidement près de la porte, — le second, armé d'une fourche avec laquelle il affectait d'écarter une foule de mauvais poètes qui cherchaient à arriver en présence du jeune prince et à obtenir sa protection.

Ce qui ajoutait au mérite et à la valeur de ce superbe jouet, c'était que toutes ces figures, supérieurement travaillées en cire, étaient des portraits parfaitement ressemblans, présentés à madame de Thyanges par les illustres personnages qu'ils représentaient, pour ses étrennes, d'un genre classique et ingénieux.

Fauteuil, Bergère, Chaise à bras, Siége épiscopal.

———

« Inutile a chi non riposa » (1).
Livre d'emblèmes. — Symbole, une chaise.

La soirée dernière nous jouâmes une
« *charade en action.* » Comme madame
Catalani, son fils spirituel, et quelques
autres étrangers étaient de la partie, nous
la jouâmes en français. Je représentais
une vieille baronne ultra, rétablie dans
son donjon en Normandie, et recevant la
visite d'un vieux châtelain du voisinage,
qui venait la féliciter de la restauration de
tout ce qu'il y a d'antique. La scène où je
faisais les honneurs du fauteuil à mon
voisin, l'horreur que je montrai de l'in-

(1) Inutile à qui ne se repose pas. NOTE DU TRAD.

dignité d'offrir une chaise de paille à un
ancien noble qui comptait sept quartiers,
et la chute de tous les acteurs et de toutes les chaises, pendant ce débat cérémo-
nieux, firent beaucoup rire. J'avais emprunté ce trait d'une scène dont j'avais été
le témoin dans le Faubourg, lors de ma
première arrivée à Paris, quand on faisait
un grand effort pour rétablir le fauteuil
dans ses anciens honneurs (1).

L'histoire des *chaises à bras* ferait un
volume amusant, si on la donnait depuis
les temps anciens jusqu'au moment actuel,
depuis le « *fauteuil* » du moyen âge, époque où il avait atteint sa plus haute importance politique, jusqu'à la moderne
« *dormeuse* » sur laquelle j'écris en ce
moment, *ex cathedrâ!* Quel tableau des
progrès de la société elle présenterait!
— que de secrets d'État elle dévoilerait!

(1) Si Lady Morgan avait fréquenté les vrais salons
aristocratiques, elle choisirait mieux le sujet de ses cha-
rades en action. Il n'est pas de si petit bourgeois à Paris
qui ne sache poliment offrir un fauteuil, plutôt qu'une
chaise, à la personne qui vient lui rendre visite.   Éd.

— combien elle contiendrait de guerres sanguinaires, — de traités de paix violés, — de liens de famille rompus, — d'amours véritables détournés de leur cours! — et tout cela dû à l'important « *fauteuil!* »

« Les chaises à bras, — les chaises à dossier, — le tabouret d'honneur, — la droite et la gauche, » dit Voltaire, « ont été, pendant bien des siècles, d'importans objets de diplomatie et des sujets d'illustres querelles. » Bonaparte, dont le faible était d'adopter l'étiquette usée d'un ordre de choses diamétralement opposé à sa propre existence, releva le « *fauteuil* » avec l'autel et le trône; et l'on dit que, lorsque madame Létitia Bonaparte alla faire sa visite de cérémonie, après l'accouchement de sa belle-fille l'Impératrice, on eut soin d'ôter les fauteuils de l'appartement, de peur que, roturière comme elle l'était, quoique mère d'un empereur, de quatre rois et de deux ou trois princesses, elle n'eût assez de présomption pour en usurper les honneurs en présence de la

1.

24

fille des Césars, d'une descendante de la maison d'Hapsbourg (1) !

Hélas! que de vicissitudes dans la grandeur humaine! Il existe encore des personnes plus *roturières* que l'excellente Madame Bonaparte, qui, depuis ce temps, se sont assises sur tel fauteuil que bon leur semblait, en présence de l'ex-Impératrice de France, maintenant obscure duchesse de Parme, qu'on a vue elle-même assise, confondue avec d'autres dames, dans le salon d'une Pairesse anglaise, sans obtenir d'autre distinction que celle dont elle était redevable aux attentions et à la politesse d'une Ambassadrice d'Angleterre. Oh! que les grands ne veulent-ils, ne peuvent-ils sentir combien peu ils doivent à eux-mêmes les hommages du monde, et combien ils sont accordés à leur rang, avant que quelque revers terrible leur apprenne la triste vérité, qu'ils

(1) Il n'est pas plus permis de prêter un tel ridicule à la cour impériale qu'aux pauvres *ultras*.   ÉD.

ne sont que les signes de ce pouvoir qui consiste dans les principes et non dans les personnes!

La chaise curule des Romains jouissait d'un certain respect comme étant le siége de la magistrature; mais c'était un respect tout différent de celui que la vue du trône inspire aux loyaux et modernes idolâtres du pouvoir absolu. Le luxe des Romains, qui, dans le repos de la vie privée, s'étendaient sur des lits, même pour prendre leurs repas, ne semble pas avoir jamais considéré un simple siége comme ayant quelque rapport avec le rang et le pouvoir. Les Fabius et les Caton ne tiraient aucune distinction du privilége de s'asseoir sur un fauteuil. La forme de la chaise curule a été conservée sur le marbre sculpté de quelques unes des nobles statues de l'antiquité qui représentent des hommes assis. L'aisance de leur position semble résulter de la grâce des individus représentés plutôt que de la commodité du siége qu'ils occupent, qui est simple dans sa forme et à dossier fort bas. Il était

pourtant en ivoire richement sculpté,
— fait curieux dans l'histoire des arts.

Ce fut pendant la barbarie du moyen
âge que le fauteuil commença à acquérir
son importance politique moderne, et
elle continua à s'accroître jusqu'à la Révolution française. Le code de l'étiquette
sur le fauteuil, dans l'ancienne France,
était un volume sacré : réclamer les honneurs du fauteuil ou les abandonner, était
ce qui décidait les questions les plus épi-
neuses de préséance qui agitaient les dynasties et qui troublaient la paix des
royaumes. L'origine de cette distinction
vient très probablement de la rareté de
ce meuble dans les tours grossières construites en pierre et mal distribuées, sous
lesquelles les ancêtres des familles qui
comptent tant de quartiers mettaient
leur tête à l'abri. Le fauteuil était alors
réservé pour le chef ou le membre le
plus âgé de la famille, qui, dans ce
temps patriarchal, gouvernait avec la
verge de fer du despotisme ses enfans
timides, mais souvent dénaturés; car le

fils à qui il n'était pas permis de s'asseoir en présence de son père, en usur-
pait souvent les domaines, et le précipitait de son fauteuil dans le tombeau.
L'histoire des fils soumis et respectueux
des souverains d'Espagne et de Russie est
la chronique abrégée de ces temps où le
fauteuil était le trône domestique de chaque châtelain tyran et le privilége exclusif des grands.

Pour connaître toute l'importance atta-
chée au droit de s'asseoir sur un fauteuil,
il faut étudier avec attention les Mémoires
français, et surtout ceux qu'ont écrits
dans la simplicité de leur cœur Dangeau
et mademoiselle Montpensier. La vie de
« la grande Mademoiselle » fut une agonie
prolongée de querelles relatives au fauteuil et à la chaise à dossier; et la moitié
de la diplomatie de l'Europe de son temps
fut occupée de discussions sur de semblables sujets. Le Cardinal de Richelieu
ayant refusé de faire trois pas au-delà de
la porte de son appartement,—il con-
sentait à en faire deux,—pour aller au-

devant de l'Ambassadeur d'Angleterre, qui
venait pour traiter du mariage de Charles Ier avec Henriette de France ; ce mariage, si important pour les deux couron-
nes, fut sur le point d'être rompu. Cependant le Cardinal feignit d'être malade,
reçut le Duc anglais sur une « *chaise longue*, » et évita ainsi le troisième pas sans
faire manquer l'alliance.

Louis XIII désirant avoir un entretien
particulier avec Richelieu, son ministre et
son maître, fut obligé d'aller le trouver
dans sa chambre à coucher, où il était
dangereusement malade. Mais comme il
ne pouvait être permis à un sujet, quoique mourant, de recevoir son roi étant au
lit, à moins que le Roi ne fût également
couché, on roula Louis sur une chaise
longue dans l'appartement du Cardinal,
où ils restèrent tous deux couchés en parade pour discuter les affaires de l'État.
Louis XIV se conforma à la même étiquette quand il alla rendre visite à un
héros blessé, — Turenne.

Dans les anciens temps, la bergère, ou

« *chaise de doléance*, » était réservée pour
les malades dans les maisons du moyen
rang, en Angleterre et en Allemagne ;
mais aujourd'hui le fauteuil « *du Roi Dagobert* (1) » courrait le risque d'être dis-
gracié, même par le plus zélé « *voltigeur*, »
qui lui préfèrerait la « *dormeuse* » moderne, avec son agréable courbure, son
dossier bien rembourré, et ses coussins
de fer plus doux que le duvet, qui est
maintenant à la disposition de chaque
membre de la famille. En tout ce qui

(1) Le fauteuil « *du bon Roi Dagobert* » est peut-
être un des meubles les plus anciens et les plus curieux
de l'ère chrétienne. La forme en ressemble à celle de la
chaise curule des Romains. Les pieds en sont plus anciens et mieux travaillés que le reste du fauteuil ; mais
la tradition attribue cet ouvrage aux saintes mains de
saint Éloi. Il fut conservé pendant des siècles dans le
trésor de l'Abbaye de Saint-Denis, et fut doré de nouveau dans le temps de l'Abbé Suger. En août 1804, il
fut porté à Boulogne pour la distribution des croix de
la Légion-d'Honneur, et une médaille, frappée à cette
occasion, représente le Charlemagne moderne assis sur
cette relique « *du bon Roi Dagobert*. » Ce fauteuil, avec
d'autres antiquités, est maintenant placé dans la « *Bibliothèque du Roi*, » à Paris. NOTE DE LADY MORGAN.

concerne les aisances de la vie, la sagesse de nos ancêtres était évidemment en défaut.

Les deux fauteuils les plus intéressans qui existent sont celui de Shakspeare, qui était naguère en la possession de Mistress Garrick, et celui de Voltaire, qui était près de la cheminée, dans l'hôtel de Villette, rue de Vaugirard, quand je le vis pour la dernière fois en 1820. Les fauteuils d'inauguration des O'Neals, des O'Donnels et des O'Briens, fourniraient aux recherches des antiquaires de longs articles pour le chapitre des chaises à bras, trop longs probablement pour la patience de la plupart des lecteurs.

En voilà bien assez pour la «*chaise à bras*» de la société, le «*fauteuil*» de la cour, la «*bergère* et la *chaise à dossier*» du château. Mais l'histoire du fauteuil ecclésiastique, — du siége épiscopal, — avec tous les droits qui y sont inhérens, et qui se rattachent aux devoirs divins et priviléges éminens de celui qui l'occupe,

est un objet de bien plus grande importance. En quel lieu et de quelle manière
les princes de l'Église devaient siéger sur
leur trône en présence de leur troupeau
prosterné, ce fut ce qui attira l'attention
du clergé dès les premiers siècles du
christianisme; et à peine les premiers
chrétiens furent-ils sortis des souterrains
et des retraites d'où étaient émanées tant
de vérités saintes, qu'on tint des conseils,
et qu'on promulgua des canons pour déterminer la place, la position et la matière
des siéges des évêques et du clergé. Vin-
rent alors l'*absis* et le *faldistorium*, ou
siéges de parade, employés dans les fonctions pontificales, et ensuite les trônes
épiscopaux, et les chaises patriarchale et
papale de Rome, symboles de puissance
terrestre et d'orgueil spirituel, qui devinrent des objets d'ambition et de querelle,
qui furent réclamés et contestés, comme
le pauvre fauteuil mondain, par des prin-
ces-évêques, qui dans les premiers siècles se contentaient d'un siége de bois,
mais qui, avec le temps, occupèrent des

siéges aussi élevés et aussi splendides que les trônes des rois.

Les ruines de l'ancien trône épiscopal de la fameuse cathédrale de Rouen, qui florissait dès le quatrième siècle, sont maintenant oubliées et ont fait place au luxe d'un fauteuil magnifique, ou *faldistorium*. L'histoire de l'origine et des progrès du siége de l'Évêque, tel qu'on le voit dans son église cathédrale, depuis le premier Évêque de Cantorbery qui y occupa humblement son siége de bois, jusqu'au dernier que la grâce divine a appelé à en remplir le trône somptueux (1), jetterait en elle-même un grand jour sur l'histoire de l'Église d'Angleterre. « *Que de choses dans un menuet!* » s'écriait un maître à danser en extase des mystères qu'il enseignait à un élève du sang royal. « *Que de choses dans un fauteuil!* » On peut écrire tant bien que mal sur une fadaise. Une des meilleures choses que Swift écrivit jamais, fut sur un manche à balai.

(1) Voyez l'Histoire de Cantorbery, par Sommer, appendix, scriptura XVI.   NOTE DE LADY MORGAN.

L'Esprit du Siècle.

La tendance à procéder par impulsion
dans les affaires du monde est un fait curieux dans l'histoire de l'espèce humaine.
A certaines époques qui n'ont rien de
fixe, et souvent sans aucune cause bien
manifeste, le genre humain est saisi de
quelque passion soudaine et poussé avec
une ardeur presque universelle vers quelque objet particulier qui s'empare de
toutes les imaginations. L'enthousiasme
qui est ainsi allumé parcourt tous les
rangs, domine sur tous les caractères, et
donne un même ton et de mêmes dispositions à des générations entières, jusqu'à
ce que épuisé par ses propres efforts il se
calme peu à peu pour faire place à d'autres caprices plus nouveaux. C'est là ce
qui constitue l'esprit du siècle; — sujet

important de considération pour le jeune
aventurier qui débute dans le monde. La
passion pour le monachisme, celles pour
les croisades, pour la réformation religieuse, pour la philosophie, pour l'économie politique, etc., etc., en sont des
exemples assez notoires, pour ne rien dire
d'un grand nombre d'impulsions d'un
genre inférieur qui ont agité les nations,
comme la manie des actions de la mer du
Sud, celles des tulipes, du mesmérisme,
de la crânologie, etc., qui tour à tour ont
tourné la tête des hommes, et ont en
quelque sorte formé un épisode dans
l'histoire de notre race.

Ce penchant sympathique de notre nature peut avoir entraîné quelquefois certaines portions de la race humaine dans
des absurdités, mais ce n'en est pas moins
le grand ressort du perfectionnement,
— le pouvoir qui sert de contre-poids à
l'autorité et à l'exemple du passé. Sans de
tels « *engouemens* » soudains, le monde
ne quitterait jamais les sentiers battus, et
l'esprit public resterait à jamais dans un

état de stagnation semblable à celui qui a
régné parmi les Turcs depuis que leur
enthousiasme militaire et religieux s'est
refroidi. De même que l'impulsion d'un
vaisseau donne sa force au gouvernail,
ainsi l'esprit du siècle donne au génie son
efficacité. A peine pourrait-on citer un
individu éminent qui n'ait pas fleuri dans
un temps d'agitation considérable ; car
quand la grande masse du genre humain
est en repos, le talent, accablé sous le
poids de l'inertie générale, ne peut faire
que de vains efforts ; son activité excessive est à charge, ses travaux ne sont pas
compris, et s'il persiste à les poursuivre,
ils sont accueillis avec une indifférence
glaciale qui les paralyse. Avant l'avène-
ment de la maison d'Hanovre au trône
d'Angleterre, et antérieurement à la guerre
d'Amérique, il existait dans la Grande-
Bretagne une stagnation manifeste de l'esprit public, et les astres inférieurs de la
constellation de Dodsley brillaient sans
être éclipsés par l'éclat de quelque astre
du premier ordre. Pendant les luttes de

la Révolution française, au contraire, une
foule de génies du plus haut rang dans
toutes les branches de la littérature, des
sciences, des arts, des connaissances militaires et politiques, etc., etc., couvrirent
de nouveaux honneurs le nom anglais, et
firent faire à la civilisation des progrès
surprenans.

Ceux qui ont eu le malheur d'être enchaînés à la société d'une coterie dont
l'esprit n'était point analogue au leur,
aux sentimens et aux intérêts de laquelle
ils étaient étrangers, peuvent se figurer ce
que c'est que lutter contre l'esprit du siècle et soutenir son propre système contre
celui qui est généralement adopté. Un
homme a beau être convaincu de la jus-
tesse de ses propres opinions et de l'erreur du monde qui y apporte de l'opposition, il ferait mieux de se convaincre de
son impuissance et de sa nullité, avant de
se mettre en guerre ouverte avec les idées
généralement reçues. Agir avec assez de
talent pour attirer sur soi l'attention, c'est
vouloir devenir la victime marquée des

erreurs antiques et des préjugés intéressés; et pour maintenir une telle position,
il faut un caractère irréprochable et une
fermeté qui ne puisse être ni ébranlée par
le désappointement, ni déconcertée par
les sarcasmes et les reproches. Ceux au
contraire qui sont assez heureux pour
trouver dans la société dont ils font partie des sentimens et des opinions semblables aux leurs, verront que leurs cartes
peuvent se jouer d'elles-mêmes; et sans
avoir à faire des efforts extraordinaires
de travail, de talent et de vertu, ils ga-
gneront aisément la partie.

Il n'y a pas long-temps, la classe des
réformateurs n'embrassait qu'un bien petit nombre d'individus, et l'on peut se
rappeler les reproches sévères qui furent
faits à certaines personnes pour avoir
promulgué des vérités qui furent si peu
accueillies dans l'origine, mais avec lesquelles on se familiarisa bientôt, et qui
cessèrent d'attirer l'attention et la persécution. Même en ce temps de liberté de
discussion, il est plus facile et plus agréa-

ble de servir la cause du libéralisme à
l'ombre du Whiggisme, que de faire ouvertement l'aveu qu'on professe dans
toute leur étendue les principes d'une réforme dont tant de gens ne peuvent entendre parler sans tressaillir, parcequ'ils
croient y voir du danger pour leur intérêt personnel.

Les opinions du monde se composent
ordinairement de petites portions de vérité, mêlées à une masse énorme d'erreurs. D'une variété infinie de nuances, il
se forme une sorte de doctrine moyenne,
qui devient l'opinion du plus grand nombre. Autour de ce centre s'accumulent
les divers extrêmes qui représentent les
préjugés et les intérêts des corps les
moins nombreux de la société. Apparte-
nir à un de ces corps, c'est s'assurer une
tolérance proportionnée au nombre de
ceux qui la composent, et au degré de
respect qu'ils obtiennent. La même vérité
peut être avancée, avec ou sans succès,
suivant qu'elle est promulguée sous la
sanction d'un nom puissant ou inconnu.

Il est permis aux unitaires de nier ouvertement la divinité de notre Sauveur, et aux Quakers de rejeter toute intervention sacerdotale; mais ceux qu'on appelle vulgairement et assez à propos Esprits-Forts (1), sont punis s'ils hasardent une plaisanterie frivole contre l'Église établie. Les premiers, formant un corps considérable, sont en état de maîtriser l'opinion; les idées des autres, n'étant partagées que par peu d'individus, rencontrent l'opposition de tous les préjugés et de toutes les passions de la société.

Il est rare que les opinions soient reçues purement et simplement par la société; mais elles sont très souvent modifiées par des coïncidences locales et accidentelles. Par exemple, les Anglais sont plus tolérans à l'égard des Mahométans dans l'Inde, qu'envers les non-conformistes chez eux. De même aussi le parti qui rôtirait tout vivant un Catholique en Irlande, voit avec un œil de complaisance

(1) *Free-Thinkers*, littéralement, « penseurs-libres.»

le Pape rétabli sur son trône en Italie.
Comment se fait-il que le même homme
voie tranquillement celui qui professe la
même religion que lui, injurié et persé-
cuté par « *notre ancien allié* (1) » à Con-
stantinople, tandis qu'il entre en fureur à
la moindre déviation de la croyance établie en Angleterre ? C'est uniquement
parceque l'un de ces faits est d'accord avec
ses habitudes et ses intérêts, et que l'autre
en est une violation.

Le sujet de considération est donc
moins l'opinion intrinsèque qu'il s'agit
d'attaquer, que le point de vue sous lequel
elle peut être présentée, et la manière
de la séparer des intérêts qui s'y rattachent. Une attaque contre une erreur reçue doit donc ressembler à ce jeu d'enfans
qui consiste à jeter pêle-mêle un certain
nombre de petits bâtons, et à chercher
ensuite à les ramasser un à un sans re-

(1) Allusion à une phrase du discours d'ouverture
de la session du parlement d'Angleterre en 1829, où
l'on appelait l'empire Ottoman « l'ancien allié de l'Angleterre. » NOTE DU TRAD.

muer les autres. Il faut s'attacher d'abord à emporter les points détachés et isolés, s'emparer ensuite de ceux qui tiennent le moins aux autres, ne pas toucher à ceux qui sont en contact immédiat avec un trop grand nombre d'autres; et peut-être ceux-ci finiront-ils par tomber par suite de leur propre poids.

Beaucoup dépend aussi du temps et des circonstances. Quand le flux de l'opinion est très fort, un nageur expérimenté ne tentera pas de couper le courant en ligne droite, mais il profitera des contre-cou-rans et des hauteurs qui en rompent la violence; quand le reflux arrive, et que la force du courant est presque épuisée, il se jette hardiment au milieu des eaux, et arrive à son but en suivant la ligne la plus courte possible.

C'est faute de faire attention à ce fait, qu'on prend souvent mal à propos l'effet pour la cause. Les prédicateurs et les ora-teurs accusent de la Révolution française Voltaire et les philosophes qui n'étaient que les créatures du mouvement révolu-

tionnaire. Ils ne se seraient pas montrés
si hardiment, et ils n'auraient pas gagné
tant de partisans, si l'esprit du siècle n'a-
vait éminemment coïncidé avec leurs efforts, et ne les avait favorisés. Si Bacon
eût vécu dans le douzième siècle et que,
par un miracle, il eût possédé les connaissances qu'il déploya dans un temps moins
éloigné de nous, il aurait été brûlé vif,
ou du moins ses ouvrages, négligés par
ses contemporains, auraient été relégués
dans la poussière des bibliothèques pour
attendre une époque plus favorable aux
développemens de l'esprit. Wickleff était
un réformateur aussi hardi et aussi éclairé
que Luther, mais il était plus en avant
sur son siècle, et son manque de succès
fut la suite de cette différence.

En combattant l'erreur, une règle constante est de ne faire aucune attention à
ce qui est indifférent au point en question. Pour convertir un Juif il n'est pas
sage de commencer par manger du porc
avec ostentation. Laissez au Quaker la
possession tranquille de son chapeau, et

au Catholique la jouissance paisible de son *hareng rouge*. Dans le même esprit il est bon d'appuyer la vérité sur l'autorité des exemples; car, quoique la pure raison soit le meilleur argument, cependant l'exemple ne heurtant pas les préjugés de l'auditeur se trouvera encore plus utile. Il y a des milliers de gens qui rejetteraient la doctrine de la nécessité philosophique si on la leur proposait toute nue; et qui l'adopteraient volontiers si elle était déguisée sous le masque de la grâce et de la prédestination, uniquement parcequ'on peut citer quelques noms imposans en faveur de cette dernière opinion.

Les intérêts et les passions de ceux qui peuvent être ennemis d'une réforme quelconque ne sont pas toujours en jeu au même degré. Il y a des milliers et des dizaines de milliers de personnes qui admettront un principe jusqu'à un certain point; et arrivés à ce point, le principe commence à agir sur eux-mêmes. A peu d'exceptions près, tout le monde commence à se réconcilier avec la liberté du

commerce dans toutes les branches d'industrie, — sauf celle dont on fait profession soi-même. Il est donc dangereux de
porter tout d'un coup un principe à l'extrême; plus il est porté loin, plus il ex-
cite d'alarmes, et moins on a honte de le
combattre par une force brute d'opposition. D'ailleurs, dans toutes les querelles,
l'homme modéré réunit autour de lui tous
ceux qui ne pensent et qui ne sentent
qu'à demi, — faction puissante, embras-
sant tous ceux qui sont trop indolens
pour s'instruire, ou trop corrompus pour
désirer un perfectionnement pratique dans
toute son étendue. Un moyen terme offre
à de tels personnages une retraite qui leur
convient; et en neutralisant leur opposition, on gagne du temps et l'on se donne
du champ. Il est possible que ce ne soit
pas toujours agir d'une manière très franche; mais si le système *cosi al egro* est
admissible dans l'art oratoire, on peut
aussi bien le justifier quand il s'agit des
grands intérêts de l'espèce humaine. Le
nombre de ceux qui envisagent une ques-

tion dans son entier est fort limité; les
exemples spéciaux produisent plus d'effet
sur la multitude.

En fait de science, rien n'est isolé, et
l'établissement d'une vérité est le détrô-
nement de plusieurs erreurs. A l'égard
des erreurs, il vaut mieux les attaquer en
détail, et attendre le développement gra-
duel d'un esprit public croissant, avant
de vous hasarder à vous avancer à un
point jusqu'auquel votre siècle n'est pas
préparé à vous suivre. Chacun admet que
la justice et la bonté sont des attributs
essentiels de la divinité, mais celui qui
voudrait tirer de cette vérité abstraite
toutes les conséquences qui en résultent
nécessairement, mettrait au jour une telle
masse d'inconséquences et d'absurdités,
qu'il réunirait contre lui toutes les forces
du grand nombre, et s'assurerait la palme
du martyre, sans faire avancer d'un seul
pas l'opinion publique. Marchez donc
comme le limaçon, les cornes en avant
pour sonder le terrain; et par une halte
faite à propos, réservez-vous le privilége

de n'avoir jamais à combattre plus d'adversaires à la fois que vous ne vous sentez en état d'en terrasser. Les retraites honteuses sont une source effrayante de dangers; car « *un coup manqué* » est suivi d'une révulsion dans l'opinion qui peut exiger le laps d'une génération pour y remédier.

Un point de prudence également recommandable, c'est d'éviter d'entreprendre trop de réformes en même temps. Voltaire s'est montré plus sage à cet égard que Rousseau, qui a dirigé à la fois ses attaques contre les abus religieux et politiques. En respectant la noblesse tandis qu'il attaquait le clergé, Voltaire a obtenu l'influence utile qu'il exerce même aujourd'hui sur l'état des choses en France. Les Jésuites comptent en ce moment, parmi l'ancienne noblesse, beaucoup d'adversaires qui ont puisé dans cet écrivain leurs opinions sur le gouvernement de l'Église, uniquement parcequ'il a respecté les prétentions de la classe dont ils font partie. Dans le champ de l'argument,

comme sur le champ de bataille, si l'on
étend trop ses lignes, il en résulte une faiblesse proportionnée sur tous les points.

Il y a pourtant un cas dans lequel
une méthode contraire est plus utile;
et c'est lorsque l'esprit public n'est
fortement prononcé dans aucun sens, et
que l'opinion est dans un état de
stagnation. Dans de pareils instans, plus
la nouveauté qu'on propose est éton-
nante et extraordinaire, plus il est probable qu'elle fera impression. Les exemples tirés de l'autorité du passé sont
renversés et anéantis par un choc qui
dérange toutes les idées habituelles, et
l'on fait naître un enthousiasme inattendu
qui commence une nouvelle époque dans
l'histoire des nations. Ce fut dans cette
situation que la révolution d'Amérique
trouva son siècle, et que les ouvrages
politiques de Thomas Payne produisirent
un enthousiasme qu'un écrivain moins
hardi et moins profond n'aurait jamais
excité. Dans toutes les circonstances,

les opinions extrêmes ont le mérite de
mettre en mouvement toute la partie pen-
sante du public : mais quand on les ré-
pand « *mal à propos*, » c'est avec la cer-
titude d'un naufrage pour ceux qui veulent
les propager; et il en résulte souvent un
flux et un reflux d'opinion qui peut exiger plus de temps et des moyens plus
étendus qu'il n'en aurait fallu pour arriver au but qu'on se propose, par une méthode plus douce et des voies plus détournées.

Ces remarques expliqueront les succès
partiels d'écrivains qui ont mieux réussi
dans certain siècle et dans certain
pays que dans d'autres. Newton et Locke
furent admirés en Angleterre long-temps
avant qu'ils obtinssent la vogue sur le
continent ; mais depuis peu Locke a été
plus à la mode chez l'étranger que chez
nous, parceque l'esprit du siècle, se diri-
geant en sens contraire, a fait rétrograder
l'Angleterre vers le despotisme en politique et vers la mysticité en religion, au

lieu que, dans les pays étrangers ; il a
coulé à plein canal vers la raison et le libéralisme. Il est maintenant devenu à la
mode de mettre en question le principe
fondamental de Locke, non parcequ'une
idée innée peut être amenée en témoignage contre lui, mais à cause de certaines
conséquences supposées, auxquelles on dit
que son principe conduit.—Et cela arrive
dans le dix-neuvième siècle ! De même
Beccaria, Filangieri et d'autres écrivains
sortis du même moule, n'ont jamais obtenu en Angleterre la même réputation
que parmi leurs concitoyens; tandis que
Bentham, qui est dans sa patrie un objet
de sarcasmes et un homme suspect, est ad-
miré sur le continent comme un vrai prophète en législation. Un changement dans
l'esprit du siècle opère en ce moment (1821)
une révolution analogue dans la réputation des écrivains du siècle d'Auguste de
la France. Ils perdent beaucoup parmi
leurs concitoyens de leur ancienne popularité, ou plutôt de l'idolâtrie dont ils

étaient les objets; et ils font place à des
auteurs dont les idées et les manières sont
plus d'accord avec l'état actuel de l'opinion publique.

Les hypocrites et les gens de mauvaise
foi connaissent parfaitement ces vérités,
à moins que ce ne soit l'instinct aveugle
de la cupidité qui les conduise au but que
veut atteindre leur corruption. Mais, en
général, les réformateurs les ignorent ou
n'y font aucune attention. L'enthousiasme
qui conduit l'avant-garde de l'opinion
ne permet que bien rarement l'adoption
de mesures purement prudentes; et l'esprit élevé, dévoué à la vérité, se refuse à
tout ce qui a l'air d'un compromis, comme
si c'était une dégradation. Ceux qui pro-
posent les premiers des innovations utiles
sont donc ordinairement victimes de leur
zèle. Ils remportent l'honneur de la victoire aux yeux de la postérité, mais en
attendant ils sont renversés, et leurs corps
forment un pont sur lequel les esprits
plus prudens d'un temps à venir passent

en triomphe pour arriver au but qu'ils
avaient en vue. Ce fut ainsi que Romilly (1)
passa sa vie au milieu des désappointemens et des contre-temps, pour que M. Peel
pût recueillir le fruit de ses travaux; et
c'est ainsi que l'archevêque de Cantorbery
jouit d'un revenu splendide, pour prêcher la doctrine qui a fait brûler Latimer
et Ridley.

(1) M. Romilly avait proposé plusieurs réformes
dans les lois anglaises, toujours inutilement; et depuis
sa mort M. Peel en a fait adopter une partie.

NOTE DU TRAD.

La Clef de la Bibliothèque.

« Casa mia, casa mia,
Piccolina che sia,
Tu sei sempre casa mia (1). »

Où les Italiens ont-ils pris ces jolis
vers, eux qui n'ont pas de *casa piccolina*,
et dont la maison est une loge à l'Opéra ?
Moi j'en ai une qui répond précisément
à l'idée exprimée dans ces lignes, et je
l'aime outre mesure. Quoique quelquefois
charmée de la quitter, j'y retourne toujours avec satisfaction. Je n'ai jamais connu
que des femmes inconsidérées et méprisables qui ne trouvassent pas un véritable plaisir à s'acquitter des devoirs domestiques; et quoiqu'on puisse quelque-

(1) Ma maison, ma maison! quelque petite que tu
sois, tu seras toujours ma chère maison.

NOTE DU TRAD.

fois être portée à laisser derrière soi
« *tous ses maris et tous ses enfans*, » comme
le dit Madame de Coulanges, cependant
une vraie femme en revient toujours avec
plaisir et fierté au tracas affairé de la législation domestique, qui lui donne de
l'importance à ses propres yeux. Les
grands ne doivent pas connaître ce sentiment aussi bien que ceux dont la fortune n'est pas d'accord avec leurs goûts
et leur position, et les Bas-Bleus, dans
tous les rangs, affectent d'avoir une âme
élevée bien au-dessus des casseroles. Mais
nous autres qui sommes du métier, et
qui avons pris place comme prétendant
aux honneurs et aux émolumens de la
profession d'auteur, rien ne nous force à
une pareille affectation.

« Un des avantages d'avoir de l'esprit, »
dit Swift, « c'est la permission de dire
des bêtises ; » et l'un des priviléges d'une
femme-auteur qui n'a plus un nom à se
faire, c'est qu'elle peut faire elle-même
son pouding, si bon lui semble. Quant à
moi, le ciel m'a créée cuisinière ; mais je

reviendrai plus tard sur ce sujet. Cependant ce qui me manque le plus quand je quitte ma maison, ce n'est pas ma « *batterie de cuisine*, » c'est ma bibliothèque. Ce n'est pas qu'elle soit aussi considérable que celle d'Alexandrie, ou aussi curieuse que celle du Vatican ; mais c'est précisément ce genre de bibliothèque dont Madame de Sévigné dit : « Vous ne pouvez porter la main sur un volume sans éprouver le désir de le lire tout entier.

Madonna mia! comme je connais l'odeur d'une bibliothèque de campagne ! Étant auteur, par suite de l'indignation divine, on s'imagine que je ne fais que lire et écrire, « manger du papier et boire de l'encre, » comme le dit Sir Nathanail; et l'on veut bien regarder comme l'histoire de ma vie ce qui n'en est qu'un épisode. Il arrive souvent qu'avant que j'aie fait connaissance avec la moitié des rosiers, que j'aie senti les géraniums, et que j'aie rafraîchi mes poumons par l'air délicieux, que j'aie quitté la ville pour res-

pirer, on me présente la clef de la bibliothèque. — Je penserais aussitôt à mettre
sous clef mes sonnettes que mes livres,
car le grand mérite des unes comme des
autres c'est d'être toujours sous la main.
Je tourne et retourne donc ladite clef
dans la serrure rouillée; et, « *ouf!* » quelle
poussière et quelle odeur de moisi quand
la porte s'ouvre! Ensuite que de recherches il faut faire pour trouver quelque
chose qu'on puisse lire en moins d'un an!
Chaque centaine de volumes ne comprend
guère que six à sept ouvrages, car les bibliothèques de campagne se composent
d'in-folios, d'in-quartos, ou de grands in-
octavos tout au moins, si ce n'est qu'on y
voit çà et là quelques volumes gros et
courts, de vrais billots, qu'on ne saurait
classer sous aucun genre de format; et
chaque ouvrage a dix ou quinze volumes.
La raison en est que les bibliothèques de
campagne descendent ordinairement de
père en fils, et ont été formées par la sagesse des ancêtres de la maison de campagne, pour se donner un air de distinc-

1. 26

tion. Elles consistent en ce qu'on appelle
des ouvrages d'élite, — des ouvrages qui
laisseraient le monde stationnaire tel qu'il
est jusqu'à la fin des temps, — composés
et achetés dans un temps où les connaissances, au lieu d'être données comme aujourd'hui en gouttes essentielles, se pe-
saient à la livre ou se mesuraient à l'aune.
La concentration en toutes choses, — le
rejet de la lie, et la préférence donnée au
pur élément, est la véritable preuve d'excellence; et il en est à présent en littérature comme en médecine, au lieu de nous
gorger d'une pinte de boue de quinquina,
— tout vin de Porto que ce puisse être,
— nous avalons quelques gouttes limpi-
des de quinine sans faire de grimaces et
sans être obligés de reprendre haleine. Il
fallait autrefois consacrer toute sa vie à
écrire un seul ouvrage, et en employer la
moitié à le lire. Parlez-moi des « *Histoires
de Rollin*, » et des « *Voyages autour du
monde*, » et des « *Clélie*, » et des *Cassandre*, » et des poèmes en cinquante-neufs
chants, et des « *Pensées sur rien*, » in-

folio, et des lourds sept volumes de « Sir Charles Grandisson!»

Denon, dont l'ouvrage sur l'Égypte, empreint, comme il l'est, de « *la touche fine et spirituelle*» qui caractérise cet auteur, est un bel exemple du véritable style moderne, Denon était la personne du monde que j'aie jamais connue, excepté moi, qui pouvait supporter le moins patiemment la lecture d'ouvrages volumineux. C'était un sujet constant de rire et de critique entre nous. Un soir que je m'appuyais sur son bras, à une soirée chez le prince de Bauveau, l'excellent et estimable M. S—, en passant près de nous, lui marcha sur le pied. Il se retourna vers moi avec un air de souffrance, et me dit : «*Ah! ma chère petite, les dix-huit volumes m'ont tombé sur le pied!*» Et cependant j'ai paru sous la forme de deux volumes in-quarto plus pesans que moi, et d'aussi grande taille. Mais je suis aussi innocente de cette grandeur présomptueuse que du Talmud. Trois petits volumes in-octavo ont toujours été les bornes

de mon ambition comme auteur. Tout ce
qui va au-delà, il faut en accuser mes éditeurs plutôt que moi.

Je dois pourtant faire une exception.
J'avais d'abord écrit ma « Novice de
St.-Dominique » en dix volumes d'assez
bonne taille, que je réduisis ensuite à sept
avec beaucoup d'humilité, comme je le
pensais. Avec ces sept volumes, — qui
formaient de beaucoup la partie la plus
lourde de mon bagage, — j'arrivai à Londres, et je me présentai à Sir Richard
Philips, qui me conseilla de reprendre
mon manuscrit, comme une bonne fille,
et de le réduire en cinq. « Monstre insa-
tiable! un seul ne suffirait-il pas? » Je fis
de nouveaux retranchemens; et quand je
reportai à Sir Richard les feuilles de la
Sybille, il me pria encore de réduire à
quatre le nombre des volumes. C'en était
trop; quoique je croie véritablement en
ce moment que les égards de l'éditeur
pour mon amour-propre l'empêchèrent
seuls de demander qu'il fût réduit à deux,
ce qu'il aurait peut-être dû faire. Quoi qu'il

en soit, l'ouvrage réussit, en dépit de sa masse, et il obtient encore la préférence sur mes productions plus légères et de meilleur acabit, du moins dans l'opinion de mes contemporaines, les Dames d'un certain âge, qui en ont lu les pages nombreuses quand elles étaient aussi jeunes que celle qui les avait écrites, et qui attribuent encore leurs premières impressions favorables au mérite d'un ouvrage qui ne pouvait se vanter d'en avoir beaucoup.

L'extrême jeunesse, comme l'extrême vieillesse, aime naturellement à parler. Si la vieillesse est verbeuse parceque sa mémoire est bien remplie, la jeunesse l'est aussi par suite de la force et de la nouveauté de ses sensations. D'une autre part, la jeunesse ne soupçonne ni les plagiats qu'elle fait, ni les choses usées qu'elle répète. Elle ne pense pas qu'elle dit ce que tout le monde sait, et ce dont personne ne se soucie. Le secret, le grand secret, que « *l'art d'ennuyer est l'art de tout dire,* » et qu'épuiser un sujet ce n'est pas

le traiter, est inconnu aux jeunes gens,
qui savent si peu et qui sentent si bien.

Quand j'écrivais « la Novice, » deux volumes ou dix étaient la même chose pour
moi. Mais il faut que je réserve pour une
autre occasion mon histoire comme auteur; elle ferait rire un chat; hélas! elle
m'a fait souvent pleurer!

Apothicaires.

A propos de quinine, de cette jolie et
élégante drogue, qui ressemble à des diamans distillés, ou à l'eau limpide qui coule
entre les rives fleuries de mon cher Kil-
fane; ces inventions de quintessences ne
laissent pas que de faire tort au métier de
pharmacien. Quand on cesse de prendre
médecine à la pinte, adieu messieurs les
apothicaires. C'est ce qu'avoua dernière-
ment avec beaucoup de naïveté un homme
de cette profession, qui allait la quitter
pour établir une brasserie considérable.
Quelqu'un lui demandant le motif de ce
changement, il répondit : « Le public ava-
lera maintenant mes drogues dans de
grands pots, et non dans de petites fioles. »
Combien de professions dépendent de
l'ignorance du siècle dans lequel elles fleu-

rissent ! Dans le moyen âge, les boutiques
des apothicaires contenaient des marchandises de toute espèce ; et en Angleterre,
ils eurent long-temps le commerce exclusif des vins. En Italie, où l'on retrouve
tant de traces du moyen âge, on nomme
encore à présent l'apothicaire *speziale,*
ou marchand d'épices. Quand nous étions
à Como, nous achetions dans la même
boutique le thé, le sucre, les bougies,
l'huile et les médecines. Jusqu'au temps
de Jacques Ier, les apothicaires de Londres ne formaient point un corps distinct;
ils faisaient partie de celui des épiciers.
Il est probable que l'humanité gagna peu
à ce changement ; car un métier, quand
il devient un mystère, n'en rend que plus
facile de se jouer de la crédulité naturelle
aux hommes. Le transvasement d'une bouteille dans une autre est un tour qui ne
perdit rien de sa subtilité entre les mains
de gens qui s'arrogeaient le droit d'admi-
nistrer par gallons les potions qu'ils composaient eux-mêmes.

Rabelais, soit dit en passant, était fils

d'un apothicaire, qui était Seigneur de la
Devinière. Croira-t-on que ce Seigneur
féodal de terres ait été apothicaire dans le
sens moderne de ce mot? N'était-ce pas
plutôt un marchand en gros, vendant toutes sortes de denrées?

Les Chinois, dans leur lourde sagesse,
ont, dans leurs grandes villes une coutume curieuse qui rappelle nos dispen-
saires. On élève sur quelque place publique une colonne de pierres de plusieurs coudées de hauteur; on y inscrit le
nom et le prix de chaque drogue, et quand
le pauvre en a besoin de quelqu'une, il
s'adresse au trésor public, et y reçoit le
prix de celle qu'il lui faut. Des volumes ne
pourraient mieux peindre la probité de ce
peuple. Si le trésor public, en Irlande,
était autorisé à donner ainsi aux pauvres
l'argent nécessaire pour acheter des drogues, je crois qu'au lieu d'aller à la boutique où on les vend, leurs pas se dirige-
raient de préférence vers le cabaret pour
boire du whisky. Cette annonce publique
du prix des drogues prouve aussi com-

bien l'ignorance est grande et générale
parmi le peuple, puisqu'on le regarde
comme incapable d'acheter des denrées
étrangères. Quelle différence de l'Américain moderne, qui achète non seulement
sa médecine, mais même sa théologie,
dans tel endroit et de telle manière qu'il
le juge à propos!

De notre temps les apothicaires ont
subi une grande révolution. Quant au
simple extérieur, quelle différence entre
le grave porteur d'une perruque à trois
marteaux, d'un habit complet couleur de
tabac ou cramoisi, d'une roquelaure écar-
late, et d'une canne à pomme d'ambre, qui
phlébotomisait nos pères avec l'air solennel de Gallien, et le propriétaire élégant
et sémillant d'un cabriolet dont il des-
cend légèrement pour frapper à votre
porte! Mais « la marche de l'intelligence »
a opéré encore de plus grands changemens à l'intérieur. Quiconque suit aujourd'hui cette profession doit savoir
quelque chose de son affaire; et l'apothicaire dont la branche intellectuelle de

son fond de commerce n'a pas fait les
mêmes progrès dans la carrière des améliorations, que ce qui en forme le matériel, n'a qu'une pauvre chance d'être employé. Les commerçans en médecine ont
d'abord commencé leur métier comme
sorciers; puis ils ont figuré comme prêtres; ils ont ensuite vendu en détail des
mots inintelligibles, et enfin ils sont devenus presque aussi raisonnables, presque
aussi faciles à comprendre que leurs pa-
tiens. A quoi en viendra ensuite ce siècle
de jacobinisme?

Maximes, Portraits.

Personne n'écrit des maximes maintenant. Les maximes ne conviennent pas à
l'état d'intelligence et à la littérature du
siècle actuel. Dans un temps où les connaissances étaient la propriété exclusive
d'une classe particulière, et que le genre
humain se guidait d'après les opinions des
savans, on était plus porté à régler sa
conduite d'après une règle bien établie,
qu'à se gouverner d'après ses propres réflexions. C'était le temps alors pour les
proverbes et les maximes. Maintenant on
pense soi-même, et l'on n'a pas besoin de
recette pour penser. Il est remarquable
que les plus célèbres auteurs de maximes
des temps modernes étaient des hommes
de qualité, et que leurs aphorismes s'ap-
pliquent principalement aux besoins, aux

vices et aux vertus d'une cour, dont la
fleur des auteurs de maximes a dit :
« Elle ne nous rend pas heureux, et elle
empêche de chercher le bonheur d'un
autre côté. »

Vers le milieu du règne de Louis XIV,
les maximes devinrent une rage en France.
Leur tournure élégante, piquante et épi-
grammatique les adaptait particulièrement à l'esprit du siècle et à une langue
consistant en phrases. — Toutes les coteries des hôtels de La Rochefoucauld, Carnavalet, d'Albret, etc., etc., qui compre-
naient tout le goût et tout le véritable
esprit de cette époque, en opposition à
l'hôtel Rambouillet et à d'autres « *bu-
reaux d'esprit*, » ne s'occupaient presque que de maximes. Le Duc de La Rochefoucauld publia les siennes, et laissa
bien loin derrière lui tous ses compétiteurs. La philosophie des temps plus
éclairés dut beaucoup à ce *compendium*
d'expérience pratique du monde. Helvétius y puisa sa doctrine fondamentale; et
Hume, sans reconnaître les obligations

qu'il avait à cet ouvrage, fut redevable, en grande partie de ses opinions aux dogmes qu'il y trouva.

Quelle sensation les « Maximes » doivent avoir produite à Versailles, quand elles furent publiées pour la première fois, et que chacun s'écria :

« C'est contre moi qu'est décoché ce trait ! »

Mesdames La Fayette, Sévigné, Coulanges, Cornuel, et autres femmes beaux-esprits qui entouraient le fauteuil du cavalier brillant, mais alors goutteux, de la belle de Longueville, virent l'ouvrage en manuscrit long-temps avant qu'il fût imprimé, et probablement suggérèrent à son illustre auteur quelques unes de ces maximes poignantes auxquelles « la finesse » d'une femme semble avoir prêté sa délicatesse et son amertume. Ce fut sur ce même manuscrit que la famille La Rochefoucauld publia, il y a quelques années, une superbe édition de cet ouvrage, dont l'éditeur fut feu M. Suard, secrétaire perpétuel de l'Académie. Il m'a assuré non seulement que l'ouvrage avait été imprimé d'après cet échantillon précieux d'autographie, mais qu'il avait en outre été aidé dans ses travaux comme éditeur par un exemplaire de la première édition, chargé de corrections de l'auteur, de ratures, et de notes marginales.

Un matin, à Paris, comme j'étais à lire une lettre de Madame de Sévigné, datée de l'hôtel de La Rochefoucauld, le comte Gaëtan de La Rochefoucauld fut annoncé. J'étais tellement enfoncée dans la coterie du faubourg, que je tressaillis, m'attendant presque à voir le coadjuteur avec lui. « Je vous apporte « *une petite étrenne,* » me dit-il. Et il me présenta les œuvres d'un de ses plus illustres ancêtres. — Me voilà donc formant un anneau de la chaîne avec des temps et des personnes qui s'étaient emparés de si bonne heure de mon esprit et de mon imagination, au milieu des incidens de mes études diverses, entreprises sans guide. Il y a dans un nom illustre de l'histoire une magie à laquelle ni opinions démocratiques, ni principes ne peuvent résister, à moins qu'on ne soit sot et illettré; et il est à la gloire de quelques unes des plus grandes familles de France qu'elles comptent parmi leurs ancêtres quelque personnage célèbre par de grands talens et un esprit élevé, et qui rachètent l'odieux qu'attachaient à leur classe les vices et la bassesse de la majorité des êtres dont elle se composait.

.Avant que la mode d'écrire des maximes se fût passée, celle de faire des portraits prit la vogue; chacun écrivit le portrait de chacun. Deux des meilleurs portraits existans sont ceux du Cardinal de Retz, par son ancien ennemi, et depuis son ami, le Duc de La Rochefoucauld; et de Madame de Sévigné, par Madame de La Fayette, « *La grande princesse,* » Mademoiselle de Montpensier, avec sa manière vulgaire, grossière, mais naturelle, nous a laissé un grand nombre de portraits contemporains dans ses Mémoires amusans. Toutes ses esquisses de Charles II dans sa jeunesse, quand il lui faisait la cour, sont admirables, quoi-

qu'elles ne ressemblent guère au Cavalier
franc, généreux et dévoué, qui figure en
Roi-héros dans un des romans de Sir Walter Scott. Son ignorance complète de ses
propres affaires, — sa passion pour les
chiens et les chevaux, sa folie de passer
tout son temps à apprendre à danser le
triolet (1), ce qui, joint à son refus d'un
plat d'ortolans pour se jeter sur une pièce
de bœuf et une épaule de mouton, la dé-
termina enfin à le refuser, — sont d'admirables traits de caractère et de mœurs (2),
et présente un portrait plus fidèle de ce
Roi frivole, débauché, et « mangeur de

(1) « Je vous vois ici avec douleur dansant le triolet,
et vous divertir lorsque vous devriez être en lieu où
vous vous fissiez casser la tête, ou vous remettre la couronne sur la tête. »   NOTE DE LADY MORGAN.

(2) « Je conçus de lui une fort mauvaise opinion,
d'être roi à son âge, et n'avoir aucune connaissance des
affaires. Ce n'est pas que je n'eusse pas là dû reconnaître mon sang. Les Bourbons sont gens fort appliqués
aux bagatelles et peu solides. Il ne mangea point d'ortolans; il se jeta sur une pièce de bœuf et sur une épaule
de mouton, comme s'il n'y eût eu que cela.

CITATION DE LADY MORGAN.

mouton, » qu'aucun qu'on puisse citer.
La raison en est qu'il fut tracé d'après nature, sans esprit de parti, et sans songer
à la postérité.

Sous le gouvernement du Régent, le
duc d'Orléans, un ouvrage intitulé « Galerie des Peintres » réunit tous les « portraits » du temps, sans merci pour les originaux, ce qui lui fit avoir une vogue
considérable. Un des plus beaux et des
plus charitables ouvrages de ce genre que
je connaisse, est encore, je crois, manuscrit. L'auteur est la célèbre Madame Albrizzi, de Venise, dont j'ai eu le plaisir
de faire la connaissance à Padoue, qui
fait des portraits parlans et qui sait en
écrire, — art aussi rare que charmant. La
galerie Albrizzi est enrichie des portraits
des personnages les plus éminens du dernier demi-siècle. Son ami, et autrefois son
admirateur dévoué, Denon, y a trouvé
une place distinguée, « *bien encadré;* »
en retour, il a gravé un portrait de Madame Albrizzi très ressemblant, et digne
de son beau modèle. Il m'en a envoyé une

épreuve quelques semaines avant sa mort,
et y en a joint une du sien.

Lady Caroline Lamb fut accusée d'a-
voir fait le portrait de Lord Byron dans
Glenarvon, quoique « *en beau.* » Un jour,
à un dîner à Copet, Madame de Stael s'a-
dressant à Lord Byron, lui demanda
« *sans façon,* » à sa manière, à travers la
table : « Est-il vrai, Mylord, que vous
soyez l'original de Glenarvon? » — « Cela
se peut, » répondit-il, « mais je n'ai jamais posé pour le portrait. »

Tous ceux qui écrivent des romans
sont maintenant accusés de faire figurer
leurs amis et leurs ennemis dans leurs ouvrages. Nuls liens du sang n'écartent ce
soupçon. Personne n'en a été accusé plus
que moi, et personne ne le méritait moins.
A l'exception de quelques personnages
publiquement connus, qui sont de bonne
prise, toutes mes esquisses ont été puisées
dans l'espèce ou dans le genre, et nulle
n'a jamais été copiée sur un individu. Je
crois pourtant que je pourrais faire un
portrait d'après nature si je voulais m'en

mêler. — « *Voyons :* » — Ma chère amie, Mistress M—, est une de ces femmes qui... mais non; je réserverai ma chère amie, comme les chasseurs gardent des renards en sac, et je la lâcherai dans une occasion plus favorable pour lui donner la chasse.

Ressemblance des Hommes aux Animaux.

Les chances de mon livre de visites m'amenèrent ce matin deux créatures si jolies, si brillantes, si semblables à des oiseaux, que je crus qu'elles s'étaient échappées d'un groupe d'échantillons d'oiseaux du tropique qui étaient dans un coin de l'appartement, et auxquels ils ressemblaient beaucoup. Ces deux êtres, mâle et femelle, en offraient le bec, le beau plumage, la forme élégante; il n'y avait

pas un son mélodieux dans leurs voix dis-
cordantes, pas une seule idée dans leur
tête vide, et ils se mirent à gazouiller et
à jaser à l'envi , avec tout le bruit et toute
la volubilité des oiseaux et des ennuyeux.
Ils ne s'étaient jamais vus, et mutuellement excités, mutuellement satisfaits l'un
de l'autre , ils se lissèrent réciproquement
les plumes avec tant de grâce, que je dé-
sirais véritablement les prendre sous un
filet et les enfermer dans une même cage,
pour ajouter à ma collection de curiosités, naturelles ou contre nature.

Ces deux êtres ne peuvent jamais avoir
de principes de conduite, car la nature
leur a évidemment refusé le jugement.
Ces têtes semblables à celle d'un oiseau,
avec leur bec disproportionné, et le re-
poussement en arrière de la partie infé-
rieure de la face humaine, produisent
toujours une folie qui n'écoute qu'elle-
même, une obstination qui vient de l'im-
possibilité de recevoir une impression.
Un de mes jolis hôtes a récemment donné
une forte preuve de ce caractère imper-

turbable. Les personnes qui ressemblent
aux animaux, manquent ordinairement
d'intelligence. Les hommes qui ont le
front bas et étroit du boule-dogue préfè-
reront Mendoza à Coke commentant Litt-
leton (1), et vous aurez beau les faire figurer au barreau ou dans la chaire, ils
vivront et mourront en boxeurs, sinon
en se servant de leurs poings, du moins
en devenant un tourment perpétuel pour
leurs amis par leur caractère querelleur.

Les hommes qui ressemblent à des sin-
ges, — et j'en connais plusieurs, — et
qui ont de petits yeux rapprochés l'un
de l'autre, sont en général des fripons;
du moins ils sont extrêmement malins;
mais c'est cette malice qui est dépourvue
de sagesse, — précisément cette espèce
d'intelligence qu'on attribue à l'animal
amusant auquel ils sont semblables. Ceux
qui ressemblent au cheval, peuvent réussir par la force de leur volonté dans cer-

(1) Le premier est un fameux boxeur ; les deux autres sont des jurisconsultes célèbres.   NOTE DU TRAD.

taines carrières qui exigent plus de per-
sévérance d'esprit que de développement
d'intelligence. Mais l'homme à figure de
cheval ne pourra jamais avec vérité répondre affirmativement à la question que
le pauvre Mathurin (1) avait coutume de
faire à ceux qu'il voyait pour la première
fois : « Êtes-vous intellectuel ? »

Je crois que c'est un fait admis en physique, que l'extrême développement de
la face humaine qu'on remarque dans la
physionomie de nos amis à visage de cheval , a toujours lieu aux dépens du cerveau , car le cheval est un animal très
stupide, quelque bien dressé qu'il puisse
être. Fiez-vous à votre chien , à votre
chat, à votre mulet, à votre âne, — animal très calomnié, soit dit en passant ; —
mais méfiez-vous de votre cheval. Qu'on
le dompte, qu'on le dresse, qu'on lui mette
une bride et un mors , on ne doit jamais
s'y fier. Si j'étais chargée de choisir ceux
à qui doit être confié le destin d'une na-

(1) Auteur de Melmoth.

tion, mon choix ne tomberait jamais sur un homme ayant une ressemblance marquée avec une espèce quelconque de la race des brutes. Il doit, de manière ou d'autre, leur manquer quelque chose du moral. La tête d'un oiseau n'est pas seulement une défectuosité morale, c'est positivement une difformité physique. La tête d'un cheval n'en est pas une, mais elle offre évidemment une organisation d'un genre très inférieur. Avant que le peuple, qu'un grand homme d'État, un philosophe, a comparé à des porcs, et a appelé une troupe de pourceaux, choisît ses représentans, je voudrais que les candidats fussent soumis à l'examen d'un comité de physiologistes, d'anatomistes, de médecins et de chirurgiens, tous du premier mérite.

Tout cela peut manquer de bon sens, mais c'est ce que « je sens. » *Tale quale*, je le donne comme je l'éprouve. « C'est une chose fort commune, Monsieur, mais c'est une chose qui m'appartient, » comme dit Touchstone; et ainsi donc, la voilà.

Mes Critiques.

« Tout ce qui s'attache à la peau des malheureux gens de lettres.   *Figaro.*

Il n'y a rien de si drôle que la manière
dont on rédige quelquefois le compte
rendu d'un ouvrage, — dont on prépare
l'accusation, — dont la sentence de mort
est prononcée par le redoutable « nous, »
contre de pauvres auteurs comme moi,
qui ont eu leur petit succès, non seulement sans « l'assistance métaphysique »
des journalistes, mais positivement en dépit de leurs foudres.

Ce fut ainsi qu'on rendit compte de
« Salvator Rosa. » Le grand éditeur bien
connu d'une grande « Revue, » en distri-
buant leur tâche aux petits inconnus qui
écrivent sous lui, en envoya un exemplaire
à un certain Cockney libéral, le Lycurgue

et le Solon de la cité de Londres, pour le
mettre en pièces. Le livre, ainsi envoyé
à la boucherie par le grand-maître, tomba
entre les mains de quelqu'un qui en in-
forma l'auteur. La besogne était toute
taillée ; des paragraphes étaient marqués,
des passages soulignés, et les marges chargées de notes contenant des axiomes de
critique. — Le tout devant servir de guide
au journalier de Londres, qui connaissait
Salvator et les beaux-arts à peu près aussi
bien que l'intérieur de Devonshire-house
ou du Vatican : mais n'importe. « *Puisqu'il suffisait en ce temps-là d'avoir la figure d'homme pour se mêler de critiquer,* »
il se mit en besogne, et fit, comme par
ordre, un long article bien ampoulé, plein
d'amertume, de faux exposés, et de fausses
interprétations. Mais alors « un doute fâcheux s'éleva » dans son esprit, un doute
dont la tendance était moins concluante
que celui de « l'ermite » de Parnell, mais
portant sur un point qui touchait plus
immédiatement l'intérêt personnel. Le
critique par commandement n'était pas

seulement un journalier aux gages du
grand éditeur d'Édimbourg, il était aussi
sur la liste de ceux que M. Colburn appelle « mes auteurs; » et comme la femme,
auteur de « Salvator, » était la reine-
abeille de la ruche d'auteurs de M. Colburn, on ne pouvait savoir comment il
prendrait la chose, et jusqu'à quel point
il se trouverait offensé d'une attaque dirigée contre sa reine-abeille, et qui pourrait nuire à la vente d'un ouvrage dont
la mise au jour lui avait coûté une somme
considérable. Pour se mettre l'esprit en
repos, « *l'exécuteur des hautes œuvres* »
du grand-justicier littéraire d'Édimbourg
porta son article chez M. Colburn pour le
lui montrer. Mais à l'instant où il lui re-
mettait son manuscrit, celle qui était le
sujet de sa critique fut annoncée ; et
comme elle avait les « *petites entrées* » du
cabinet de son éditeur, elle suivit le domestique d'assez près pour entrevoir la
longue jambe et le bas jadis blanc du
critique qui s'échappait par une autre
porte.

— « Qui ai-je effrayé ainsi? » demanda
« la petite Dame vive, » comme le *Quarterly Review* l'appelle quand il ne la
nomme pas « un odieux vermisseau.

— » Celui qui a rédigé l'article sur « Salvator Rosa, » qui doit paraître dans le
prochain numéro de la « Revue d'Édimbourg, » répondit le bibliopole.

— « Et que dit cet article?

— » Mais.... il est, au total, ... un peu
sévère; — il l'est véritablement.

— » Puis-je le voir? car le voilà : je le
reconnais par instinct.

— » Je crois que vous feriez mieux de
ne pas le lire. — D'ailleurs c'est un point
d'honneur. — Véritablement la chose est
impossible.

— » Oh! l'honneur entre voleurs!
— Mais le lui laisserez-vous publier?
car je regarde comme convenu qu'il est à
votre solde.

— » Mais.... vraiment.... c'est-à-dire, je
ne crois pas qu'il puisse faire de mal. Vous
savez que la critique de « La France » en a
fait vendre deux éditions.

— » Oh! si cela peut être utile à *votre*
vente, « *laissez-le faire.* »

— » L'ouvrage a déjà produit son effet. — Si pourtant Votre Seigneurie a
quelque objection....

— » Moi! oh, mon Dieu, non! Laissez-
le gagner son argent. — Mais, à propos,
qui est-il?

— » Qui il est? oh! je ne puis... c'est-
à-dire.... sur mon honneur, je ne puis
vous le dire; — il a pourtant de l'esprit,
— il en a véritablement, — c'est un auteur qui a eu des succès.

— » Vous ne voulez pas me dire son
nom?

— » En vérité, je ne le puis; — c'est
la chose impossible, Lady Morgan.

— » Eh bien, je vous le nommerai. »

« *Le fermier de mon talent* » ouvrit de
grands yeux.

— « En vérité, Lady Morgan, vous
ne pouvez deviner qui il est. D'ailleurs, réellement, vous.... c'est-à-dire,
si vous le deviniez, je ne vous le dirais
pas.

— «C'est M. —» Et je prononçai le nom de mon Zoïle.

— «Juste ciel! — Eh bien, réellement, vous êtes si singulière; — mais vous vous trompez, — vous vous trompez véritablement.»

Je ne me trompais pas; et je ne vois ni raison valable ni obstacle qui doive m'empêcher de dénoncer mon bourreau, qui m'a traitée avec si peu de merci, si peu de justice. Il y a quelque chose de si révoltant dans une critique injuste soudoyée, quelque chose de si dégradant dans une tâche donnée et exécutée de cette manière; elle appartient si particulièrement à la «*canaille*» de la littérature, qui met ses poignards à prix d'argent, comme des assassins plus hardis (et plus honnêtes), que l'âme s'attriste quand on voit le talent et un libéralisme prétendu déserter l'étendard de l'indépendance d'opinion pour s'enrôler dans «*la bande noire*» de critiques à gages, ou dans la troupe de louangeurs bien payés, et de panégyristes par esprit de parti. Il est

donc peut-être de l'intérêt de la littérature
et de la morale qu'on fasse connaître au
monde de semblables girouettes littéraires;
et cependant je ne puis dénoncer sérieusement même un ennemi public. Quoique
je puisse avoir encouru la vengeance éternelle de la Gazette littéraire, et « *rompu
la paille* » avec les hautes puissances du
« *Quarterly Review*, en retour des sept
péchés mortels pour lesquels j'ai été excommuniée dans leur *index expurgato-
rius*, j'ai pourtant combattu mes adversaires avec le ton de la plaisanterie plutôt
que de la colère. — Je n'ai jamais été la
première à annoncer ni à dénoncer les
noms des calomniateurs qui se sont ef-
forcés de noircir et de décrier le mien ;
et en ce moment encore, laissant au public le soin de découvrir mon critique de
la cité de Londres, comme je l'ai fait à
l'égard d'autres Zoïles qui m'ont attaquée
de la même manière, et que j'ai tirés de
leur obscurité pour l'amusement du public, — intention dans laquelle je n'ai pas
échoué, — je livre au vent tous mes griefs,

et je me borne à prononcer son nom tout bas à l'oreille de notre éditeur commun. Quant à son article sur «Salvator,» je le laisse sans y toucher et sans y répondre; il marquera l'époque de la décadence de ce grand ouvrage périodique, qui, tant qu'a duré son ancienne vigueur, avait coutume de faire respecter sa sévérité par la justice de ses attaques, en général, et par le talent brillant avec lequelle elles étaient conduites.

Et maintenant, au lieu de satisfaire un esprit de vengeance, je ferai ce qui est beaucoup plus agréable, beaucoup mieux d'accord avec mon sexe, mon caractère et mon pays; — je satisferai ma vanité en citant l'opinion relativement à «Salvator Rosa,» d'un homme en état sous tous les rapports de prononcer sur tout ce qui concerne les arts; d'un homme qui dans ses ouvrages exquis a laissé des preuves d'un goût plus sûr en littérature qu'on ne peut en trouver dans tout le sel de la critique depuis Aristote jusqu'à l'Aristarque de la moderne Athènes, — je

veux dire l'auteur de «l'Égypte,» le di-
recteur du Musée français, le Baron Denon : j'ai d'autant moins de scrupule à
rapporter l'opinion de cet homme illustre
comme écrivain et comme artiste, sur ma
«Vie de Salvator Rosa,» qu'elle offre
précisément le contraire d'une approbation sans réserve.

Salvator Rosa, considéré comme le rival du Poussin, — le dieu de l'idolâtrie de
Denon, — n'était pas regardé avec une
prévention favorable par le compatriote
du «poète des peintres :» car Denon,
quoique depuis long-temps à la tête des
Cognoscenti de toute l'Europe, et révéré
comme leur coryphée, avait la faiblesse
héroïque d'avoir l'esprit national, faible
du patriotisme; et le mérite comparatif
des deux célèbres contemporains du PINCIO
était trop souvent mis en opposition par
les *Romantiques* du jour, pour ne pas
verser un peu d'amertume dans les opinions de l'élégant *Classique*, dont l'amour
pour les arts, tels qu'ils existaient dans le
monde antique, avait été confirmé au mi-

lieu des ruines de Rome, et dans la galerie du Capitole, où, comme ministre et comme exilé, il avait puisé ses profondes impressions, et passé les plus heureux de ses jours.

« *Au reste,* » pour expliquer les noms un peu bizarres de « *Drôle-de-Corps* » et de « *Vol-au-Vent,* » qui sont employés dans ces lettres, je dirai qu'ils furent mutuellement donnés et acceptés dans la gaieté et l'intimité d'une amitié dont je fus honorée bien long-temps. Ces sobriquets réciproques passèrent dans notre correspondance, qui continua, à quelques semaines près, jusqu'à sa mort. C'est dans cette correspondance que je vais maintenant choisir et copier deux lettres relatives à mon ouvrage intitulé : « La Vie et les Temps de Salvator Rosa; » et je le fais autant pour l'avantage des arts et pour la satisfaction de ceux qui les aiment, que pour me défendre contre une critique injuste, fausse et soudoyée (1).

(1) Quoique la première de ces deux lettres ne fasse qu'une allusion indirecte au sujet dont il s'agit, je crois

A Lady Morgan, à Dublin.

« MON CHER DRÔLE-DE-CORPS,

« Je viens d'apprendre que la traduction de Salvator Rosa paraissait depuis
quelques jours. Le premier qui m'en a
parlé est M. de Ségur (1), qui m'a dit
qu'il l'avait dévorée; que non seulement c'é-
tait un ouvrage charmant, mais qu'il était
d'un mérite très distingué. D'autres m'en
ont parlé avec enthousiasme. Ces rapports
m'ont fait sentir combien je vous aime;

que le public ne sera pas fâché d'avoir dans son entier
un si bon échantillon de la tournure d'esprit pleine de
grâce et d'enjouement de M. Denon; ce qui, dans un
homme d'un âge aussi avancé, est un avantage particulier au climat de la France et au caractère de ses habitans.   NOTE DE LADY MORGAN.

Ces deux lettres sont en français dans l'original, et
elles ont été copiées littéralement.   NOTE DU TRAD.

(1) Le célèbre Comte de Ségur, ambassadeur auprès
de Catherine de Russie, et un des auteurs les plus distingués de la France moderne. Ses Mémoires, publiés
récemment, ont ajouté un astre de plus à la brillante
constellation de l'autobiographie française.

          NOTE DE LADY MORGAN.

car j'étais tenté de remercier ces messieurs
du plaisir qu'ils avaient eu. J'ai vite envoyé
chercher l'ouvrage; et je vais tâcher de le
lire avec réflexion avant de vous en parler.

» J'espère que vous allez de suite vous
mettre à écrire le roman de Drôle-de-Corps
et de Vol-au-Vent. N'attendez pas pour le
dénouement que vous mouriez de douleur de la perte que vous viendriez à faire
de moi. Je crois qu'il vaut mieux que je
vous enlève, que le chevalier furieux cherche nos traces, pour nous poignarder, et
se tuer après, et que nous nous perdions
tous trois dans le désert de Zara. En attendant je vous envoie mon portrait, qu'il
faut tâcher de dérober à la jalouse fureur
du Chevalier, qui aura sans doute anéanti
une autre épreuve que je vous avais en-
voyée, et dont vous ne parlez pas. Dites-
lui cependant quelques tendresses; car
malgré les horreurs qu'il doit faire dans
le roman, je me sens pour lui un sentiment que je ne saurais définir.

» Notre pauvre Madame — est véritablement malade depuis six mois, et cepen-

dant n'est pas changée : elle veut vous écrire; mais si je voulais l'attendre, peut-être ma lettre ne vous arriverait-elle jamais.

» M. E. vous remettra une notice que je viens de faire, dont il n'y a que cinquante épreuves, pour lui donner de la préciosité. Un petit portrait improvisé par le meilleur lithographe, auquel j'ai ajouté celui dudit lithographe nommé Mauzaisse, et ma portière, — celle qui vous introduisait, à qui j'avais défendu de dormir pendant que vous étiez ici, et qui se repose après votre départ.

» Vous ne savez peut-être pas, cher Drôle-de-Corps, que votre Vol-au-Vent a eu l'honneur d'être admis comme membre de l'Académie de Dublin. Je joins ici une lettre de remerciemens à l'Académie, que je vous prie de remettre à M. le Président; je vous prie aussi de renouveler à M. Davis (qui a bien voulu me donner la première nouvelle de mon admission) toutes mes actions de grâces. Je lui ai déjà écrit, mais il est fort possible qu'il n'ait pas

reçu ma lettre, attendu que tout ce que
j'écris en Angleterre et en Irlande est régulièrement retenu, sans doute pour le
faire imprimer lorsqu'il y en aura assez
pour former un volume.

» Je vous dirai que votre portrait m'a
fait grand plaisir, quoique le nez soit
trop gros; mais il est gravé avec finesse
et délicatesse, et l'aspect général m'est
agréable.

» Je suis bien de votre avis relativement à nos compatriotes; cependant il y
en a peut-être encore jusqu'à quatre qu'il
faut distinguer de la tourbe régnante.

» Adieu, cher Drôle-de-Corps; je vous
aime bien, et suis bien aise de vous aimer.

» Votre Vol-au-Vent,

» Denon.

» Le 19 mars 1824. »

« Voici un petit portrait de Salvator
Rosa, qu'autrefois j'ai gravé à la hâte; je
vous en enverrai un autre sur une boîte,
à la première occasion. »

« *A Lady Morgan, à Dublin.*

» CHER DRÔLE-DE-CORPS,

» Je lis avec un plaisir extrême votre Salvator Rosa. L'introduction est une superbe chose. Ensuite il faut que vous me permettiez de vous observer que vous prenez trop parti dans la guerre des artistes. Salvator Rosa avait bec et ongles pour se défendre, et il en usait même la plupart du temps offensivement; c'était un habile homme, mais fort mauvais coucheur. On pouvait l'admirer, se plaire avec lui; mais il devait être très difficile de l'aimer. Vous le peignez comme libéral, et vous le laissez voir plus que glorieux, farouche, fastueux, hautain, despote s'il avait pu; furieux pendant toute sa vie d'être regardé comme un peintre de genre, tandis qu'il n'aurait été que cela, si, dans les dernières années de sa vie, il ne se fût avisé de faire quatre ou cinq tableaux d'histoire. Après cela, mon cher Drôle-de-Corps, vous l'avez trop loué comme graveur. Dans ses planches il a

écrit ses compositions, la fougue de ses
pensées; mais sa pointe est lâche et vaga-
bonde; et, dans ce genre, il n'a été ni
dessinateur ni coloriste. Enfin je vais
peut-être vous faire sauter en l'air quand
je vous dirai que la moindre gravure de
Rembrandt est préférable à la plus belle
de Salvator Rosa. Du reste, cher Drôle-
de-Corps, vous avez atteint le but princi-
pal de votre ouvrage, qui est de faire
connaître le siècle, que vous avez peint
jusqu'à l'illusion, tellement qu'en le lisant
je me croyais de la société de tous ces
gens-là.

» Quand vous ferez une seconde édition,
souvenez-vous, chère amie, de mieux traiter le portrait du Poussin, qui était aussi
modeste qu'il était grand. A la vérité il ne
savait ni chanter, ni jouer de farces dans
la rue, mais, comme peintre d'histoire,
votre enragé petit maître n'est qu'un nain
près de ce colosse. Quand on veut louer
ses amis, il faut bien se garder de certains
rapprochemens, et de réveiller des com-
paraisons qu'ils ne peuvent soutenir. Son-

gez que le Poussin fut le créateur du paysage historique, et le maître de son gendre le Gouaspe; et que les seuls tableaux du Déluge et de Diogène brisant sa tasse, surpassent tout ce que le Salvator Rosa a fait en paysage, pour la pensée, pour la poésie, et même pour la couleur. Quant à la composition, à la gravité et à la philosophie de l'histoire, le Poussin est peut-être le premier de tous les peintres. Il faut donc vous dire, mon cher Drôle-de-Corps, que, dans la promenade des deux sociétés qui se rencontrent, j'étais dans celle du Poussin, et que vous m'offensez en tournant en ridicule mon patron et ma juste admiration pour lui.

» *Fidatevi di me*, qui vous parle de sang-froid, comme ami, charmé que vous ayez fait un ouvrage qui vous fera à tout jamais beaucoup d'honneur, et que j'ai lu avec cet intérêt qui rend le succès de l'amitié si doux à partager.

» Mille tendres amitiés bien sincères.

» Le 14 avril. »

Exclamations.

Les nations flegmatiques ne font guère usage d'exclamations. Elles appartiennent à de violentes émotions, et à l'ardeur du tempérament, soit national, soit individuel. Les Lapons ne font ni exclamations, ni invocations, ni imprécations; les Français et les Italiens en font continuellement. Les Quakers, à qui leur éducation apprend « à régler leur pouls et à prêcher la raison à leur sang, » ont recours bien rarement aux exclamations pour exprimer leurs sentimens. Les Anglais n'en font guère; leurs formules d'exclamations sont en petit nombre et assez ridicules, et quand ils s'avancent au-delà de la niaiserie de leurs « *Dear me! Bless me! — My stars!* (1) » ils tom-

(1) Littéralement : « *Cher moi! — Bénissez-moi! — Més astres!* »   NOTE DU TRAD.

bent dans l'imprécation véritable. Les Irlandais, les pétulans Irlandais font un
grand usage des exclamations. Comme
les Italiens, ils les empruntent de leur
croyance; et lorsqu'ils sont fortement excités, ils prononcent, au milieu de leur
piété, des mots qui sembleraient presque
un blasphème à la sévérité calviniste des
oreilles des Protestans anglais.

Les Italiens empruntent leurs exclamations tant de leur religion actuelle, que
de la foi de leurs illustres ancêtres; et
Per Bacco, — Cospetto, — Jehovah, — Ju-
piter— ou Seigneur! sortent fréquemment
de leurs lèvres avec une égale facilité. Ils
font des invocations, des exclamations,
des apostrophes, en toute occasion, tri-
viale ou importante. Une marchande de
poisson, sur la place du Panthéon, aura
recours à tous les saints et à toutes les invocations de la foi ancienne ou moderne
de Rome, pour vendre son poisson avancé
le soir d'un jour de jeûne; et elle expri-
mera sa surprise et son indignation à une
pratique qui marchande, qui refuse ses

anguilles ou qui résiste à son turbot, par une volée de « *Madona mia! — Sacro sacramento! — Madre di Dio!* » Les Français ont un grand nombre d'exclamations et d'apostrophes charmantes; ils en ont aussi beaucoup qui sont naïves et simples et qui produisent le plus grand effet dans la basse comédie. Molière en est plein; et il est impossible d'exprimer la gaieté de ses « *à propos,* » de ses « *ouf!* » et de ses « *ouais!* » Denon et moi nous prîmes tellement l'habitude des ouf et des ouais en causant ensemble, qu'elle devint pour moi « *un tic* » qui me fit oublier les *Ah,* et les *Och* de ma langue naturelle; et c'est tout ce que je puis faire que de résister à l'envie d'employer ces interjections, même quand j'ai la plume en main, et que j'écris régulièrement en auteur de profession.

Juges irlandais.

Il est extrêmement difficile d'obtenir de la gravité des Irlandais, même quand il s'agit de sujets graves. A quelques exceptions près en faveur de la nullité absolue et de la médiocrité, tous nos juges sont des « *drôles de corps*, » et le plus élevé d'entre eux en est le plus drôle. Qu'était Joe Miller auprès du juge Norbury, qui a tenu le barreau dans un accès de rire continuel pendant près d'un demi-siècle, et qui prononça rarement une sentence de mort sans faire mourir de rire quelques uns de ses auditeurs.

« Voici un drôle, Mylord, » dit l'autre jour un procureur à un de nos juges, « qui est accusé d'avoir volé des navets : d'après quelle loi peut-on le mettre en jugement? »

« Réellement je n'en sais rien, » répon-

dit le juge, sans lever les yeux du papier
sur lequel il écrivait.

— » Vous n'en savez rien, Mylord?

— » Non, je ne saurais le dire sur-le-
champ.

— » Ne pourrait-on lui appliquer la
loi sur les bois ?

— » Probablement; — c'est-à-dire si les
navets sont filandreux.

A la tête de sa profession.

Le docteur —, maintenant si célèbre et
si riche, a fait un rude apprentissage
avant de réussir. Je l'ai connu dans son
obscurité, et je le croyais alors plus habile et plus instruit qu'il ne me le paraît
aujourd'hui. Je l'ai vu se traîner sans espoir à travers toutes les broutilles de sa

profession, avant qu'il arrivât à son éminence actuelle, suivant les hôpitaux et sa-
luant la garde-malade Tenders. Pendant
bien des années il ne fit que lire, écrire ,
et faire des cours sans avancer d'un seul
pas; — cependant il riait, parlait et se
rendait agréable. Enfin il prit un air solennel, des bas de soie noirs et des souliers qui criaient, marcha sur la pointe
des pieds et se fit méthodiste. Son succès
fut rapide et complet; et il est maintenant
ce qu'on appelle — « à la tête de sa profession. » — « *Le savoir-faire vaut bien
le savoir.* »

Bazars de charité, à Dublin.

Une autorité classique a dit que la force sans jugement tombe par son propre poids; et cet axiome n'est pas moins vrai si on l'applique à la vertu. Faire du bien au genre humain est moins facile que les moralistes ne le supposent; il faut pour cela quelque chose de plus qu'une simple impulsion animale; et il y a tout lieu de douter si le bon ordre et le bonheur du monde, — du moins du monde Britannique, — ne souffrent pas plus de l'intervention mal-avisée d'une bienveillance égarée que des attaques directes de l'égoïsme et de la méchanceté. La charité surtout, quoique ce soit, dans un État bien ordonné, une vertu dont les devoirs se limitent dans une sphère étroite et facile à définir, devient, sous un gouverne-

ment rempli d'abus et fertile en misère
factice, une science qui exige autant de
patience, de recherches et d'intelligence
que toute autre branche de la politique.
Être charitable sur une grande échelle,
c'est porter des lois pour le pauvre ; et
l'homme, considéré comme individu
(quoi qu'on puisse penser de lui comme
citoyen et comme sujet), est un animal
créé pour penser et pour agir pour lui-
même.

Dans l'empire britannique, où chaque
classe de la société a plus ou moins perdu
son caractère distinctif, où les récompenses de l'industrie sont sujettes à de fréquentes révolutions, et où la vie est sou-
tenue par les plus pénibles efforts, toute
erreur dans la direction ou dans la mesure
des charités est doublement fatale. Ce
n'est pas seulement dissiper mal à propos
les faibles et insuffisantes ressources des
pauvres qui sont si nombreux, et détruire
d'autant leurs moyens de bonheur; c'est
aussi un mal direct et positif qui dérange
l'économie des classes inférieures, qui les

harasse par un assujettissement sans nécessité qui leur est insupportable, et qui
détruit dans leur cœur le principe de
cette indépendance sans laquelle il ne
peut exister de vertu.

Placer bien haut sur l'échelle des vertus
la charité pécuniaire, c'est le résultat de
l'incivilisation, c'est une preuve de la barbarie des gouvernemens sous lesquels elle
fleurit. Lorsqu'un peuple est bien gou-
verné et se trouve dans un état de prospérité, l'exercice de cette vertu se trouve
resserré dans des bornes nécessairement
étroites : mais toutes les fois qu'il existe
une grande et terrible inégalité dans la
condition des hommes, la charité devient
un supplément indispensable aux institutions défectueuses qui causent cette inégalité. Dans le monde chrétien, où la libéralité pécuniaire prend de la dignité
comme vertu théologique, la charité prend
la place d'un grand nombre de devoirs
plus utiles et plus importans; et une
grande partie de cette énergie qui devrait
se diriger vers l'amélioration de la situation

politique et statistique du pays, se perd
en vaines tentatives pour étayer de mauvais systèmes, et pour détourner, par les
efforts de l'aumône, la misère et les vices
qui s'accumulent par suite d'un mauvais
gouvernement. Les classes les plus élevées,
et qui exercent le plus d'influence, sont
particulièrement portées à tomber dans
cette erreur. Ayant trop de religion et de
morale pour voir sans regret la misère qui
les entoure, mais étant trop égoïstes, trop
corrompues ou trop indolentes pour s'ef-
forcer d'en détruire entièrement les causes, elles satisfont leur conscience en tâchant de soulager en détail les souffrances
qu'elles ont occasionées en gros par leurs
priviléges et leurs prétentions; et quand
elles ont consacré une bien faible portion
de leur fortune colossale à secourir les
malheureux que leur monopole du pouvoir a injustement appauvris, elles se flat-
tent d'avoir fait tout ce que la compassion
humaine et les injonctions divines peuvent exiger d'elles.

La charité a été justement définie par

un écrivain qui a obtenu de la popularité,
« un second esprit du monde ; » et cet esprit ne se montre nulle part plus vif et
plus actif que parmi l'aristocratie d'Irlande, — pays où la mendicité est un
trait national , et où le *Donquichotisme* religieux est porté à un point d'exaltation
excessive ressemblant à la fièvre. Malheu-
reusement ce zèle impétueux et déchaîné
est entièrement dépourvu de connaissance ; et des efforts mal entendus pour
remédier à la détresse dont ils sont la
cause directe occasionent dans la ville
de Dublin plus de perte d'argent, plus d'é-
nergie mal employée, qu'il n'en faudrait
pour faire disparaître dix fois la pauvreté
d'une société bien organisée, composée du
même nombre d'individus, si les mêmes
moyens étaient employés avec sagesse.

Dans un pays rempli, comme l'Irlande,
d'une population manquant d'ouvrage, il
n'est certainement pas facile de donner à
l'esprit public une direction convenable,
et d'éviter de tomber dans des erreurs
dangereuses ; et quoiqu'il soit nécessaire

de signaler les abus les plus flagrans et
les plus funestes, et de tourner en ridicule une folie générale qui nuit tellement
à la société, cependant il faut avouer que
les individus qui prêtent à la censure
ne sont pas sans quelque excuse. Si leur
présomption et leur confiance en eux-mêmes sont absurdes et préjudiciables, du
moins ils ont souvent les meilleures et les
plus pures intentions.

La charité, avec son pouvoir de faire
le bien, étant resserrée dans la sphère
étroite du soulagement de ces maux for-
tuits auxquels les classes inférieures doivent toujours être exposées, même dans
les sociétés les mieux organisées, du moment qu'elle s'exerce envers un nombre
considérable d'individus, comme un remède pour des abus permanens devient
un instrument de bonheur fort équivoque, et dont il est impossible de bien se
servir. Elle met obstacle à un travail in-
dépendant, lui ferme ses débouchés, rend
sa récompense incertaine, et fait que toute
occupation devient précaire. Les moyens

que possède une nation d'employer sa
population sont limités; et la charité, en
leur donnant une nouvelle direction,
n'en augmente point la masse; au contraire, quand la marche qu'elle suit est
forcée et contre nature, il en résulte une
dilapidation et une mauvaise adminis-
tration de ces moyens, qui tendent à en
diminuer la quantité. La plupart des efforts charitables qui se succèdent tous les
jours pour employer les pauvres en Irlande ne sont que de l'argent sortant
d'une poche pour entrer dans une autre;
et si, par suite de ce procédé, certains
individus sont mis à l'ouvrage dans une
nouvelle direction, il en résulte inévitablement qu'un pareil nombre se trouve
sans emploi dans quelque autre branche
à laquelle on ne fait point attention.

Les effets pernicieux de ce mal sont
particulièrement le résultat de ces associa-
tions de bonnes et pieuses dames qui tra-
vaillent de leurs propres mains pour les
pauvres, ou qui leur trouvent de l'occupation dans des maisons de charité, ce

qui leur donne le moyen de vendre le
produit à meilleur marché que leurs compétiteurs, qui ne peuvent compter que
sur leurs propres ressources, et qui par
conséquent ne trouvent plus d'acheteurs.
L'argent recueilli ainsi par le moyen de la
vente d'ouvrages à l'aiguille et d'objets de
fantaisie faits dans ces ateliers de charité,
est un véritable vol fait aux couturières
qui dans des greniers et des caves cherchent à gagner leur vie par un travail
constant. Ces magasins où l'on vend à
bon marché des objets de goût fabriqués
dans les asiles ouverts au repentir et à
l'indigence, non seulement font un tort
considérable au marchand en boutique,
qui paie un loyer et acquitte les contributions, pour pouvoir servir le public, mais
en le ruinant jettent le désespoir dans le
sein d'une classe nombreuse de malheureuses femmes qui se servent des talens
qu'elles ont acquis dans des circonstances plus heureuses, pour se maintenir
dans un état d'indépendance par les seuls
moyens que leur laisse l'injuste exclusion

des femmes des occupations qui leur sont naturelles. Ce n'est pas justifier de tels établissemens, que de dire qu'on n'y vend que des futilités, et seulement dans la vue de tirer de la poche du riche une partie du superflu qui, sans cela, ne serait point employé à des actes de bienveillance. La fabrication des choses inutiles, tout aussi bien que celle des objets de première nécessité, est la propriété du pauvre ouvrier, propriété à laquelle le public ne peut porter atteinte sans produire un mal certain qui n'est jamais compensé par le bien incertain et illusoire qu'on en espère.

Parmi les amusemens frivoles et extravagans inventés par ce modèle des grands Califes, Louis XIV, on peut citer, comme un des plus remarquables, les boutiques ouvertes dans les salons de Versailles, et tenues par les maîtresses du Roi ou les princesses du sang, accompagnées de cavaliers qui, quoique remplissant les fonctions de commis de boutique, étaient choisis d'après leur rang et leurs places. Dans ces magasins on étalait sur des comp-

toirs des jouets, des colifichets, et des
joyaux d'immense valeur, et l'on y voyait
figurer les beautés les plus célèbres et les
personnages les plus distingués de la Cour.
Si la cupidité des courtisans trouvait son
compte à cette prodigalité, la coquetterie
ne perdait rien à jouer un rôle qui ajoutait « *la naïveté de la bonne bourgeoisie* »
aux grâces du bon ton et de la dignité.
Madame de Maintenon appuie fortement
sur le pouvoir de séduction exercé par
ces illustres boutiquières, et sur l'élégance
qui régnait sur leurs comptoirs.

Les bazars, dits de charité, qui ont été
ouverts à Dublin pendant quelques hivers
successifs, ont été modelés dans leurs détails à peu près à la manière de ces comptoirs de Versailles. Ils sont établis en général dans quelque endroit très fréquenté,
comme la Rotonde, salle destinée à toutes
les réunions publiques, ou dans un hôtel
ou une taverne. Les boutiques sont placées des deux côtés, et elles sont tenues
par les dames du plus haut rang qui
donnent le ton à la mode et à la charité.

Les objets qu'elles vendent sont leur propre ouvrage ; tout le public compose leurs pratiques, mais on ne peut entrer qu'en payant un shilling. Le produit de la vente est employé en charités, — quelquefois dans le pays, — trop souvent à l'étranger ; par exemple, pour convertir les Juifs et pour faire entrer au bercail les brebis égarées d'Otaïti ou de l'Indostan. Les objets étalés pour forcer le public à la bienfaisance font un appel à sa charité plutôt qu'à son goût ; on en voit de tous les genres ; et si la variété pouvait dédommager du manque de talent et d'adresse, il n'y aurait rien à désirer dans les bazars des Dames charitables de Dublin. — Des bas de laine qui pourraient aller à des géans d'Irlande ; — des bourses travaillées par des doigts de fées ; — des faux tours pour la tête, tissés en crin ; — des pantoufles en chanvre, qui fatiguent autant que le moulin à pied ; — des tapis de foyer aussi rudes que le poil d'un ours de Russie, et des coussins de lavande qui ne sont guère plus doux ; — des gelées et des gâteaux

qui ont figuré à plus d'une soirée et à
plus d'une assemblée pour la distribution
des traités religieux ; — des ornemens sous
toutes les formes que puissent produire
la colle, le papier et le pinceau d'un bar-
bouilleur, depuis une pagode jusqu'à une
pelote ; de cette espèce qu'une femme de
goût relègue dans la chambre de sa femme
de charge, et que la femme de charge à
son tour consigne dans la dépense comme
n'étant bons qu'à faire des nids à poussière et à donner une retraite aux araignées.

Cependant si la critique ouvre ses
yeux malins sur la longue avenue qui sé-
pare ces deux rangées de boutiques de
friperie, elle y aperçoit bien des gens qui
n'y sont attirés ni par le goût ni par la
charité, car le bazar est le grand rendez-
vous de tous les désœuvrés d'un sexe, et
de toutes les saintes de l'autre. Parmi les
plus distingués des premiers, sont les petits maîtres de la garnison ; parmi les dernières, on compte quelques unes des plus
jolies et des plus nobles branches de l'a-
ristocratie. Derrière des piles de pelotes,

chacune ayant une sentence morale bro-
dée sur la soie qui la couvre, ou derrière
un rempart d'écrans de papier, consacrés
par la Prière Dominicale ou les Dix Com-
mandemens, se tient la belle marchande,
avec le regard calme et tranquille d'une
prude, et ayant un air de douce sollicitation, comme les vendeurs d'images à la
porte des Tuileries, qui crient du matin
au soir : « *Voyez, Messieurs, voyez la
famille royale de France, et la Princesse
Caroline ; tous pour deux sous !* »

Je m'amusai beaucoup un jour en
voyant une petite scène de cette espèce.
Les plus beaux yeux que j'aie jamais vus
faisaient les honneurs d'un comptoir de
charité aussi bien qu'ils en étaient capables. « *A bonne enseigne, bon vin.* » Un
jeune et galant hussard dont l'attention
avait erré de boutique en boutique sans
que sa charité eût un objet fixe, fut enfin
attiré par le « *Voyez, Messieurs,* » des yeux
dont je viens de parler. Le « *petit commerce* » une fois commencé, il aurait été
difficile de dire laquelle des deux parties

apportait à l'affaire plus d'esprit d'entreprise et de spéculation. On ouvrit et l'on
ferma des piéges à mouches, en faisant
des commentaires convenables sur les
mouches et sur les piéges; on étala des
tablettes sur les inscriptions desquelles il
ne fallait que jeter un coup d'œil pour
qu'elles devinssent ineffaçables comme les
bonnes impressions; Adam et Ève, avec
le tentateur perché sur l'arbre, figurant
en tapisserie sur un tabouret, ne restèrent pas sans allusion édifiante; et l'histoire de « Thérèse Tidy » fut recomman-
dée comme un souvenir pour les sœurs
absentes, avec un air qui prouvait que
les saintes, tout aussi bien que les hus-
sards, peuvent être habiles en discipline.
Le choix se fit enfin. Il tomba sur un bouquet de violettes cultivées par les belles
mains de la marchande par charité. Le
jeune hussard le retira du vase qui le contenait, « tout imprégné de rosée, » en res-
pira le parfum, fixa les yeux sur ceux de
« *la belle jardinière*, » lui paya son tribut d'un soupir et d'une guinée, et se

retira coudoyé par une nouvelle pratique, à qui un uniforme d'aide de camp
donnait des droits supérieurs à l'attention
de la charitable marchande.

Comme je sortais de la taverne de Mor-
rison, où cette scène se passa, le jeune
hussard était à la porte, attendant son cabriolet. Une petite fille, presque nue, et
grelotant, tenant dans ses mains sales un
bouquet de giroflées jaunes, bien garni
d'herbe pour qu'il parût plus gros, se
présenta devant l'élégant militaire, et avec
l'accent suppliant des mendians irlandais,
sollicita son attention dans le style le plus
en usage en pareil cas : « Que le Seigneur
fasse tomber sa bénédiction sur votre bel
honneur, Monsieur, et achetez ces jolies
giroflées pour un demi-sou, d'une pauvre
orpheline qui n'a pas mangé un morceau
de pain de la journée, Dieu la protège! »
Son « bel honneur » ne l'entendit point,
ou ne crut pas que la chute de la bénédiction divine valût le prix qu'elle y mettait. Ses pensées étaient derrière le comptoir de la belle marchande, et son pied

sur le marche-pied du cabriolet. Il approcha ses violettes de son nez, rentra au
bazar, après avoir hésité un instant; et le
bouquet d'un demi-sou m'échut en partage.

Tandis qu'une bienveillance ignorante
et une charité mal entendue s'imaginent
qu'elles servent la grande cause de l'humanité en favorisant des institutions qui
sont, par le fait, directement opposées à
leurs intentions louables, l'astuce et l'é-
goïsme profitent de cette circonstance, en
prenant part à une œuvre qui produit
une intimité et une égalité temporaires entre le petit et le grand. Bien des gens qui
n'ont aucun autre moyen pour s'intro-
duire dans la société, trouvent dans les
magasins de charité, dans les bazars, dans
les boutiques tenues au profit des pauvres, une voie pour parvenir jusqu'aux
autocrates du grand monde, — car même
le pauvre Dublin a son bel air, — et pour
faire connaissance avec telle Marquise et
telle Comtesse; ce qui était depuis long-
temps l'objet de tous leurs efforts, de tous
leurs désirs, de toutes leurs espérances.

Chez un peuple essentiellement vain et ambitieux, cette sorte de liaison procure un vaste nombre de souscripteurs, de donateurs et de coopérateurs à tous les projets de bienfaisance mal entendue ou de charlatanerie entremetteuse; et les idées particulières aux Catholiques sur la nécessité d'une constante pratique de la charité achèvent de fournir les sommes nécessaires pour assurer un succès dont les suites sont fatales.

Il serait facile de parler éloquemment des privations et des souffrances que cause aux pauvres laborieux et respectables cette usurpation de la branche d'industrie qui leur fournit presque exclusivement des moyens d'existence; car il est difficile d'entrer profondément et avec chaleur dans un sujet quelconque, sans le traiter d'une manière efficace. Il n'y a point de Muse comme celle du cœur. Mais voici une petite pièce qui vaut tout ce que l'auteur le plus exercé pourrait dire sur ce sujet, quelque profondément qu'il l'eût senti, avec quelque soin qu'il l'eût étudié.

C'est une lettre de quelque pauvre victime sentant le tort qui lui est fait, et
écrivant dans la simplicité et l'intégrité
de son cœur. Je la donne avec la lettre
trop flatteuse dans laquelle elle était con-
tenue. Je l'ai reçue ce matin (29 mars 1829),
et c'est ce qui m'a fait songer à composer
ce court article. M'étant alliée, dès ma
première jeunesse, au parti opprimé de
mes concitoyens, je n'ai jamais joui dans
mon pays que d'une seule distinction : les
individus infortunés et souffrans de toutes
les croyances m'ont honorée d'appels à
ma compassion, qui, hélas! est bien souvent tout ce que j'ai à leur donner; et depuis bien des années j'ai été habituée à
recevoir les plaintes des malheureux,
— prééminence pénible, — et à écouter
les détails de toutes les espèces de misè-
res qui peuvent accabler la nature humaine; depuis le désespoir du condamné
qui m'écrivait du fond de son cachot, jusqu'à l'indignation du génie méprisé, et
au récit éloquent de toutes les injures
que l'injustice fait au mérite patient.

Mais venons-en à la lettre et au simple exposé d'une femme infortunée dont les malheurs ont été causés par le Bazar des Dames charitables. Je la donne exactement telle que je l'ai reçue.

« *A Lady Morgan,*
Kildare-Street, Dublin.

» Sans croire que votre cœur véritablement irlandais puisse approuver l'établissement pernicieux dont il est question dans la lettre ci-incluse, je la soumets humblement à Votre Seigneurie, que chacun regarde avec une fierté nationale, attendu l'intérêt obligeant que vous prenez à tous vos concitoyens. Comme il paraît que la presse, qui offre le meilleur moyen de remédier aux maux qui frappent sur le public, ne veut pas l'accueillir, votre opinion individuelle sur les maux qui en résultent peut contribuer beaucoup à servir une classe de pauvres créatures, vos concitoyennes, qui souffrent les maux détaillés dans cette lettre, et qui sont soumis aux réflexions de

Votre Seigneurie par une de celles qui en sont les victimes, et qui a l'honneur d'être

» de Votre Seigneurie

» La très humble et très obéissante servante,

» UNE FEMME INFORTUNÉE.

» Dublin, le 28 mars 1829. »

« *Aux Dames du dernier Bazar, et à toutes celles de Dublin.*

» Quelque pénible qu'il soit de vous exposer publiquement de cette manière les maux occasionés à une classe nombreuse d'infortunées, par inadvertance et par manque de réflexion, cependant, comme la faim perce à travers les murs de pierre, il devient nécessaire, indépendamment de divers avis indirects que vous avez déjà reçus, d'entrer maintenant dans un détail plus particulier des maux que vous avez causés en établissant des bazars et des boutiques qu'on trouve dans presque tous les quartiers de Dublin, pour la vente « des ouvrages des dames; » vous ne devez pourtant pas

supposer qu'en parlant ainsi j'aie dessein
de vous détourner d'un travail louable
pour vous et pour vos familles, ou de
vous empêcher de faire la charité autant
que vous pouvez le désirer ; mais permet-
tez-moi de vous dire que, pour exercer la
charité, vous devriez mettre la main dans
vos poches, et non pas retirer le pain
aux autres, comme vous l'avez évidemment fait. Il vous plaira de vous rappeler
qu'indépendamment des classes plus bas-
ses et industrieuses de la société, il existe
beaucoup de femmes respectables et bien
élevées que leurs malheurs, et non leurs
fautes, ont réduites à la nécessité de gagner leur pain par le travail de leurs
mains, et qui ne le cèdent en goût, en
adresse et en talens à aucune de leurs
concitoyennes, qui sont entrées dans les
sentiers du vice faute de pouvoir trouver
les débouchés ordinaires pour les produits de leur industrie, poussées probablement à cette extrémité par la piété fi-
liale et par le désir humain et généreux
d'assister un vieux père ou une vieille

mère périssant dans la misère sans se
plaindre ; car vos bazars, en jetant dans
le commerce une quantité excessive de
marchandises, empêchent les marchands
en boutique de vendre ces objets de goût
et de talent par le moyen desquels ces infortunées gagnaient leur existence, en em-
pêchant en même temps le public de leur
en acheter. Et réellement, Mesdames,
quand il s'agit d'une telle portion de vos
concitoyennes, je le demande à votre
cœur, est-il d'accord avec le sentiment
de générosité naturel à notre pays, d'ouvrir ainsi les écluses du vice comme un
moyen probable d'empêcher le besoin, au
risque de propager le crime parmi notre
sexe, et de multiplier la mendicité par
suite de la misère et du dénuement?

» L'absentéisme cause déjà bien des
maux à notre malheureux pays ; mais
combien le désespoir qu'il cause ne doit-
il pas s'accroître, si ceux qui résident
parmi nous, possédant les avantages du
rang et de la fortune, contribuent à aug-
menter la détresse d'une partie de la so-

ciété, pour se faire une bonne renommée?
N'importe le but qu'on se propose, on ne
peut appeler charité ce qui retire cruelle-
ment le pain de la bouche des autres.

» Et quoiqu'on puisse trouver quelque excuse pour les Dames de haute distinction, en disant qu'elles ne connaissent suffisamment ni la nature du monde
commerçant , ni l'état désespérant du
pauvre , personne ne saurait excuser
celles (et quelques unes sont titrées)
qui doivent en grande partie leur fortune
actuelle à un commerce légitime et à
leurs pratiques, dont les pauvres faisaient
partie. Elles boivent l'eau du Léthé en se
tenant derrière leurs comptoirs dans le Bazar, et chaque objet qu'elles vendent ajoute
à la misère et aux besoins de quelqu'une
de leurs malheureuses concitoyennes.

» On assure que dans votre dernier Bazar non seulement on a réalisé une somme
considérable par le produit de ce qui y
a été vendu, mais qu'il est encore resté
une grande quantité « d'ouvrages de Dames » à vendre, et dont, malgré *la piété*

et la charité des dignes Dames dont il s'a-
git, et *à leur propre désir,* on va maintenant se débarrasser par une LOTERIE, au
mépris des lois du corps législatif et au
risque d'encourager un genre de jeu aussi
pernicieux qu'aucun des vices qui aient
jamais profité du penchant à la cupidité
pour s'emparer du cœur humain; projet
qui, n'étant rien qu'une de ces loteries il-
licites connues sous le nom de *little-go,*
peut exiger l'intervention des magistrats.
Tout cela prouve, Mesdames, quelle
quantité d'ouvrages vous avez produite
au détriment du pauvre industrieux qui
n'a que ses mains pour tout soutien. Et
cependant il est évident que rien au
monde ne peut vous justifier de lui retirer son pain, et de faire de sa ruine la
pierre fondamentale de votre charité.

» Le fait que notre gracieuse Vice-
Reine n'a pas mis le pied dans votre Bazar fait présumer que, quoique étrangère
à notre pays, elle a fait, dans la bienveillance de son cœur, les réflexions qui
semblent vous avoir échappé par inad-

vertance ou par suite de la mode du
jour. Croyez que Sa Grâce a été exposée à
bien des importunités de la part de ces
femmes infortunées qui, ne trouvant plus
de débouchés pour la vente de leurs ouvrages, ont cherché près d'une étrangère
la commisération qu'elles n'ont pu obtenir de leurs concitoyennes. Tout cela est
tellement contraire à la bonté du cœur
qui forme le caractère national des femmes de notre pays, que ce n'est qu'avec
peine que j'en parle, et que je ne l'attribue
qu'à un désir pressant de faire le bien
sur-le-champ, qui a banni toutes considé-
rations plus générales, toute sensibilité
plus réfléchie. Je suis convaincue que vos
cœurs, sentant la force de cet appel, s'ou-
vriront à la charité et à la bienveillance
qui caractérise tellement les nobles filles
d'Irlande,

» Dont je suis l'obéissante servante,

» PENELOPE

» Sans ouvrage. »

FIN DU TOME PREMIER.

TABLE DES MATIÈRES

DU TOME PREMIER.

FIN DE LA TABLE DU TOME PREMIER.

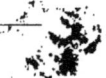